少年儿童必读丛书 ● 故事系列

外国童话故事

东方　主编

上

山东教育出版社

图书在版编目（CIP）数据

外国童话故事 / 东方主编 . —济南：山东教育出版社，2014

（少年儿童必读丛书）

ISBN 978-7-5328-8438-4

Ⅰ. ①外… Ⅱ. ①东… Ⅲ. ①童话 – 作品集 – 世界 Ⅳ. ① I18

中国版本图书馆 CIP 数据核字（2014）第 099103 号

少年儿童必读丛书·故事系列

外国童话故事（上、下）

东 方 主编

主　管：山东出版传媒股份有限公司

出版者：山东教育出版社

（济南市纬一路321号　邮编：250001）

电　话：（0531）82092664　传真：（0531）82092625

网　址：http://www.sjs.com.cn

发行者：山东教育出版社

印　刷：山东新华印务有限责任公司

版　次：2014年8月第1版第1次印刷

规　格：787mm×1092mm　16开本

印　张：20印张

字　数：270千字

书　号：ISBN 978-7-5328-8438-4

定　价：36.00元

品读经典　开启智慧

代　序

阅读是一种幸福的体验,是读者与作者心灵的对话。

千百年来,古今中外的大家写出了很多脍炙人口的经典作品,这是人类智慧的结晶,其高超的语言艺术和深刻的思想内涵,给人以美的享受和智慧的启迪。其中蕴涵的永生的活力和不朽的精神,早已超越了国界的限制和时空的阻隔。

经典是唤醒人性的著作,可以开启人们的智慧。

经典能深入到人心灵的最深处,能培养人优雅的性情和敦厚的性格。

让孩子结缘经典,能够为他们打好人生的底色。

让孩子爱上经典,能够增加他们的生活情趣,使人生丰富多彩。

让孩子品读经典,能够开阔视野,增长智慧,陶冶情操,使他们受益一生。

教育部颁布的《语文课程标准》对中小学生课外阅读量作了明确的规定:小学生不少于145万字,初中生不少于260万字。古今中外的文学作品浩如烟海,这400多万字,应该读什么? 面对茫茫书海,家长、教师、学生往往感到无所适从。我们从浩如烟海的古今中外作品中披沙拣金,精选出适合少年儿童阅读的经典内容,编成了这套《少年儿童必读丛书》奉献给广大少年儿童和他们的家长。可以说，这套丛书是精品中的精品、经典中的经典。

《少年儿童必读丛书》为少年儿童提供了课外阅读的必读内容，可为完成国家对中小学生的课外阅读要求提供质和量的支持。为了使这些经典作品，特别是古代和外国作品更适合当今中国少年儿童的阅读习惯和阅读口味，我们对有些作品进行了改编、改写或注解。使其既不失去原著的历史价值和审美诉求，又适合当前的阅读习惯和文化认同，努力做到雅俗共赏，集可读性、经典性于一体。可以说，这套丛书既适应了国家《语文课程标准》的要求，又是为广大少年儿童定做的文化盛宴。

《少年儿童必读丛书》所收录的既有少儿文学方面的内容，又有科学文化等方面的内容，能满足少年儿童多方面的阅读需求，提高他们的综合素质。这套丛书分为两个系列："故事系列"和"百科系列"。"故事系列"包括：《中国成语故事》、《中国寓言故事》、《中国民间故事》、《中国神话故事》、《外国童话故事》、《外国寓言故事》、《外国民间故事》、《中外智慧故事》、《中外趣味故事》、《中外哲理故事》、《中外发明故事》、《中外科幻故事》、《阿凡提的故事》等；"百科系列"包括：《诗经最美诗篇赏析》、《千古唯美名句赏析》、《打开心灵密码》、《中华上下五千年》、《江山如此多娇》、《大脑越用越聪明》、《什么怎么为什么》、《神秘的大自然》等。丛书中收录了一些中外经典作品，如被称为"世界三大儿童文学经典"的《格林童话》、《安徒生童话》与《一千零一夜》，被誉为世界四大寓言家伊索、拉封丹、莱辛、克雷洛夫的经典寓言故事。这些故事闪耀着智慧的光芒，爆发出机智的火花，蕴涵着深刻的寓意。它不仅是向少年儿童灌输真善美的启蒙教材，而且是一本生活的教科书，读后，宛如一股清泉悄然渗入读者心田。

中国的成语故事、寓言故事、民间故事、神话故事等是中国传统文化和民族智慧的一个重要组成部分。成语是中华民族语言智慧的结晶，它言简意赅，内涵深远，有言有尽而意无穷之奇趣。每一个成语背后都有一个精彩生动的故事，体现了古代人民的生活、精神和智慧。通过这些故事我们能更好地理解成语的寓意和来历，从而在学习和生活中得心应手，运用自如。故事包含了丰富的历史知识、深厚的民族情感，作为中华文化不可或缺的一部分，它有着永恒的艺术魅力，也包含了丰富的想象力。

故事在人类历史的文化长河中，一直占有举足轻重的位置。故事是世界上最让孩子喜爱乃至着迷的事物。让孩子品读故事，可以帮助他们开启文学性灵。世界上没有不爱读故事的孩子，故事是孩子们认知世界的一扇窗口，是开启智慧之门的一把钥匙。优秀的故事，教会了我们用心去拥抱生活，用爱去点燃希望；优秀的故事，能够使孩子学会思考，从而充实孩子的心灵。精彩的故事丰富着生活的色彩，润泽着孩子的生命。通过读故事，孩子可以学会思考，学会做人，学会爱……伴着故事成长的童年，是幸福的童年。

爱孩子，就送给他（她）这套《少年儿童必读丛书》吧！

前言

　　童话是人类文化的瑰宝，凝聚着人类光辉璀璨的智慧和文明，同时也折射着人类思想中最为纯净、美好的希望和企盼。

　　与其他文学形式相比，童话特别强调作品的美感、想象力和幻想特质。在人生的早期阅读中，童话的作用是无可替代的。以童话读物启蒙少年儿童的早期阅读，能使他们从小就通过阅读体会人类文化的精髓，感悟人类社会中的真、善、美与假、恶、丑。少年儿童求知欲旺盛、好奇心强烈，而童话恰恰能满足他们这方面的心理需求和精神需求。阅读童话，有助于少年儿童善恶观的确立；有助于少年儿童美感的提升；有助于少年儿童视野的拓展；有助于少年儿童想象力的培养；有助于少年儿童认识世界；能呵护少年儿童健康茁壮成长、传递人类文化火炬、推动社会良性发展。

　　《外国童话故事》收录了德国的《格林童话》、丹麦的《安徒生童话》、英国的《王尔德童话》，以及俄罗斯等国家的世界童话大师的经典童话。《格林童话》、《安徒生童话》与《一千零一夜》并称为"世界三大儿童文学经典"，《格林童话》被联合国教科文组织列为世界文化遗产，《安徒生童话》充满着诗意和幻想，《王尔德童话》堪与《安徒生童话》相媲美，共同被誉为"最美丽的童话"、"最感人的童话"。本书撷取了外国多位童话大师的经典童话：摆脱后母迫害最终寻找到真爱的白雪公主；光着身子游行的皇帝；历经重重磨难后变成白天鹅的丑小鸭；在火柴燃烧中寻找幸福的小女孩；忠心耿耿、视死如归的仆人约翰；悲天悯人而不惜牺牲自我的快乐王子……这些耳熟能详的故事通过丰富的想象、幻想、夸张、象征的手段来塑造形象和反映生活，不仅温暖了孩子们纯真的心灵，更感动并影响了一代又一代的人。

正因为如此，本书能使少年儿童走进一个丰富多彩的童话世界。在童话世界里，一切都带着想象的翅膀。在童话世界里，孩子们将与美丽的仙女、可爱的精灵、善良的公主、英俊的王子、勇敢的青年一起冒险与遨游：每一个童话故事都是一个美丽的梦，在美妙的梦幻中成长是幸福而快乐的，那些伴随着一代又一代人成长的经典童话，如同泉水般滋养着孩子们的心灵，带给他们善良的美德和智慧的火种。

目录 MULU

1

白雪公主

有一年严冬时节，天空中到处飞舞着鹅毛大雪。有一个王后坐在王宫里的一扇窗子边，正在为她即将出生的孩子缝衣服。寒风卷着雪花飘进了窗子，落在了黑油油的乌木窗台上。她抬头向窗外望去，一不留神，针扎破了她的手指，鲜红的血流了出来，有三点血滴落在飘进窗子的雪花上。她若有所思地凝视着点缀（zhuì）在白雪上的鲜红血滴，又看了看乌木窗台，说道："但愿我生一个女儿，皮肤长得像雪一样白，嘴唇像血一样红，那么艳丽、那么娇嫩，头发长得就像这窗子的乌木一般又黑又亮！"

不久，王后果然生了一个女儿，女孩的皮肤真的就像雪一样白嫩，嘴唇像血一样红润，头发像乌木一样黑亮。所以，王后给她起名叫"白雪公主"。但白雪公主还没有长大，她的王后妈妈就去世了。

后来，国王爸爸又娶了一个妻子。这个新王后长得非常漂亮，但她很自负，嫉妒心极强，只要听说有人比她漂亮，她都不能忍受。她有一面魔镜，所以经常走到镜子面前自我欣赏，并问道：

"镜子，告诉我，告诉我实话！全国所有的女人谁最漂亮？"

镜子回答道："是你，王后！你就是这儿最漂亮的女人。"

听到这样的话，她就会满意地笑起来。但白雪公主慢慢地长大，并出落得越来越标致、漂亮了。

白雪公主渐渐长大了，小姑娘长得水灵灵的，人见人爱，美丽动人。到了七岁时，她长得比明媚的春光还要艳丽夺目，比王后更美丽动人。直到有一天，王后像往常一样地去问那面魔镜：

"镜子，告诉我，告诉我实话！

全国所有的女人谁最漂亮？"

镜子作出了这样的回答：

"王后，你是美丽漂亮的，但是白雪公主要比你更加漂亮！"

她听到了这话，心里充满了愤怒和妒忌（dù·jì），脸也变得苍白起来。她叫来了一名仆人对他说："给我把白雪公主抓到大森林里去，我再也不希望看到她了。你必须把她杀掉。"

仆人把白雪公主带走了。在森林里他正要动手杀死她时，她哭泣着哀求他不要杀害她。面对楚楚动人的可怜的小公主的哀求，仆人的同情之心油然而生，他说道："你是一个人见人爱的孩子，我不会杀害你的。"就这样，他把她单独留在了森林里。

仆人走了以后，白雪公主一个人非常害怕，她在森林里到处徘徊（pái·huái），寻找出去的路。野兽在她身旁吼（hǒu）叫，但却没有一个去伤害她。到了晚上，她来到了一间小房子跟前。当她确定这间房子没有人时，就推门走进去想休息一下，因为她已经实在走不动了。一进门，她就发现房子里的一切都布置得井井有条、十分整洁干净。桌子上铺着白布，上面摆放着七个小盘子，每个盘子里都装有一块面包和其他一些吃的东西；盘子旁边依次放着七个装满葡萄酒的玻璃杯、七把刀子和叉子等；靠墙还并排放着七张小床。此时她感到又饿又渴，也顾不得这是谁的了，走上前去从每块面包上切了一小块吃了，又把每只玻璃杯里的酒喝了一点点。吃过、喝过之后，她觉得非常疲倦（pí·juàn），想躺下休息休息，于是来到那些床前，七张床的每一张她几乎都试过了，不是这一张太长，就是那一张太短，直到试了第七张床才合适。她在上面躺下来，很快就睡着了。

不久，房子的主人们回来了，他们是七个在山里开矿采金子的小矮人。他们点亮七盏灯，马上发现有人动过房子里的东西。第一个问：“谁坐过我的凳子？”第二个问：“谁吃过我盘子里的东西？”第三个问：“谁吃过我的面包？”第四个问：“谁动了我的调羹 (gēng)？”第五个问：“谁用过我的叉子？”第六个问：“谁用过我的小刀？”第七个问：“谁喝过我的葡萄酒？”

第一个接着向四周瞧，走到床前，叫道：“是谁在我的床上睡过？”其余的一听都跑过来，紧跟着他们也都叫了起来，因为他们都看得出有人在他们的床上躺过。第七个矮人一看他的床上正睡着白雪公主，立刻把他的兄弟们都叫了过来。他们拿来灯，仔细照着白雪公主，看了好一阵子，惊奇地感叹道：“我的天哪，她是一个多么可爱的孩子呀！”他们欣喜而又爱怜地看着她，生怕将她吵醒。晚上，第七个小矮人轮着和其他的几个小矮人每人睡一个小时，度过了这个夜晚。

第二天早上，白雪公主醒来后见有七个小矮人围着她，吓了一大跳。但他们非常和气地问她：“你叫什么名字？”看着他们那善良、朴实的面孔和热情的目光，她回答说：“我叫白雪公主。”小矮人们又问：“你是怎样到我们家里来的？”于是，白雪公主向他们讲述了自己的全部经历。他们听了非常同情，说道：“如果你愿意为我们收拾房子、做饭、洗衣服、纺线、缝补衣裳 (shang)，你可以留在这儿，我们会尽心照料你的。”白雪公主很乐意地说：“好的，我非常愿意。”这样，七个小矮人每天到山里寻找金子和银子，白雪公主则待在家里干些家务活。他们告诫 (jiè) 她说：“王后不久就会找出你在哪儿的，你千万不要让任何人进屋来。”

那个仆人回来复命后，王后以为白雪公主已经死了，这下，她一定是全国最漂亮的女人了，她走到魔镜面前说：

“镜子，告诉我，告诉我实话！

全国所有的女人谁最漂亮？"

镜子回答说：

"王后，你是这儿最漂亮的女人，

但是在山的那一边，

在那绿色的树荫（yīn）下，

有七个小矮人建造的小房屋，

白雪公主就躲藏（cáng）在那里，

哎呀，王后！

她比你更漂亮。"

王后听了大吃一惊，因为她知道这面镜子是从不说假话的，一定是那仆人蒙骗了她，她决不能容忍有任何比她更漂亮的人活在这个世上。所以，她把自己装扮成一个卖杂货的老太婆，翻山越岭来到了那七个小矮人的住处。她敲着门喊道："卖杂货，多好的杂货呀！"白雪公主从窗户往外看去，说道："老人家，你好！你卖的是什么啊？"她回答道："好东西，好漂亮的东西，有各种颜色的带子和线筒。"白雪公主暗想："这老太婆，好像并不是那种坏人，就让她进来吧。"想到这里，她跑过去打开门。老太婆进来后说道："哎呀！看你的胸带多差呀，来吧，让我给你系上一根漂亮的新带子。"白雪公主做梦也没想到这会有危险，所以她走上前去站在了老太婆的面前。老太婆很熟练地将带子给她系在胸前，系着系着，突然她猛地用力将带子拉紧，白雪公主便被勒（lēi）得透不过气来，很快便失去知觉倒在了地上，就像死去了一样。看到她的样子，恶毒的王后说道："这下你的美丽该结束了吧！"说完就放心地走了。

晚上，七个小矮人回来了，当他们看到诚实、可爱的白雪公主躺在地上一动不动、就像死了一样时，他们的心马上缩紧了，急忙上前将她抬了起来，他们马上剪断了带子。过了一会儿，白雪公主慢慢地开始呼吸了，不久她又活了过来。听她讲完事情的经过后，他们说道：

"那个老太婆就是王后，下次你要当心，在我们离开后，千万不要让任何人进来。"

王后一回到家里，就迫不及待地径直走到魔镜面前，像往常一样对着镜子说话。但令她吃惊的是镜子的回答仍然是这样的：

"王后，你是这儿最漂亮的女人，

但是在山的那一边，

在那绿色的树荫下，

有七个小矮人建造的小房屋，

白雪公主就躲在那里，

哎呀，王后!

她比你更漂亮。"

知道白雪公主仍然活着，恼怒与怨恨使王后浑身血气翻涌，心里却凉透了。她不甘心，也不能忍受，于是又对自己进行打扮，这次的伪装尽管还是一个老太婆，但却完全不同于上次。伪装好后，她带上一把有毒的梳子，翻山越岭来到了七个小矮人的房门前，敲着门喊道：

"买不买东西哟!"白雪公主在里面听到了，把门敞开一条缝说道：

"我可不敢让别人进来了。"王后连忙说道："你只要看看我这把漂亮的梳子就行了。"说完把那把有毒的梳子递了进去。梳子看起来的确很漂亮，白雪公主拿过梳子，想在头上试着梳一梳，但就在梳子刚碰到她的头时，梳子上的毒力发作了，她倒在地上，失去了知觉。王后冷笑着说道："你早该这样躺着了。"说完就走了。

幸运的是这天晚上，小矮人们回来得很早，当他们看见白雪公主躺在地上时，知道一定又发生了不幸的事情，急忙将她抱起来查看，很快就发现了那把有毒的梳子。他们将它拔了出来，不久，白雪公主恢复了知觉、醒了过来。接着，她把事情发生的经过告诉了他们，七个小矮人再次告诫她，任何人来了都不要再开门。

此刻，王后已回到王宫，站在了魔镜前，询问着镜子，但听到的竟还是和上次相同的回答。这下，她气得浑身都哆嗦（duō·suō）起来了，她无法忍受这样的回答，狂叫道："白雪公主一定要死，即使以我的生命为代价也在所不惜！"她悄悄地走进一间偏僻的房子里，精心制作了一个毒苹果。这苹果的外面看起来红红的，非常诱人，但只要吃一点就会要人的命。接着，她将自己装扮成一个农妇，翻山越岭又来到了小矮人的房舍，伸手敲了敲门。白雪公主把头从窗户里探出来说道："我不敢让人进来，因为小矮人们告诫我，任何人来了都不要开门。""就随你吧，"老农妇拿出那个毒苹果说道，"可是这苹果实在是太漂亮了，我就作一个礼物送给你吧。"白雪公主说道："不，我可不敢要。"老农妇急了："你这傻孩子，你担心什么？难道这苹果有毒吗？来！你吃一半，我吃一半。"说完就将苹果分成了两半。其实，王后在制作毒苹果时，只在苹果的一边下了毒，另一边却是好的。白雪公主看了看那苹果，很想尝一尝。她看见那农妇吃了那一半，就再也忍不住了，接过另一半苹果咬了一口。苹果刚一进口，她就倒在地上死去了。王后一见，脸上露出了快意的狞（níng）笑，说道："这次再没有人能救你的命了！"她回到王宫，来到魔镜前，问道：

"镜子，告诉我，告诉我实话！

全国所有的女人谁最漂亮？"

镜子回答道：

"是你，王后！

你就是全国最漂亮的女人。"

听到这句话，王后的嫉妒（jì·dù）心才安定下来，感到十分愉快和幸福。夜幕降临时，小矮人都回到了家里，他们发现白雪公主躺在地上，嘴里没有了呼吸。他们不相信她真的死了，将她抱了起来，给她梳头发，用酒和水为她洗脸，但一切都是徒劳的。他们极为伤心地将她放在棺（guān）木上，七个小矮人坐在旁边守着。他们悲痛欲绝，整整守了三天三夜。最后他们绝望了，准备将她入土掩埋，但看到白雪公主的脸色红润依旧，栩（xǔ）栩如生，他们说："我们不能把她埋在阴冷黑暗的地下。"所以，他们做了一口从外面也能看见她的玻璃棺材，把她放了进去，棺材上用金子嵌（qiàn）着白雪公主的名字及铭（míng）文。小矮人们将棺材安放在一座小山上面，由一个小矮人永远坐在旁边看守。天空中飞来不少鸟儿，首先是一只猫头鹰，接着是一只渡（dù）鸦，最后飞来的是一只鸽子，它们都来为白雪公主的死而痛哭。

白雪公主就这样一直被安放在小山上，过了很久很久，她的样子看起来仍然像是在那儿安睡，皮肤仍然如雪一样地白嫩，脸色仍然透着血一般的红润，头发仍然如乌木一样又黑又亮。直到有一天，一个王子来到了小矮人的房子前，拜访了七个小矮人。在小山上，他看到了白雪公主及棺材上的铭文，心里非常激动，一刻也不能平静。他对小矮人说要付给他们金钱，求他们让他把白雪公主和棺材带走。但小矮人说："就是用世界上所有的金子来换，我们也不会同意让她离我们而去的。"王子不停地恳求，甚至哀求。看到他如此真心诚意，他们终于被他的虔（qián）诚所感动，同意让他把棺材带走。但就在他叫人把棺材抬起来准备回家时，棺材被撞了一下，那块毒苹果突然从她嘴里吐了出来，白雪公主马上醒了。她茫然地问道："我这是在哪儿呀？"王子把发生的一切都告诉了她，最后说道："我爱你胜过爱世界上的一切，走吧！与我到我父亲的王宫去，我将娶你做我的妻子。"白雪公主同意了，并与王子一同回了家。在将一切准备好后，他们就要举行婚礼了，他们邀请了许多客人来参加婚礼。

在他们邀请的客人当中，就有白雪公主的继母王后，她将自己打扮得富贵典雅，对着魔镜说道：

"镜子，告诉我，告诉我实话！

全国所有的女人谁最漂亮？"

镜子回答说：

"是你，我想这儿是你最漂亮，

但是王子的新娘比你漂亮得多。"

听到这些话，她又勃 (bó) 然大怒起来，但又无可奈何。嫉妒心与好奇心使她决定去看看这位新娘。当她到达举行婚礼的地方时，才知道这新娘不是别人，正是她认为已经死去很久的白雪公主。看到白雪公主，她气得昏了过去，自此便一病不起，不久就在嫉妒、愤恨与痛苦的自我煎熬(jiān·áo) 中死去了。白雪公主和王子结婚后，美满的生活充满了欢乐和幸福，他们一辈子都快快乐乐地在一起。

（格林兄弟）

灰姑娘

从前，有一个富人的妻子得了重病，在她觉得自己快不行的时候，她把自己的独生女儿叫到身边，对女儿说："亲爱的孩子，只要你永远诚实、善良，上帝会帮助你的。妈妈也会在天上看着你、保佑你的。"说完这些就闭上眼睛死了。

母亲被葬（zàng）在了花园里，女儿是个善良的女孩，每天都到母亲的坟（fén）前去哭泣。冬天来了，下雪了，大雪像白色的毛毯（tǎn）盖在母亲的坟上。春风吹来，太阳又卸去了坟上的银装素裹（guǒ）。冬去春来，爸爸又娶了另外一个妻子。小女孩就有了一个后妈。

后妈嫁过来时，带来了她以前生的两个女儿。这两个女儿外表很美丽，但是心肠又黑、又狠、又毒。从此以后，这个可怜的小姑娘就开始遭罪了。她们说："要这样一个没用的丫头在厅堂里干什么？谁要吃饭，谁就得自己去挣得，快滚到厨房里做女佣去吧！"

说完，她们就脱去小姑娘漂亮的衣裳，给她穿上灰色的旧衣服，把她赶到厨房里去了。她被迫去干艰苦的活儿，每天天不亮就起来担水、生火、做饭、洗衣，而且还要忍受她们姐妹俩对她的漠（mò）视和折磨。到了晚上，她累得筋（jīn）疲力尽时，连睡觉的床铺也没有，不得不睡在炉灶旁边的灰烬（jìn）中。这样一来她身上都沾满了灰烬，又脏又难看，由于这个原因她们就叫她灰姑娘。

有一次，父亲要到集市去，就问两个继女，要他给她们带什么回来。第一个说："我要漂亮的衣裳。"第二个叫道："我要珍珠和钻石。"他又对自己的女儿说："孩子，你想要什么？"灰姑娘说："亲爱的爸爸，就把你回家路上碰着你帽子的第一根树枝折给我吧。"

父亲回来时，他为两个继女带回了她们想要的漂亮衣服和珍珠、钻石。在路上，他穿过一片浓密的矮树林时，有一根榛 (zhēn) 树枝条碰着了他，几乎把他的帽子都要扫下来了，所以他把这根树枝折下来带上了。回到家里时，他把树枝给了女儿，灰姑娘拿着树枝来到母亲的坟前，将它栽到了坟边。她每天都要到坟边哭三次，每次伤心地哭泣时，泪水就会不断地滴落在树枝上，浇灌 (guàn) 着它，使树枝很快长成了一棵漂亮的大树。不久，有一只小鸟来树上筑巢 (cháo)，她与小鸟交谈起来。后来她想要什么，小鸟都会给她带来。

国王为了给自己的儿子选择未婚妻，准备举办一个为期三天的盛大宴 (yàn) 会，邀请全国年轻漂亮的姑娘来参加。王子打算从这些参加舞会的姑娘中选一个做自己未来的新娘。灰姑娘的两个姐姐都被邀请去参加。她们听说后，非常高兴，把灰姑娘叫来，说道："快来为我们梳好头发，擦亮鞋子，系好腰带，我们要去参加国王举办的舞会。"她按她们的要求给她们收拾打扮完毕后，禁不住哭了起来，因为她自己也想去参加舞会。她苦苦哀求她的继母让她去，可继母说道："哎哟！灰姑娘，你也想去？你穿什么去呀！你连礼服都没有，甚至连舞也不会跳，你想去参加什么舞会啊？"灰姑娘不停地哀求着，为了摆脱她的纠缠，继母最后说道："我把这一满盆豌 (wān) 豆倒进灰堆里去，如果你在两小时内把它们都拣出来了，你就可以去参加宴会。"说完，她将一盆豌豆倒进灰烬里，扬长而去。灰姑娘没办法，只好跑出后门来到花园里喊道：

"天空中的鸽子和斑鸠 (bān·jiū)，

飞来吧！飞到这里来吧！

快乐的鸟雀朋友们，

飞来吧！快快飞到这里来吧！

大伙快来帮我忙,

快快拣出灰中的豌豆来吧!"

先飞来的是两只白鸽,跟着飞来的是两只斑鸠,接着天空中所有的小鸟都叽叽喳 (jī·zhā)喳地拍动着翅膀,飞到了灰堆上。小白鸽低下头开始在灰堆里拣起来,一颗一颗地拣、不停地拣! 其他的鸟儿也开始拣,一颗一颗地拣、不停地拣! 它们把所有的豌豆都从灰里拣出来放到了一个盆子里面,只用一个小时就拣完了。她向它们道谢后,鸟雀从窗子里飞走开了。她怀着兴奋的心情,端着盆子去找继母,以为自己可以去参加舞宴了。但她却说道:"不行,不行! 你这个浑身是灰的孩子,你没有礼服,不会跳舞,你不能去。"灰姑娘又苦苦地哀求继母让她去。继母这次说道:"如果你能在一个小时之内把这样的两盆豌豆从灰堆里拣出来,你就可以去了。"她满以为这次可以摆脱灰姑娘了,说完将两盆豌豆倒进了灰堆里,还搅 (jiǎo)和了一会,然后得意洋洋地走了。但灰姑娘又跑到屋后的花园里和前次一样地喊道:

"天空中的鸽子和斑鸠,

飞来吧! 飞到这里来吧!

快乐的鸟雀朋友们,

飞来吧! 快快飞到这里来吧!

大伙快来帮我忙,

快快拣出灰中的豌豆来吧!"

先飞来的是两只白鸽,跟着飞来的是两只斑鸠,接着天空中所有的小鸟都叽叽喳喳地拍动着翅膀,飞到了灰堆上。小白鸽低下头开始在灰堆里拣起来,一颗一颗地拣、不停地拣! 其他的鸟儿也开始拣,一颗一颗地拣、不停地拣! 它们把所有的豌豆都从灰里拣出来放到了盆子里面,这次只用半个小时就拣完了。鸟雀们飞去之后,灰姑娘怀着极其兴奋的心情,端着盆子去找继母,以为自己可以去参加舞会了。但继母却说道："算了！你别再白费劲了，你是不能去的。你没有礼服，不会跳舞，你只会给我们丢脸。"说完他们夫妻俩与她自己的两个女儿出发参加宴会去了。

现在，家里的人都走了，只留下灰姑娘孤零零地一个人悲伤地坐在榛树下哭泣：

"榛树啊！请你帮帮我，

请你摇一摇，

为我抖落金银礼服一整套。"

她的朋友小鸟从树上飞出来，为她带了一套金银制成的礼服和一双光亮的丝制舞鞋。收拾打扮、穿上礼服之后，灰姑娘在她两个姐妹之后来到了舞厅。穿上豪华的礼服之后，她看起来是如此高雅、漂亮、美丽。她们都认不出她来，以为她一定是一位陌（mò）生的公主，根本就没有想到她就是灰姑娘，她们以为灰姑娘仍老老实实地待在家中的灰堆里呢。

王子看到她，很快向她走来，伸出手挽（wǎn）着她，请她跳起舞来。他再也不和其他姑娘跳舞了，他的手始终不肯放开她。每当有人来请她跳舞时，王子总是说："这位女士正在与我跳着呢。"他们一起跳到很晚，她才想起要回家了。王子想知道这位美丽的姑娘到底住在哪里，所以说道："我送你回家去吧。"灰姑娘表面上同意了，但却趁（chèn）他不注意时，悄悄地溜（liū）走，拔腿向家里跑去。王子在后面紧追不舍，她只好跳进鸽子房并把门关上。王子等在外面不肯离去，一直到她父亲回家时，王子才上前告诉他，说那位他在舞会上遇到的不知道姓名的姑娘藏进了这间鸽子房。当他打开鸽子房门时，里面却已空无一人，王子只好失望地回宫去了。父母进屋子时，灰姑娘已经穿上脏衣服躺在灰堆边上了，就像她一直躺在那儿似的。实际上，灰姑娘刚才很快穿过鸽子房来到榛树前脱下了漂亮的礼服,将它们放回树上,让小鸟把它们带走了,自己则回到屋里坐到了灰堆上,穿上了她那灰色的外套。

第二天,当舞会又要开始时,她的爸爸、继母和两个姐妹都去了。灰姑娘来到树下说:

"榛树啊!请你帮帮我,

请你摇一摇,

为我抖落金银礼服一整套。"

那些小鸟来了,它们带来了一套比她前一天穿的那套更加漂亮的礼服。当她来到舞会大厅时,她的美丽使所有的人惊讶不已。一直在等待她到来的王子立即上前挽着她的手,请她跳起舞来。每当有人要请她跳舞时,他总是和前一天一样说:"这位女士正与我跳着呢。"到了半夜她要回家去的时候,王子也和前一天一样跟着她,以为这样可以看到她进了哪一幢(zhuàng)房子。但她还是甩掉了他,并立即跳进了她父亲房子后面的花园里。花园里有一棵很漂亮的大梨树,树上结满了成熟的梨。灰姑娘不知道自己该藏在什么地方,只好爬到了树上。王子没有看到她,他不知道她去了哪儿,只好又一直等到她父亲回来,才走上前对他说:"那个与我跳舞的不知姓名的姑娘溜走了,我认为她肯定是跳上梨树去了。"父亲暗想:"难道是灰姑娘吗?"于是,他要人去取梯子,爬上树一看,树上根本没有人。当父亲和继母到厨房来看时,灰姑娘和平时一样正躺在灰堆里。原来她跳上梨树后,又从树的另一边溜下来,脱下漂亮的礼服,让榛树上的小鸟带了回去,然后又穿上了她自己的灰色外套。

第三天,当她父亲、继母和两个姐妹走了以后,她又来到花园里说道:

"榛树啊!请你帮帮我,

请你摇一摇,

为我抖落金银礼服一整套。"

她的那些小鸟朋友又带来了一套比第二天那套更加漂亮的礼服和一双纯金的舞鞋。当她赶到舞会现场时，大家都被她那无法用语言表达的美给惊呆了。王子只与她一个人跳舞，每当有其他人请她跳舞时，他总是说："这位女士是我的舞伴。"当午夜快要来临时，她要回家了，王子又要送她回去，并暗暗说道："这次我可不能让她跑掉了。"然而，灰姑娘还是设法从他身边溜走了。由于走得过于匆忙，她竟把左脚的金舞鞋失落在楼梯上了。

王子将舞鞋拾起，第二天来到他的国王父亲面前说："我要娶正好能穿上这只金舞鞋的姑娘做我的妻子。"灰姑娘的两个姐妹听到这个消息后非常高兴，因为她们都有一双很漂亮的脚，她们认为自己穿上那只舞鞋是毫无疑问的。姐姐由她妈妈陪着先到房子里去试穿那只舞鞋，可她的大脚趾（zhǐ）却穿不进去，那只鞋对她来说太小了。于是她妈妈拿给她一把刀说："没关系，把大脚趾切掉！只要你当上了王后，还在乎这脚趾头干嘛，你想到哪儿去根本就不需要用脚了。"大女儿听了，觉得有道理，这傻姑娘忍着痛苦切掉了自己的大脚趾，勉强穿在脚上来到王子面前。王子看她穿好了鞋子，就把她当成了新娘，把她带走了。

但在他们出门回王宫的路上，经过后花园灰姑娘栽的那棵榛树时，停在树枝上的一只小鸽子唱道：

"扭头看，回头瞧，

鞋里鲜血往外冒；

这只鞋子实在小，

真正的新娘还得回去找。"

王子听见后，下马盯着她的脚看了看，发现鲜血正从鞋子里流出来。他知道自己被欺（qī）骗了，马上掉转马头，把假新娘带回她的家里说道："这不是真新娘,让另一个妹妹来试试这只鞋子吧。"于是妹妹试着把鞋穿在脚上,脚前面进去了,可脚后跟太大了,就是穿不进去。她妈妈让她削(xiāo)去脚后跟穿进去,然后拉着她来到王子面前。王子看她穿好了鞋子,就把她当做新娘扶上马,并肩坐在一起离去了。

但当他们经过榛树时,小鸽子仍栖(qī)息在树枝上,它唱道:

"扭头看,回头瞧,

鞋里鲜血往外冒;

这只鞋子实在小,

真正的新娘还得回去找。"

王子低头一看,发现血正从舞鞋里流出来,连她的白色长袜也浸红了。他掉转马头,同样把她送了回去,对她的父亲说:"这不是真新娘,你还有女儿吗?"父亲回答说:"没有了,只有我前妻生的一个叫灰姑娘的小女儿,她不可能是新娘的。"然而,王子一定要他把她带来试一试。灰姑娘先把脸和手洗干净,然后走进来很有教养地向王子屈膝(xī)行礼。王子把舞鞋拿给她穿,鞋子穿在她脚上就像是专门为她做的一样。他走上前仔细看清楚她的脸后,认出了她,马上兴奋地说道:"这才是我真正的新娘。"继母和她的两个姐妹大吃一惊,当王子把灰姑娘扶上马时,她们气得脸都发白了,眼睁睁地看着王子把她带走了。他们来到榛树边时,小白鸽唱道:

"扭头看,回头瞧,

鞋里鲜血没有了;

鞋子不大也不小,

真正的新娘找到了。"

鸽子唱完之后,飞上前来,停在了灰姑娘的右肩上。他们一起向王宫走去。

(格林兄弟)

大拇指

从前,有一个贫苦的农夫,每天晚上坐在炉子旁边拨着火,他的妻子坐在旁边纺 (fǎng) 线。一天晚上,农夫说:"我们多可怜呀,连个孩子也没有! 别人家里热热闹闹地,我们家里却这样冷清。"

"是啊,"妻子叹了一口气,说,"如果我们有一个孩子,哪怕他只有大拇指那么大,我们也会满足的,我们照样会全心全意地爱他。"

后来,他们真的生了一个孩子。孩子虽然四肢健全,但身高还不及大拇指那么长。因为他的身体大小跟大拇指差不多,他们就叫他"大拇指"。虽然他们精心喂养他,给他吃得饱饱的,但孩子总也不长个儿,永远像生下来时那么小;不过,他的双眼看上去有一种灵气,而且很快就表现出他是一个聪明伶俐 (líng·lì) 的孩子。凡是他能做的事情,他都干得很成功。

有一天,农夫准备好了去森林里砍柴,他自言自语地说:"要是有一个人能随后把马车给我送去就好了。"

"爸爸,"大拇指说道,"我给您送马车吧。您放心,我会按时把马车送到森林里的。"

爸爸笑着说:"那怎么行呢! 你个子太矮,够不着缰 (jiāng) 绳,无法赶马呀。"

"没关系,爸爸,只要妈妈把马车套好,我坐在马耳朵里,吆 (yāo) 喝马怎么走就行了。"

爸爸回答说:"好吧,那我们就试一试。"

时间到了，母亲套好马车，把大拇指放在马耳朵里，然后小家伙就吆喝起来："嘚(dēi)儿——驾！哦——吁 (yū)！"马走得很好，就像车把式赶得一样。车子顺着大路朝森林里走去。当车子正要转弯、小家伙吆喝"哦，哦！"的时候，来了两个陌生人。

其中一个人说："你瞧，这是怎么回事？这辆马车在走，也听得见车夫吆喝的声音，可怎么看不见人呢？"

另一个说："这可有点奇怪，我们跟着马车，看它停在哪里。"

车子一直走到森林里，正好停在砍柴的地方。大拇指看见了他父亲，便大声喊道："你瞧，爸爸，我把马车赶来了，现在你把我取下来吧。"

父亲左手牵住马，右手把他的小儿子从马耳朵里取出来。大拇指非常高兴地坐在一根麦秆 (gǎn) 儿上。那两个陌生人看见大拇指，惊讶得不知说什么才好。

其中一个把另一个拉到旁边说："听着，如果把这个小家伙带到大城市里玩把戏，我们一定会发财的，我们把他买下来吧。"于是他俩走到农夫面前说："把这个小人儿卖给我们吧，他跟着我们会幸福的。"

"不行，"父亲回答说，"他是我的心肝，就是把世界上所有的金子都给我，我也不卖。"

但是，大拇指听到了他们谈的这笔交易，就顺着父亲衣服上的褶(zhě)子爬上去，站到他的肩上，对着他的耳朵悄悄地说："爸爸，你只管把我卖给他们吧，我还会回来的！"于是父亲把他交给那两个男人，得了一大笔钱。

两个人带着大拇指离开了。

"你想坐在哪儿？"他们对他说。

"把我放到你的帽檐上吧，我在上面还可以来回散散步、看看风景，不会掉下来的。"

他们满足了他的愿望。大拇指向父亲告了别，他们就带着他走了。走到黄昏时分，小家伙说："把我拿下来吧，我要撒(sā)尿。"

"就在上面撒吧"，大拇指坐在他帽子上的那个人说，"没关系，有时小鸟儿还往我身上拉屎呢。"

"不行"，大拇指说，"这点礼貌我还是懂的，快把我拿下来吧。"

那人只好摘下帽子，把小家伙放在路旁的地上。他在土坷垃(kē·lā)中间跳来跳去、爬上爬下，发现一个老鼠洞，突然钻了进去。"晚上好，先生们，你们回家去吧，不必管我了。"他向他们喊道，嘲笑了他们一顿。他们跑过来，用棍子捅老鼠洞，可是白费劲，大拇指已经爬到洞深处去了。不久，天全黑了，那两个人只得垂头丧气地带着空钱袋回家去了。大拇指发现他们走远了，就从那个地下通道里爬了出来。

他向四周看了看，自言自语地说："黑夜里在田野上走太危险了，很容易碰断胳膊和腿儿，还是先找个地方过夜吧。"他看见旁边有一只空蜗牛壳，真是高兴极了。"谢天谢地！我可以安全地在这里过夜了。"说着就爬了进去。

没过多久，他正要入睡的时候，他听见有两个人从他跟前路过，其中一个说：

"我们怎样才能把那个富教士的金钱和银子弄到手呢？"

"我可以告诉你们该怎么办。"大拇指插嘴喊道。

"怎么回事？"一个小偷吃惊地说。"我听见有人说话。"

他们停下来仔细听。大拇指又说："你们带着我吧，我可以帮助你们。"

"你在哪儿？"

"你们在地上找吧，听听声音是从哪里传来的就知道了。"他回答说。

两个小偷终于找到了他，把他拿起来。他们说："你这个小东西，你能帮我们什么忙！"

大拇指回答说："我可以从铁栅(zhà)栏中间爬进教士的屋子，把你们所要的东西递出来呀。"

他们说："好吧，我们倒要看看你有什么本事。"

他们来到教士的房前，大拇指一爬进屋子，马上扯着嗓子喊了起来："这里的东西你们都要吗？"

小偷慌忙说："你小点声，别把人吵醒了。"大拇指装作没听懂，又喊道："你们要什么？这里的东西你们全要吗？"

睡在隔壁房间的女仆听见这些话，从床上爬起来，仔细听着。两个小偷吓得往后跑了一段路，终于又鼓起勇气，想：小家伙在跟我们开玩笑呢。他们又走回来，悄悄地对他说："别闹了，给我们递点东西出来吧。"大拇指又憋(biē)足了劲儿大声喊道："我要把所有的东西都递给你们，把手伸进来吧。"正在倾听的女仆把这些话听得清清楚楚，她从床上跳下来，跌(diē)跌撞撞地向门口跑去。两个小偷慌忙逃走了。

女仆因为天黑什么也看不见，就去点了一盏灯。等她把灯端来的时候，大拇指已经逃到了谷仓里，没有被她发现。女仆把各个角落都找遍了，什么也没发现。

大拇指爬到稻草堆里，找了一个睡觉的好地方。他打算在那儿睡到天亮，然后回家去找他的父母。可是他还得经历其它的事情呢！世界上的不幸和灾难真是数也数不清！天刚蒙蒙亮，女仆就从床上爬起来，去喂牲(shēng)口。她首先来到谷仓里，抱了一大抱稻草，可怜的大拇指正好躺在这堆稻草里睡觉呢。他睡得很死，一点儿也没有觉察，直到母牛把他连稻草一起吞进胃里时，他才醒过来。他终于害怕起来，大声喊道："别再给我添饲 (sì) 料了，别再给我添饲料了！"女仆正在挤牛奶，她听见有人说话，却不见人影，而且这声音同她夜里听到的一样。她吓得从小椅子上滑了下来，牛奶也撒了一地。

她急忙跑到主人那里，喊道："啊，天哪！教士先生，母牛刚才说话了。"

"你疯了吗？"教士回答说。他亲自来到牛圈里，他刚迈进一只脚，大拇指又喊起来："别再给我添饲料了，别再给我添饲料了。"教士自己也吓了一大跳，以为是恶魔钻进牛肚子里去了，就叫人把它宰了。母牛被杀死以后，藏着大拇指的牛胃被扔到垃圾堆上。大拇指费了好大的力气，才挖出一条通道。但是，正当他要把脑袋伸出来时，又遇到了一场新的灾难。一只饿狼跑过来，一口把整个牛胃吞了下去。可大拇指并没有丧失勇气，他想，也许狼肯听我的话。于是他在狼肚子里喊道："亲爱的狼，我知道一个地方，那里有你喜欢吃的东西。"

狼问："在哪儿？"

"在一间屋子里，你从阴沟爬进去，就可以找到蛋糕、熏 (xūn) 肉和香肠，想吃多少就有多少。"大拇指向狼详细描述着他父亲的房子。狼没等他说第二遍，就趁着天黑从阴沟里钻进去，在储藏室里大吃起来。它吃饱了，想出去，可是肚子鼓起来，从进来的地方出不去了。大拇指早就算好了这一着，他使足了劲，在狼肚子里大叫大嚷、拼命折腾。

小家伙终于吵醒了他的父亲和母亲。他们跑到储藏室门前，隔着门缝往里瞧。他们看见里面有一只狼，就又跑回去，丈夫去取斧子，妻子去取镰 (lián) 刀。

当他们进储 (chǔ) 藏室的时候，丈夫说，"你留在后边，我先砍它一斧头，要是它还没死，你就砍它一镰刀，把它肚子拉破。"

大拇指听见他父亲的声音，就喊道："亲爱的爸爸，我藏在狼肚子里。"父亲非常高兴地说："谢天谢地，我们亲爱的孩子又找到了。"他叫妻子把镰刀拿开，免得伤着大拇指。然后他举起斧子，朝狼脑袋上砍去，狼倒在地上死了。他们找来刀子，划开狼的肚皮，把小家伙拖了出来。

父亲说："就是把世界上所有的财富都给我们，我们也不再把你卖了。"父母说着，搂住他们亲爱的大拇指，亲热地吻起来。他们给他吃、给他喝，还让人给他做了新衣服，因为他身上的衣服已经在旅行中穿得破烂不堪(kān)了。

（格林兄弟）

小红帽

　　从前有个漂亮可爱的小姑娘，谁见了都喜欢她，但最喜欢她的，还要数她的外婆，简直是要什么就给她什么。一次，外婆送给小姑娘一顶用丝绒做的小红帽，戴在她的头上正好合适。从此以后，小姑娘再也不愿意戴任何别的帽子了，于是大家便叫她"小红帽"。

　　一天，妈妈对小红帽说："来，小红帽，这里有一块蛋糕和一瓶葡萄酒，快给外婆送去，外婆生病了，身子很虚弱，吃了这些就会好一些的。趁着现在天还没有黑，赶紧动身吧。在路上要好好走，不要跑，也不要离开大路，否则你会摔跤 (jiāo) 的，那样外婆就什么也吃不上了。"

　　"我会小心的。"小红帽对妈妈说。然后和妈妈挥手告别。

　　外婆家在村外一个林子里，离小红帽家有很长一段路，还要路过一片森林。小红帽刚走进森林，就碰到了一条狼。小红帽不知道狼是坏家伙，所以一点也不怕它。

　　"你好，小红帽。"狼说。

　　"你好，狼先生。"

　　"小红帽，这么早要到哪里去呀？"

　　"我去看外婆。"

　　"你去看外婆带的什么呀？"

　　"蛋糕和葡萄酒。昨天，我们家烤 (kǎo) 了一些蛋糕，外婆病了，要吃一些好东西才能恢复过来。"

"你外婆住在哪里呀，小红帽？"

"进了林子还有一段路呢。她的房子就在三棵大橡 (xiàng) 树下，外面围着核桃树篱笆，很好找的。"小红帽说。

狼在心中盘算着："这小东西细皮嫩肉的，味道肯定比那老太婆要好。我要想个好办法，把她俩都捉住吃了。"于是它陪着小红帽走了一会儿，然后说：

"小红帽，你看周围这些花多么美丽啊！干吗不过去看一看，采一些带给你外婆呢？还有这些小鸟，它们唱得多么动听啊！你大概根本没有听到吧？林子里有这么多好玩儿的，你干吗就像是去上学一样，只管往前走呢。"

小红帽抬起头来，看到阳光透过树叶，晃来晃去，好像在跳舞，到处是美丽的鲜花，便想："也许我该采一些鲜花送给外婆，让她高兴高兴。现在天色还早，我不会去太晚的。"她于是离开大路，走进林子去采花。她每采下一朵花，总觉得前面还有更美丽的花朵，便又向前走去，结果一直走到了林子深处。

就在此时，狼却直接跑到外婆家，敲了敲门。

"是谁呀？" 外婆问。

"我是小红帽。"狼回答，"我给你送蛋糕和葡萄酒来了。快开门哪。"

"你拉一下门的把手门就开了，"外婆大声说，"我身上没有力气，起不来。"

狼一拉门把手，那门就开了。狼冲到外婆的床前，就把外婆吞进了肚子里。然后她穿上外婆的衣服、戴上她的帽子，躺在床上，还拉上了帘子。

可这时小红帽还在跑来跑去地采花。直到采了许多许多，她都拿不了，才想起外婆来，便重新上路去外婆家。

看到外婆家的屋门敞开着，她感到很奇怪。她一走进屋子就有一种异样的感觉，心中便想："天哪！平常我那么喜欢来外婆家，今天怎么这样害怕？"她大声叫道："早上好！"可是没有听到回答。她走到床前拉开帘子，只见外婆躺在床上，帽子拉得低低的，把脸都遮住了，样子非常奇怪。

"哎，外婆，"她说，"你的耳朵怎么这样大呀？"

"为了更好地听你说话呀，乖乖。"

"可是外婆，你的眼睛怎么这样大呀？"小红帽又问。

"为了更清楚地看你呀，乖乖。"

"外婆，你的手怎么这样大呀？"

"可以更好地抱着你呀。"

"外婆，你的嘴巴怎么大得很吓人呀？"

"可以一口把你吃掉呀！"

狼刚把话说完，就从床上跳起来，把小红帽也吞进了肚子里。狼满足了食欲之后便重新躺到床上睡觉，而且鼾(hān)声震天。一位猎人碰巧从屋前走过，心想："这老太太鼾打得好响啊！我要进去看看她是不是出什么事了。"猎人进了屋，来到床前时却发现躺在那里的竟是狼。"你这老坏蛋，我找了你这么久，真没想到在这里找到你！"他说。他正准备向狼开枪，突然又想到，这狼很可能把外婆吞进了肚子，外婆也许还活着。猎人就没有开枪，而是操起一把剪刀，动手把呼呼大睡的狼的肚子剪了开来。他刚剪了两下，就看到了红色的小帽子。他又剪了两下，小姑娘便跳了出来，叫道："真把我吓坏了！狼肚子里黑漆(qī)漆的。"接着，外婆也活着出来了，只是有点喘(chuǎn)不过气来。小红帽赶紧跑去搬来几块大石头，塞进狼的肚子里。狼醒来之后想逃走，可是那些石头太重了，它刚站起来就跌倒在地，摔死了。

　　三个人高兴极了。猎人剥下狼皮，回家去了；奶奶吃了小红帽带来的蛋糕和葡萄酒，精神好多了。小红帽在想："以后要听妈妈的话，再也不独自离开大路、跑进森林去了。"

（格林兄弟）

皇帝的新衣

　　从前有一位皇帝，非常喜欢穿新衣服。他为了要穿得漂亮，把所有的钱都花到买新衣服上去了。他一点也不关心他的国家，也不喜欢去看戏。他也不喜欢乘着马车去逛公园，除非是为了去炫耀(xuàn•yào)一下他的新衣服。

　　他每天每个钟头要换一套新衣服。通常人们谈起别的皇帝时，总是说"皇上在议事厅"或"皇上在书房里"。但是人们一提到这位皇帝时，总是说"皇上在更衣室里"。

　　皇帝所住的都市，繁华热闹，每天有许多外国人来来往往。有一天来了两个骗子，他们一副裁缝和织布师打扮，自称是织布师和裁缝。他们对外放出风声，说他们能织出谁也想象不到的色彩最精美、图案最精巧的布做出世界上最漂亮的衣服。用这种色彩最精美、图案最精巧的布缝出来的衣服还有一种奇异的作用，那就是不称职的人或者愚蠢(yú•chǔn)的人都看不见这衣服。

　　"那正是我最喜欢的衣服！"皇帝心里想，"我穿了这样的衣服，就可以看出我的帝国里哪些人不称职，我也就可以辨别出哪些人聪明、哪些人愚蠢了。是的，我要叫他们马上织出这样的布来！"

　　他下令付给这两个骗子许多钱，叫他们马上开始工作，为他织布做新衣。

　　于是两个骗子架起两台织布机，装作是在抓紧织布的样子，可是他们的织布机上什么东西也没有。他们只是接二连三地向皇帝要大批的蚕(cán)丝和金钱，把这些东西都装进自己的腰包里。但是他们却在那两架空空的织布机上假装在忙碌地工作，一直忙到深夜。

"我很想知道他们的布究竟织得怎样了，"皇帝想。不过，他立刻就想起了愚蠢的人或不称职的人是看不见这布的。他心里的确感到有些不大自在。他相信他自己是用不着害怕的。虽然如此，他还是觉得应先派一个人去看看比较妥当。

全城的人都听说过这布料有一种奇异的力量，所以大家都很想趁这机会来测验一下，他们的邻人究竟是聪明，还是愚蠢。

"我要派最忠诚的老臣到织工那儿去看看，"皇帝经过深思熟虑，最后决定，"只有他能看出这布料是个什么样子，因为他这个人很聪明，而且没有人比他更称职了。"

于是，这位忠诚、善良的老臣来到那两个骗子的工作地点，并看见他们正在空空的织布机上忙活。

"这是怎么一回事情？"老臣想，把眼睛睁得有碗口那么大。

"我什么东西也没有看见！"但是他不敢把这句话说出来。

那两个骗子请他走近一点，指着那两架空空的织布机，同时问他，布的花纹是不是很美丽、色彩是不是很漂亮。可怜的老臣的眼睛越睁越大，可是他还是看不见什么东西，因为织布机上的确什么东西也没有。

"我的老天爷！"他想。"难道我是一个愚蠢的人吗？我从来没有怀疑过我自己。我决不能让人知道这事情。难道我不称职吗？——不成，我决不能让人知道我看不见布料。"

"阁下，你一点意见也没有吗？"一个正在织布的织布师说。

"啊，美极了！真是美妙极了！"老臣说。他戴着眼镜仔细地看。"多么美的花纹！多么美的色彩！是的，我将要呈报皇上，说我对这布非常满意。"

"我们听到您的话真高兴。"两个织布师一齐说。他们把这些稀有的色彩和花纹描写了一番，还加上些名词儿。这位老大臣注意地听着，以便回到皇帝那里去时可以照样儿背得出来。事实上他也就这样办了。

这两个骗子又要了很多的蚕丝和金子，他们说这是为了织布的需要。他们仍然把这些东西全装进腰包里，连一根线也没有放到织布机上去。不过他们还是照常继续在空空的织布机上忙活着。

过了不久，皇帝又派了另一位诚实的官员去看看，布是不是很快就可以织好了。他的遭遇和头一位大臣一样，他围着织布机看了又看，但是除了那两台空空的织布机，他什么东西也没看到。

"老大臣觉得这布很漂亮，您难道不这么认为？"两个骗子问。他们又故伎(jì)重演，还指着空空的织布机作了一些解释，吹嘘图案多么漂亮、色彩多么鲜艳。

"我并不愚蠢！"这位官员想。"这大概是因为我不配担当现在这样好的官职吧？这也真够滑稽(jī)，但是我决不能让人看出来！"因此，他就把他完全没有看见的布称赞了一番，同时对他们说，他非常喜欢这些美丽的颜色和巧妙的花纹。"是的，那真是太美了，"他回去对皇帝说。

城里所有的人都在谈论这美丽的布料。

当这布还在织的时候，皇帝就很想亲自去看一次了。他选了一群特别圈定的随员——其中包括已经去看过的那两位诚实的大臣。这样，他就来到那两个狡猾(jiǎo•huá)的骗子住的地方。只见这两个家伙正在全神贯注地织着布，但是一根线的影子也看不见。

"您看这布漂亮吗？"那两位诚实的官员说。"陛(bì)下请看，多么美丽的花纹！多么美丽的色彩！"他们指着那架空空的织布机，因为他们以为别人一定会看得见布料的。

"这是怎么一回事儿呢？"皇帝心里想，"我什么也没有看见！这真是荒唐! 难道我是一个愚蠢的人吗? 难道我不配做皇帝吗? 这真是我从来没有碰见过的一件最可怕的事情。"

"啊, 它真是美极了!"皇帝说,"我非常满意!"于是他就点头表示满意。他装出很仔细地看着织布机的样子, 因为他不愿意说出他什么也没有看见。跟皇帝来的全体随员也仔细地看了又看, 可是他们也没有看见有什么布料。不过, 他们也照着皇帝的话说:"啊, 真是美极了!"他们建议皇帝用这种新奇的、美丽的布料做成衣服, 穿上这衣服亲自去参加快要举行的游行大典。"真美丽! 真精致! 真是好极了!"每人都随声附和着。每人都有说不出的快乐。皇帝赐给骗子每人一个十字勋章并挂在扣眼上; 并且还封他们为"御聘 (yù•pìn) 织师"。

第二天早晨游行大典就要举行了。在头天晚上, 这两个骗子整夜不睡, 点起十六枝蜡烛。让人们可以看到他们是在赶夜工, 要完成皇帝的新衣。他们装作把布料从织机上取下来。他们用两把大剪刀在空中裁了一阵子, 同时又用没有穿线的针缝了一通。最后, 他们齐声说:"请看! 皇帝的新衣服缝好了!"

皇帝带着一群贵族们到来了。这两个骗子每人举起一只手, 好像他们拿着一件什么东西似的。他们说:"请看吧, 这是裤子! 这是袍子! 这是外衣! 这衣服轻柔得像蜘蛛网一样, 穿着它的人会觉得好像身上没有什么东西似的——这也正是这衣服的妙处。"

"一点也不错。"所有的骑士都说, 可是他们什么也没有看见, 因为实际上什么东西也没有。

"现在请皇上脱下衣服,"两个骗子说,"我们要在这个大镜子面前为陛下换上新衣。"

皇帝把身上的衣服统统都脱光了。这两个骗子装作把他们刚才缝好的新衣服一件一件地交给他。

他们在他的腰围那儿弄了一阵子, 好像是系上一件什么东西似的。皇帝在镜子面前转了转身子，扭了扭腰身。

"上帝，这衣服多么合身啊！式样裁得多么好看啊！"大家都说，"多么美的花纹！多么美的色彩！这真是一套贵重的衣服！"

"一切都准备好了，只等陛下出去游行！"典礼官说。

"对，我已经穿好了。"皇帝说，"这新衣服合我的身吗？"于是他又在镜子面前把身子转动了一下，因为他要叫大家看出他在认真地欣赏他美丽的服装。

那些将要托着后裾的内宫大臣们，都把手在地上东摸西摸，好像他们真的在提起衣裾（jū），假装捧在手中。他们开步走，手中托着空气——他们不敢让人瞧出他们实在什么东西也没有看见。

就这样，皇帝就在那个富丽的华盖下游行起来了。站在街上和窗子里的人都说："乖乖，皇上的新衣真是漂亮！他上衣下面的后裾是多么美丽！衣服多么合身！"谁也不愿意让人知道自己看不见什么东西，因为这样就会暴露自己不称职或是太愚蠢。皇帝所有的衣服从来没有得到这样普遍的称赞。

"皇帝什么衣服也没有穿呀！"一个小孩子最后叫出声来。

"上帝，孩子这是在说什么！"孩子的爸爸说。但是，这孩子说的话被悄悄地传播开来。

"他并没有穿什么衣服！有一个小孩子说他并没有穿什么衣服呀！"

"他确实什么衣服都没有穿呀！"最后所有的老百姓都说。

皇帝有点懊恼，因为他似乎觉得老百姓们所讲的话是对的。不过他自己心里却这样想：

"我必须把这游行大典举行完毕。"因此，他摆出一副更骄傲的神情；他的内臣们跟在他后面走，手中托着一个并不存在的后裾。

（安徒生）

丑小鸭

　　乡间真是非常美丽。这正是夏天！小麦是金黄的，燕麦是绿油油的。干草在绿色的牧场上堆成美丽的垛（duò）。鹳（guàn）鸟迈着它那又长又红的腿在散步，还一边嘟囔（dū·nang）着埃及话。这种语言是它从妈妈那儿学来的。田野和牧场的周围环绕着大森林，森林里有很深的池塘。的确，在乡间散步是非常愉快的。太阳光正照着一幢老式的房子，它周围流着几条很深的小溪。从墙角到水边，全长满了巨大的牛蒡（bàng）叶子。叶子长得非常高，最高的叶子下面可以容纳小孩子直着腰站立。这儿有一只母鸭坐在窝里，她得把她的几个小鸭都孵（fū）了出来，不过这时她已经很累了。

　　终于，那些鸭蛋一个接着一个地崩开了。"噼！噼！"蛋壳响起来。所有的蛋黄现在都变成了小生命。他们把小头都伸了出来。

　　"嘎！嘎！"母鸭说。他们也就跟着嘎嘎地大声叫起来。他们在绿叶子下面向四周看。妈妈让他们尽量地东张西望，因为绿色对他们的眼睛是有好处的。

　　"这个世界真够大！"这些年轻的小家伙说。的确，比起他们在蛋壳里的时候，现在的空间真是大了不少。

　　"你们以为这就是整个世界？"妈妈问道，"这世界大着呢！等你们看到一直延伸到牧师的田里的花园时，就会知道！连我自己都没有去过这么远！你们都出来了吗？"她站起来，接着说道，"没有，这只顶大的蛋还躺着没有动静。它还得躺多久呢？我真是有些烦了。"

于是她又坐回窝里。

"唔，怎么样了？"一只来拜访她的老鸭子问。

"还有一个蛋没有孵出来，"母鸭说，"它老是不裂开。请你看看别的孩子吧。他们难道不是你见过的最可爱的小鸭吗？"

"让我瞧瞧这个老是不裂开的蛋吧，"那只老鸭子说，"我敢担保，这是一只火鸡的蛋。我也碰到过同样的情形：那些小家伙不知道给我添了多少麻烦和苦恼，因为他们都不敢下水。让我来瞧瞧这只蛋吧。哎呀！这是一只火鸡的蛋！让它自己躺着吧，你只管带着别的孩子去游泳好了。"

"我想我还是多孵一会儿吧，"鸭妈妈说，"我已经坐了这么久，就是再多坐它几天也没有关系。"

"那么就请便吧。"老鸭子说着就走开了。

最后这只大蛋裂开了。"劈！劈！"新生的这个小家伙叫着向外面爬。他是又大又丑。鸭妈妈把他瞧了一眼。"这个小鸭子大得怕人，"她说，"别的没有一个像他，但是他一点也不像火鸡！"

第二天天气晴朗，暖暖的太阳照在绿色的牛蒡叶子上。鸭妈妈带着她所有的孩子来到小溪边。扑通！她跳进水里去了。"嘎！嘎！"她叫着，于是小鸭子就一个接着一个跳下去。水淹到他们头上，但是他们马上又冒出来了，游得非常漂亮。他们全都在水里，连那个丑陋的灰色小家伙也跟他们在一起游。

"唔，他不是一个火鸡，"她说，"你看他的腿划得多灵活，他浮得多么稳！他是我亲生的孩子！如果你把他仔细看一看，他还算长得蛮漂亮呢。嘎！嘎！跟我一块儿来吧，我把你们带到广大的世界里去，把那个农场介绍给你们看看。不过，你们得紧贴着我，免得别人踩着你们。你们还得当心猫儿呢！"

就这样，他们到农场里来了。农场里响起了可怕的吵闹声，因为有两个家族正在争夺一个鳝 (shàn) 鱼头，而结果猫儿却把它抢走了。

　　"孩子们，你们瞧，世界就是这个样子！"鸭妈妈说。她的嘴流了一点口水，因为她也想吃那个鳝鱼头。"现在，你们抬腿走吧！"她说，"你们打起精神来。你们如果看到那儿的一个老母鸭，你们就得把头低下来，因为她是这儿最有声望的人物。她有西班牙的血统，而且，她长得很富态。你们看，她的腿上有一条红布条。这是一件非常出色的东西，也是一个鸭子可能得到的最大光荣：它的意义很大，说明人们不愿意失去她，动物和人统统都得认识她。打起精神来吧——不要把腿子缩进去。一个有很好教养的鸭子总是把腿摆开的，像爸爸和妈妈一样。"

　　他们这样做了。别的鸭子站在旁边看着，同时用相当大的声音说：

　　"瞧！现在又来了一批找东西吃的客人，好像我们的人数还不够多似的！呸！瞧那只小鸭的一副丑相！我们真看不惯！"于是马上有一只鸭子飞过去，在他的脖颈上啄了一下。

　　"请你们不要管他吧，"妈妈说，"他并不伤害谁呀！"

　　"对，不过他长得太大、太丑了，"啄 (zhuó) 过他的那只鸭子说，"所以必须教训教训他！"

　　"那个母鸭的其他孩子都很漂亮，"腿上有一条红布的那个母鸭说，"只有一只是例外。这真是可惜。我希望能把他变个样儿。"

　　"那可不能，太太，"鸭妈妈回答说。"他不好看，但是他的脾气非常好，他游起水来也不比别人差。我想他会慢慢长得好看些。他在蛋壳里呆得太久了，因此他的模样有点不太自然。"她说着，同时在他的脖颈上啄了一下，把他的羽毛理了一理。"他是一只公鸭，"她说，"所以关系也不太大。我想他的身体很结实，将来总会自己照顾自己的。"

　　"别的小鸭倒很可爱，"老母鸭说，"你在这儿不要客气。如果你找到鳝鱼头，请把它送给我好了。"

他们现在在这儿，就像在自己家里一样。不过最后从蛋壳里爬出的那只小鸭太丑了，到处挨打，被排挤，被讥笑，不仅在鸭群中是这样，连在鸡群中也是这样。

"他真是又粗又大！"大家都说。有一只雄火鸡生下来脚上就有距，因此他自以为是一个皇帝。他把自己吹得像一条鼓满了风的帆船，来势汹汹地向他走来，瞪着一双大眼睛，脸上涨得通红。这只可怜的小鸭不知道站在什么地方，或者走到什么地方去好。他觉得非常悲哀，因为自己长得那么丑陋，而且成了全体鸡鸭嘲笑的对象。

这是头一天的情形，后来一天比一天糟。大家都要赶走这只可怜的小鸭，连他自己的兄弟姊妹也对他不客气。他们老是说："你这个丑八怪，希望猫儿把你抓去才好！"连他的妈妈也说起来："我希望你走远些！"鸭儿们啄他，小鸡打他，喂鸡鸭的那个女佣人也用脚踢他。

于是他飞过篱笆逃走了。他一口气飞到一块沼泽地里，那里住着野鸭。他在这儿躺了一整夜，因为他太累了、太沮丧了。

天亮的时候，野鸭都飞起来了。他们瞧了瞧这位新来的朋友。

"你是谁呀？"他们问。小鸭尽量对大家恭恭敬敬地行礼。

"你真是丑得厉害，"野鸭们说，"不过只要你不跟我们族里任何鸭子结婚，对我们倒也没有什么大的关系。"可怜的小东西！他根本没有想到什么结婚，他只希望人家准许他躺在芦苇 (lú·wěi) 里，喝点沼泽的水就够了。

他在那儿躺了两个整天。后来有两只雁 (yàn)——严格地讲，应该说是两只公雁，因为他们是两个男的——飞来了。他们从娘的蛋壳里爬出来还没有多久，因此非常顽皮。

"听着，朋友，"他们中有一个说，"你丑得可爱，连我都禁不住要喜欢你了。你做一个候鸟，跟我们一块儿飞走好吗？另外有一块沼泽地离这儿很近，那里有好几只活泼可爱的野雁儿。她们都是单身的姑娘，你那么丑，可以在她们那儿碰碰你的运气，看看能不能讨个老婆！"

"砰（pēng）！砰！"天空中发出一阵响声。这两只公雁落到芦苇里，死了，把水染得鲜红。"砰！砰！"又是一阵响声，整群的雁儿都从芦苇里飞起来，于是又是一阵枪声响起来了。原来有人在大规模地打猎。猎人都埋伏在这沼泽地的周围，有几个人甚至坐在伸到芦苇上空的树枝上，俯视着芦苇丛。这时，一群猎狗都扑通扑通地跑过来，芦苇向两边倒去。这可把可怜的小鸭吓坏了！他把头扭过去，藏在翅膀下。就在这时，一只骇（hài）人的大猎狗来到了小鸭的身边。它的舌头从嘴里伸出很长，眼睛发出丑恶和可怕的光。它把鼻子顶到这小鸭的身上，露出了尖牙齿，可是——扑通！扑通！——它跑开了，没有把他抓走。

"啊，谢天谢地！"小鸭叹了一口气，"我丑得连猎狗也不愿咬我了！"

他一动不动地躺着。枪声还在芦苇里响着，子弹还在周围飞。

天快要暗的时候，四周才静下来，可是这只可怜的小鸭还是不敢站起来。他等了好几个钟头，才小心地向四周一望，然后，他急忙跑出这块沼泽地，拼命地跑，向田野上跑，向牧场上跑。

到天黑的时候，他来到一个破旧的农家小屋。它是那么残破，甚至不知道应该向哪一边倒才好——因此它也就没有倒。狂风在小鸭身边号叫得非常厉害，他再也跑不动了，只好坐下来。他看到屋门没有关严，那门上的铰链（jiǎo·liàn）有一个已经松了，门也歪了，他可以从空隙中钻进屋子里去，他便钻进去了。

屋子里有一个老太婆、一只猫，还有一只母鸡。老太婆管这只猫儿叫"小儿子"。他能把背拱得很高，发出咪咪的叫声来；你倒摸他的毛时，他身上还能迸（bèng）出火花。母鸡的腿又短又小，因此她叫"短腿鸡儿"。她生下的蛋很好，所以，老太婆把她爱得像自己的亲生孩子一样。

第二天早晨，人们马上注意到了这只来历不明的客人。那只猫儿开始咪咪地叫；那只母鸡也咯（gē）咯地喊起来。

"吵吵什么？"老太婆一边说，一边朝四周看。不过她的眼睛有点花，所以，她以为小鸭是一只肥鸭，走错了路，才跑到这儿来了。

"这真是少有的运气！"她说，"现在我可以有鸭蛋了。我只希望他不是一只公鸭才好！我们得弄个清楚！"

这样，小鸭就在这里经受了三个星期的考验，可是他一个蛋也没有生下来。那只猫儿是这家的绅（shēn）士，那只母鸡是这家的太太，所以他们一开口就说："我们和这世界！"因为他们以为他们就是半个世界，而且还是最好的那一半呢。小鸭觉得自己可以有不同的看法，但是他的这种态度，母鸡却忍受不了。

"你能够生蛋吗？"她问。

"不能！"

"那么就请你不要发表意见。"

猫儿说："你能拱起背、发出咪咪的叫声和迸出火花吗？"

"不能！"

"那么，当聪明的人在讲话的时候，你就没有发表意见的必要！"

于是，小鸭坐在一个墙角里，心情非常不好。这时屋里透进来新鲜空气和阳光，他觉得有一种奇怪的渴望：他想到水里去游泳。最后他实在忍不住了，就不得不把心事告诉母鸡。

"你的想法多荒唐！"母鸡说，"你没有事情可干，所以，你才有这些怪想法。你要是生几个蛋，或者咪咪地叫几声，那么你这些怪想法也就会没有了。"

"不过，在水里游泳是多么痛快呀！"小鸭说。"让水淹在你的头上，往水底一钻，那是多么痛快呀！"

"是的，那一定很痛快！"母鸡说，"你简直在发疯。你去问问猫儿吧——在我所认识的一切朋友当中，他是最聪明的——你去问问他喜欢不喜欢在水里游泳，或者钻进水里去。我先不讲我自己的观点，你去问问我们的主人——那个老太婆吧，世界上再也没有比她更聪明的人了！你以为她想去游泳、让水淹在她的头顶上吗？"

"你们不了解我。"小鸭说。

"我们不了解你？那么请问，谁了解你呢？你难道会比猫儿和女主人更聪明？且先不说我自己。孩子，你不要胡思乱想了！你能被收留在这里，你应该感谢上帝。你现在在一个温暖的屋子里，有了一些朋友，而且还可以从中学习很多的东西，不是吗？不过你却是一个废物，跟你在一起真不痛快。相信我，我对你说这些不中听的话，完全是对你好呀。只有这样，你才知道谁是你的真正朋友！请你注意学习生蛋，或者咪咪地叫，或者迸出火花吧！"

"我想我还是回到外面广大的世界里去好。"小鸭说。

"好吧，你就去吧！"母鸡说。

于是小鸭就离开了农舍。他找到有水的地方，一会儿在水上游，一会儿钻进水里去；不过，因为他的样子丑，所有的动物都瞧不起他。

秋天到了，冬天也已经临近。树林里的叶子变成了黄色和棕色。落叶被风卷起，在寒冷的空中飞舞。沉沉的云块载着冰雹 (báo) 和雪花，低低地悬着。乌鸦站在篱笆上，冻得"哇哇"惨叫，谁见了这情景，都会觉得冷得发抖。这只可怜的小鸭的确没有一个舒服的时候。

一天晚上，当太阳在七彩云霞中落下，有一群漂亮的大鸟从灌

(guàn) 木林里飞出来，小鸭从来没有看到过这样美丽的大鸟。他们洁白的羽毛，颈项又长又柔软，这就是天鹅。他们发出一种奇异的叫声，展开美丽的长翅膀，飞越大海，从寒冷的地带飞向温暖的国度，飞向不结冰的湖上去。

他们飞得很高——那么高，丑小鸭不禁感到一种说不出的兴奋。他在水上像一个车轮似地不停地旋转着，同时把自己的颈项高高地向他们伸着，发出一种响亮的怪叫声，连他自己也害怕起来。啊！他再也无法忘记这些美丽的鸟儿、这些幸福的鸟儿。当他们在视线中消失的时候，丑小鸭就沉入水底；但是当他再冒到水面上来的时候，却感到由衷的兴奋。他不知道这些鸟儿的名字，也不知道他们要向什么地方飞去。不过他爱他们，好像他从来没有对其他任何鸟儿有过这种情感。他并不嫉妒这些美丽的鸟儿，也不奢望像他们那样美丽可爱，只要别的鸭儿准许他跟他们生活在一起，他就已经很满意了。

冬天变得很冷，越来越冷！小鸭不得不在水上游来游去，免得水面完全冻结成冰。不过他游动的这个小范围，一晚比一晚缩小。最后水冻得太厉害了，当他游动的时候，已经可以听到冰块的碎裂声。小鸭只好用他的一双腿不停地游动，免得水完全被冰封闭。最后，他终于昏倒了，躺着动也不动，跟冰块结在了一起。

大清早，有一个农民从这儿经过。他看到了这只小鸭，就走过去用木屐 (jī) 把冰块踏破，然后把他抱回家里，送给了他的妻子。这可怜的小东西这时才渐渐地暖和了过来、恢复了知觉。

小孩子们都想要跟他玩，不过小鸭以为他们想要伤害他。他惊跳起来，一下子跳到牛奶盘里去了，把牛奶溅得满屋子都是。女人惊叫起来，拍着双手。这么一来，小鸭更害怕了，一不小心就飞到黄油盆里，然后就跌进面粉桶里去了，最后才爬出来。瞧他那样子！女人尖声地叫起来，拿着火钳(qián)要打他。小孩们挤作一团，想抓住这小鸭。他们又是笑，又是叫！——幸好大门是开着的，他逃走了。他钻进灌木林中新下的雪里面去。他躺在那里，几乎像昏倒了一样。

当冬天过去、太阳又开始温暖地照着的时候，他正躺在沼泽地的芦苇里，感到非常温暖。百灵鸟唱起歌来了——这是一个美丽的春天。忽然间他举起翅膀：翅膀拍起来比以前有力得多，马上就把他托起来飞走了。他不知不觉地已经飞进了一座大花园。这儿苹果树正开着花，紫丁香散发着香气，又长又绿的枝条垂到弯弯曲曲的溪流上。啊，这儿美丽极了，充满了春天的气息！三只美丽的白天鹅从树荫里一直游到他面前来。他们轻飘飘地浮在水上，翅膀发出飕(sōu)飕的响声。小鸭认出这些美丽的动物，于是心里感到一种说不出的难过。

"我要飞向他们，飞向这些高贵的鸟儿！可是他们会把我弄死的，因为我这么丑，居然还敢靠近他们。不过这没有什么关系！即便被他们杀死，也要比被鸭子咬、被鸡群啄、被农场的那个女佣人踢和在冬天受苦好得多！"

于是他飞到水里，向这些美丽的天鹅游去。这些动物看到他，马上就竖起翅膀向他游来。"请你们弄死我吧！"这只可怜的动物说。他把头低低地垂到水面上，只等待着死。

但是他在这清澈的水上看到了什么呢？他看到了自己的倒影：那不再是一只粗笨的、深灰色的、又丑又令人讨厌的鸭子，而却是—— 一只美丽的天鹅！

只要你来自一只天鹅蛋，就算你是生在养鸭场里又有什么关系呢？

对于他过去所受的不幸和苦恼，他现在感到非常高兴。他现在更加清楚地认识到今天的幸福和快乐，更加尽情地珍惜和享受如今的幸福生活。

——许多大天鹅在他周围游泳，用嘴来亲他。

花园里来了几个小孩子。他们向水上抛来许多面包片和麦粒。最小的那个孩子喊道："你们看那只新天鹅！"别的孩子也兴高采烈地叫起来："是的，又来了一只新的天鹅！"于是他们拍着手，跳起舞来，向他们的爸爸和妈妈跑去。

他们抛了更多的面包和糕饼到水里，同时大家都说："这新来的一只最美！那么年轻，那么好看！"那些老天鹅不禁在他面前低下头来。

他感到非常难为情。他把头藏到翅膀里面去，不知道怎么办才好。他感到太幸福了，但他一点也不骄傲，因为一颗好的心是永远不会骄傲的。他想起他曾经怎样被人迫害和讥笑过，而他现在却听到大家说他是美丽的鸟中最美丽的一只鸟儿。紫丁香在他面前把枝条垂到水里去，太阳照得很温暖、很柔和。他扇动翅膀，伸直细长的颈项，从内心里发出一个快乐的声音：

"当我还是一只丑小鸭的时候，我做梦也没有想到会有这么多的幸福！"

（安徒生）

夜莺(yīng)

　　这个故事发生在很久很久以前，中国一位皇帝的宫殿 (diàn) 是世界上最华丽的。皇帝的御 (yù) 花园布置得非常精巧，一切都引人注目。花园是那么大，连园丁都不知道它的尽头在哪里。如果一个人不停地向前走，他可以走到一个茂密的树林，树林里面有很高的树，还有很深的湖。树林一直延伸向蔚(wèi)蓝色的、深沉的大海。

　　树林里住着一只夜莺。它的歌唱得美妙动听，连忙碌 (lù) 的穷苦渔夫在夜间出去收网的时候，一听到这夜莺的歌唱，也不得不停下来欣赏一下。

　　"我的天，唱得多么美啊！"他说。但是他不得不去做他的工作，所以只好把这鸟儿忘掉。不过第二天晚上，这鸟儿又唱起来了。渔夫听到歌声的时候，不禁又同样地说，"我的天，唱得多么美啊！"

　　世界各国的旅行家来到这座皇城后，都对宫殿和花园赞赏不已。但是，当他们听到夜莺歌唱的时候，他们都说："这是最美的东西！"

　　这些旅行家回到本国以后，就谈论着这件事情。于是许多学者写了大量关于皇城、宫殿和花园的书籍，所有的书里提到的最美妙的都是那只夜莺。那些会写诗的人还写了许多美丽的诗篇，歌颂这只住在树林里的夜莺。

　　这些书流传到全世界，有几本居然流传到皇帝手里。他坐在他的金椅子上，每读一句就点一次头，因为那些关于皇城、宫殿和花园的细致的描写使他读起来感到非常愉快。

当他读到"夜莺是这一切东西中最美的东西"时，他跳了起来。

"这是怎么一回事儿？"皇帝说，"夜莺！我完全不知道有这只夜莺！我的帝国里有这只鸟儿吗？而且它还居然就在我的花园里面？我从来没有听到过这回事儿！我读了人家的书才知道这件事！"于是他把他的侍(shì)臣叫过来。

"据说这儿有一只叫夜莺的奇异的鸟儿！"皇帝说，"人们都说它是我的伟大帝国里一件最珍贵的东西。为什么从来没有人在我面前提起过呢？"

"我从来没有听到过它的名字，"侍臣说，"从来没有人把它进贡(gòng)到宫里来！"

"我命令：今晚必须把它弄来，在我面前唱唱歌。"皇帝说，"全世界都知道我有什么好东西，而我自己却不知道！"

"我从来没有听到过它的名字，"侍臣说。"我得去找找它！"

不过到什么地方去找它呢？这位侍臣在台阶上走上走下，在大厅和长廊里跑来跑去，但是他所遇到的人都说没有听到过有什么夜莺。这位侍臣只好跑回到皇帝那儿去，说这一定是写书的人捏(niē)造的一个神话。

"尊敬的陛下，"侍臣说，"请不要相信书上所写的东西。这些东西大都是捏造的——也就是所谓的'虚构'。"

"不过我读过的那本书，"皇帝说，"是日本国的那位皇帝送来的，因此它绝不会是捏造的。我要听听夜莺歌唱！今晚必须把它弄到这儿来！如果它今晚来不了，宫里所有的人，晚饭后都要挨板子！"

"遵命！"侍臣说。于是他又在台阶上走上走下，在大厅和长廊里跑来跑去。宫里有一半的人在跟着他乱跑，因为大家都不愿意挨揍。

于是他们便开始一种大规模的调查工作，调查这只奇异的夜莺——这只除了宫廷的人以外，大家全都知道的夜莺。

最后他们在厨房里碰见一个穷苦的小女孩。她说：

"哎呀，老天爷，原来你们要找夜莺！我跟它再熟悉不过了，它唱得很好听。每天晚上大家准许我把桌上剩下的一点儿饭粒带回家去，送给我可怜的生病的母亲——她住在海岸旁边。当我在回家的路上走得疲倦（pí·juàn）了的时候，我就在树林里休息一会儿，那时我就听到夜莺唱歌。这时我的眼泪就流出来了，我觉得好像我的母亲在吻我似的！"

"小丫头！"侍臣说，"我将设法在厨房里为你弄一个固定的职位，还要使你得到看皇上吃饭的特权。但是你得把我们带到夜莺那儿去，因为它今晚得在皇上面前表演一下。"

这样他们就一齐走到夜莺经常唱歌的那个树林里去。宫里一半的人都出动了。当他们正在走的时候，一头母牛开始叫起来。

"呀！"一位年轻的贵族说，"现在我们可找到它了！这么一个小的动物，它的声音却特别洪亮！我以前在什么地方听到过这声音。"

"错了，这是牛叫！"厨房的小女佣（yōng）说。"我们离那块地方还远着呢。"

接着，沼泽里的青蛙叫起来了。

"妙极了！"一位年轻的侍臣说："现在我算是听到它了——它听起来像庙里的小小钟声。"

"错了，这是青蛙的叫声！"厨房小女佣说。"不过，我想很快我们就可以听到夜莺歌唱了。"

这时，夜莺开始唱起来。

"听啊，听啊！这才是夜莺唱歌呢！"小女佣指着树枝上的一只小小的灰色鸟儿说，"它就栖在那儿。"

"这个可能吗？"侍臣说。"我从来就没有想到它是那么一副样儿！你们看它是多么平凡啊！这一定是因为它看到有这么多的官员在旁，吓得失去了光彩的缘故。"

"小小的夜莺！"厨房的小女佣高声地喊，"我们仁慈的皇上希望你到他面前去唱唱歌呢。"

"我非常高兴！"夜莺说，于是它唱出动听的歌来。

"这声音像玻璃钟响！"侍臣说。"你们看，它的小歌喉唱得多么好！说来也稀奇，我们过去从未听到过它唱歌。这鸟儿到宫里一定会受到大家欢迎！"

"还要我再为皇上唱一支歌吗？"夜莺问，因为它以为皇帝在场。

"我绝顶好的小夜莺啊！"侍臣说，"我荣幸邀请你到皇宫里去参加一个晚会。在那里你可以用你美妙的歌喉为皇上歌唱。"

"我的歌只有在绿色的树林里才唱得最好！"夜莺说。不过，当它听说皇帝希望见它的时候，它还是去了。

宫殿因为晚会被装饰得焕（huàn）然一新，瓷砖砌的墙和铺的地在无数金灯的光中闪闪发亮。在皇帝坐着的大殿中央，人们竖起了一根金制的柱子，好让夜莺能栖在上面。整个宫廷的人都来了，厨房里的那个小女佣也得到许可站在门后侍候——因为她现在得到了一个真正"厨仆"的称号。大家都穿上了最好的衣服，打扮得漂漂亮亮。皇帝向夜莺点头示意它开始唱歌时，大家都望着这只灰色的小鸟。

这时，夜莺唱了起来，唱得那么美妙，皇帝感动得热泪盈眶，泪水一直流到脸上。夜莺的歌声越长越动人心魄，打动了皇帝的心弦。皇帝显得那么高兴，他甚至还下了一道命令，叫把他的金拖鞋挂在这只鸟儿的脖颈上。不过夜莺谢绝了，说它所得到的报酬已经够多了。

"我看到了皇上眼里的泪珠，"夜莺说，"这对于我说来是最高的奖赏。皇上的眼泪有一种神奇的力量，足够作为对我的奖励了！"于是它用更加迷人的声音又唱了起来。

在场的人都说他们很满意，获得这种评语很不容易，因为让所有的人满意是一件多么不容易的事。总之，夜莺获得了极大的成功。

夜莺现在要在宫里住下来,有了它自己的笼子了。它现在每天只有三次放风时间,白天两次和夜间一次。每次总有十二个仆人跟着。他们牵着系在它腿上的一根丝线——而且他们老是拉得很紧。像这样出去飞行并不是一件轻松愉快的事情。

整个京城里的人都在谈论着这只奇异的鸟儿,当两个人遇见的时候,一个只需说"夜",另一个就接着说"莺",于是他们就互相叹一口气,彼此心照不宣。有十一个做小贩的孩子都起了"夜莺"这个名字,不过他们谁也唱不出一个调子来。

有一天皇帝收到了一个大包裹,外面写着两个字——"夜莺"。

"这又是一本关于我这只名鸟的书!"皇帝说。

不过这并不是一本书,而是一件装在盒子里的工艺品—— 一只人造的夜莺。它跟天生的夜莺长得一模一样,不过它全身镶(xiāng)满了钻石、红玉和青玉。这只人造的鸟儿,只要你上好它的发条,它就能唱出一曲那只真夜莺所唱的歌。同时它的尾巴还会上上下下地抖动,射出金色和银色的光来。它的脖颈上挂有一根小丝带,上面写道:"日本国皇帝的夜莺,比起中国皇帝的夜莺来,稍逊(xùn)一筹!"

"它真是华贵!"大家都说。送来这只人造夜莺的那人马上被册封了一个称号:"皇家首席夜莺使者"。"现在让它们在一起唱吧,那将是多么好听的二重奏啊!"宫廷里的人都说。

不过这个方法却行不通,因为这只人造的鸟儿只能唱"华尔兹舞曲"那个老调,而那只真正的夜莺只是按照自己的方式随意唱。

于是这只人造的鸟儿只好单独唱了。它所获得的成功,赶得上那只真正的夜莺。此外,它还有漂亮的外表——它身上闪闪发光的钻石和宝石。

同样的调子它唱了三十三遍,它却还一点不感到疲倦。大家都愿意继续听下去,不过皇帝说那只活的夜莺也应该唱点儿什么东西才好——可是它到什么地方去了呢？谁也没有注意到它已经飞出了窗子，飞回到它的青翠的树林里面去了。

"它这是什么意思呢？是多么古怪的行为啊！"皇帝说。

所有的朝臣们都咒（zhòu）骂那只夜莺，说它是一个忘恩负义的东西。

"还好总算我们还有一只最好的鸟。"他们说。

因此那只人造的鸟儿又唱起来了。他们把那个同样的曲调又听了一遍——即第三十四次。虽然如此，他们还是没有学会，因为这是一个很难的曲调。乐师极力称赞这只人造鸟儿比真的夜莺更好。乐师很肯定地说："它比那只真的夜莺要好得多！不仅就它美丽的羽毛和珍贵的宝石来说，即使就它的内部来说，也是如此。"

乐师还说："皇帝陛下，各位尊贵的大人，你们要知道，我们永远也猜不到一只真的夜莺会唱出什么歌来；然而在这只人造夜莺的身体里，一切早就安排好了，要它唱什么曲调，它就唱什么曲调！你可以把它拆开和维修，可以看出它的内部活动：它的'华尔兹舞曲'是从什么地方起，到什么地方止，会有什么别的曲调接上来。"

"这正是我们所希望的。"大家都说。

于是乐师就被批准下星期天把这只人造鸟儿公开展览，让百姓看一下。皇帝说，老百姓也应该听听它的歌。后来他们也就听到了，也都感到非常满意。他们都说："妙！"同时举起大拇指，点点头。可是听到过真正的夜莺歌唱的那个渔夫却说："其实它唱得倒也很动听，很像一只真鸟儿，不过它似乎总缺少了一种什么东西，一种我无法说出的东西！"

从此以后那只真正的夜莺便从这土地和帝国里被放逐出去了。

而这只人造夜莺却在皇帝床边的一块丝垫子上占了一个位置。它所得到的是金子和珠宝般的礼品——都被陈列在它的周围。它已经被封为"高贵皇家夜间歌手"的光荣称号。并且它还被提升到"左边第一"的位置，因为皇帝认为心房所在的左边是最重要的一边——任何人的心都是偏左的，皇帝也不例外。

整整一年过去了。皇帝、侍臣们以及其他的中国人都记得这只人造鸟儿所唱的歌中的每一个调儿。不过正因为现在大家都学会了，大家就更喜欢这只鸟儿了——大家现在可以跟它一起唱。街上的孩子们唱，皇帝自己也唱起来——是的，这真是可爱得很！

不过一天晚上，当这只人造鸟儿在唱得最好的时候，当皇帝正躺在床上静听的时候，这只鸟儿的身体里面忽然发出一阵"哑哑"的声音来。有一件什么东西断了，"嘣——"突然，所有的轮子都狂转起来，于是歌声就停止了。

皇帝立即跳下床，把他的御医找来。不过医生又能有什么办法呢，于是大家又去请一个钟表匠来。经过一番琢磨和考查以后，他总算把这只鸟儿勉强修好了，不过他说，这只鸟儿今后再用必须倍加小心，因为它里面的齿轮已经用坏了。这真是一件悲哀的事情！这只鸟儿只能一年唱一次，而这还要算是用得很过火呢！

五个年头过去了。一件真正悲哀的事情降临到了这个国家，他们爱戴的皇帝，已经病危了，将不能久留于人世。新的皇帝已经选好了。

皇帝冷冰冰地躺在龙床上，面色惨白。整个宫廷的人都以为他死了，每人都跑到新皇帝那儿去致敬。可是皇帝还没有死，他僵直地、惨白地躺在华丽的床上。

这位可怜的皇帝几乎无法呼吸了，他的胸口上好像有一件什么东西压着，他睁开眼睛，看到死神坐在他的胸口上，并且还戴上了他的金王冠，一只手拿着皇帝的宝剑，另一只手拿着他的华贵的令旗。四周有许多奇形怪状的脑袋从天鹅绒帷幔（wéi·màn）的褶纹里偷偷地伸出来，有的很丑，有的温和可爱。这些东西都代表皇帝所做过的好事和坏事。现在死神既然坐在他的心坎上，这些奇形怪状的脑袋就特地伸出来看他。

"你记得这件事吗？"它们一个接着一个地低语着，"你记得那件事吗？"它们告诉他许多事情，弄得他的前额（é）冒出了许多汗珠。

"我不知道这件事！"皇帝说。"快把音乐奏起来！快把大鼓敲起来！"他叫出声来，"好叫我听不到他们讲的这些事情。"

然而它们还是不停地在讲。死神像一个中国人那样，对它们所说的话点点头。

"把音乐奏起来呀！把音乐奏起来呀！"皇帝叫起来，"你这只贵重的小金鸟儿，唱吧，唱吧！我曾送给你贵重的金礼品；我曾经亲自把我的金拖鞋挂在你的脖颈上！快唱呀，唱呀！"

可是这只鸟儿站着动也不动一下，因为没有谁来替它上好发条，而它不上好发条就唱不出歌来。

正在这时候，窗子那儿有一个最美丽的歌声唱起来了，这就是那只小小的、活的夜莺。它栖在外面的一根树枝上，它听到皇帝可悲的境况，它现在特地来对他唱点安慰和希望的歌。当它在唱的时候，那些幽灵的面孔就渐渐变得淡了，同时在皇帝虚弱的肢体里，血也开始流动得活跃起来。甚至死神自己也开始听起歌来，而且还说："唱吧，小小的夜莺，请唱下去吧！"

"不过，你愿意给我那把美丽的金剑吗？你愿意给我那面华贵的令旗吗？你愿意给我那顶皇帝的王冠吗？"夜莺问。

死神把这些宝贵的东西都交了出来，以换取一支歌。于是夜莺不停地唱下去。它歌唱那安静的教堂墓地——那儿生长着白色的玫瑰花，那儿接骨木树发出甜蜜的香气，那儿新草染上了未亡人的眼泪。死神这时就眷（juàn）恋地思念起自己的花园来，于是他就变成一股寒冷的白雾，在窗口消逝了。

"多谢你，多谢你！"皇帝说。"你这只神圣的小鸟！我现在懂得你了。我把你从我的土地和帝国赶出去，而你却用歌声把那些邪恶的面孔从我的床边驱走，也把死神从我的心中去掉。我将用什么东西来报答你呢？"

"您已经报答我了！"夜莺说，"当我第一次唱的时候，我从您的眼里得到了您的泪珠——我将永远忘不了这件事。每一滴眼泪都是歌者心中的珍宝——它可以使得一个歌者心花开放。不过现在请您睡吧，请您保养精神，变得健康起来吧，我将再为您唱一支歌。"

于是它唱起来——于是皇帝就甜蜜地睡着了。啊，这一觉是多么温和、多么愉快啊！

当他醒来、感到神志清新、体力恢复了的时候，太阳从窗子里射进来，照在他的身上。他的侍从一个也没有来，因为他们以为他死了。但是夜莺仍然立在他的身边，唱着歌。

"请你永远跟我住在一起吧，"皇帝说。"你喜欢怎样唱就怎样唱。我将把那只人造鸟儿撕成一千块碎片。"

"请不要这样做吧，"夜莺说。"它已经尽了它最大的努力。让它仍然留在您的身边吧。我不能在宫里筑巢住下来。不过，当我想到要来的时候，就请您让我来吧。我将在黄昏的时候栖在窗外的树枝上，为您唱支歌，叫您快乐，也叫您深思。我将歌唱那些幸福的人们和那些受难的人们。您的小小的歌鸟现在要远行了，它要飞到那个穷苦的渔夫身旁去，飞到农民的屋顶上去，飞到住得离您和您的宫廷很远的每个人身边去。比起您的王冠来，我更爱您的心。我将会再来，为您唱歌，不过我要求您答应我一件事。"

"什么事都成！"皇帝说。他亲自穿上他的龙袍站起来，把他那把沉重的金剑按在心上。

"我要求您一件事：请您不要告诉任何人，说您有一只会把什么事情都讲给您听的小鸟。这一切最好保密。"

说完，夜莺就飞走了。

（安徒生）

小美人鱼

　　海里最深的地方是海龙王的宫殿所在地。龙宫的墙是用珊瑚(shān·hú)砌成的，它那些尖顶的高窗子是用最亮的琥珀(hǔ·pò)做成的；屋顶上覆盖着黑色的贝壳，它们随着水的流动可以自动地开合。它们看上去非常美丽，因为每个蚌壳里面都有亮晶晶的珍珠，每一颗珍珠都可以作为皇冠上的装饰品。

　　海龙王已经鳏(guān)居多年，靠老母亲帮他管家。他的老母亲是一个聪明能干的老太太，她对自己高贵的出身感到自豪。她特别喜爱她的那些孙女——小小的海公主们。她们是六个美丽的孩子，而她们之中，要算最小的那一个最美丽了。她的皮肤又光又嫩，像玫瑰的花瓣；她的眼睛是蔚蓝色的，像最深的湖水。不过，她和她的姐妹们一样，她们都没有腿、没有脚，身体的下部是一条鱼尾，人们称她们美人鱼。

　　她们把大部分时间消磨在龙宫里，在开满鲜花的大厅里玩耍。皇宫的窗子是开着的，鱼儿可以自由地游进来，正如我们打开窗子的时候，燕子会飞进来一样。不过鱼儿一直游向这些小小的公主们，在她们的手里找东西吃，让她们来抚摸自己。

　　宫殿外面有一个很大的花园，里边生长着许多树木，开满鲜花。树上的果子亮得像黄金，花朵开得像燃烧着的火，花枝和叶子在不停地摆动。地上全是最细的、蓝色的沙子。在那儿，处处都闪耀着一种奇异的蓝色光彩。

在花园里，每一位小公主都有自己的一小块地方，在那上面她们可以随意栽种。有的把自己的花坛布置得像一条鲸(jīng)鱼；有的觉得最好把自己的花坛布置得像一个小人鱼。可是最年幼的那位公主却把自己的花坛布置得圆圆的，像一轮太阳；同时她也只种像太阳一样红的花朵。她是一个古怪的孩子，不大爱讲话，总是静静地在想着什么事情。当别的姊(zǐ)妹们用她们从沉船里得到的最奇异的东西来装饰她们的花园的时候，她除了像高空的太阳一样艳红的花朵以外，只愿意有一个美丽的大理石像。这石像代表一个美丽的男子；它是用一块洁白的石头雕出来的，跟一条遭难的船一同沉到海底。她在这石像旁边种了一株像玫瑰花那样红的垂柳。

她最大的愉快是听些关于上面人类世界的故事。她的老祖母不得不把自己所有一切关于船只和城市、人类和动物的知识讲给她听。特别使她感到新奇的一件事情是：地上的花儿能散发出香气来，而海底里的花儿却不能；地上的森林是绿色的，而且人们所看到的在树枝间游来游去的鱼儿会唱出清脆好听的歌子，叫人感到愉快。老祖母所说的"鱼儿"事实上就是小鸟，但是假如她不这样讲的话，小公主就听不懂她的故事了，因为她还从来没有看到过一只小鸟。

"等你满了十五岁的时候，"老祖母说，"我就准许你浮到海面上去。那时你可以坐在月光底下的石头上面，看巨大的船只在你身边驶过，你也可以看到树林和城市。"

过了这一年，这些姊妹中有一位到了十五岁；可是其余的呢——唔，她们一个比一个小一岁。因此最年幼的那位公主还要足足地等五个年头才能够从海底浮上来，来看看我们的这个世界。不过每一位公主都答应下一位说，要把她第一天所看到和发现的东西讲给大家听。

她们谁也没有像年幼的那位妹妹渴望得那样厉害，而她恰恰要等待得最久，再说她又是那么的沉默和富于感情。不知有多少夜晚她站在开着的窗子旁边，透过深蓝色的海水朝上面凝 (níng) 望，凝望着鱼儿挥动着它们的尾巴和翅。

现在最大的那位公主已经到了十五岁，可以升到水面上去了。当她回来的时候，她有无数的事情要讲；不过她说，最美的事情是当海上风平浪静的时候，在月光底下躺在一个沙滩上面，紧贴着海岸凝望那大城市里亮得像无数星星似的灯光，静听音乐、闹声以及马车和人的声音，观看教堂的圆塔和尖塔，倾听叮当的钟声。

第二年，第二个姐姐得到许可，可以浮出水面，可以随便向什么地方游去了。她跳出水面的时候，太阳刚刚下落；她觉得这景象真是美极了。她说，这时整个的天空看起来像一块黄金，而云块呢——唔，她真没有办法把它们的美形容出来！不过，比它们飞得还要快的、像一片又白又长的面纱，是一群掠 (lüè) 过水面的野天鹅。

又过了一年，第三个姐姐浮上去了。她是她们中最大胆的一位，因此她游向一条流进海里的大河里去了。她看到一些美丽的青山，上面种满了一行一行的葡萄。宫殿和田庄在郁茂的树林中隐隐地露在外面；她听到各种鸟儿唱得多么美好，太阳照得多么暖和，她有时不得不沉入水里，好使得她灼 (zhuó) 热的面孔能够得到一点清凉。

第四个姐姐可不是那么大胆了。她停留在荒凉的大海上面。她说，最美丽的事儿就是停在海上：因为你可以从这儿向四周很远很远的地方望去。她看到过船只，不过这些船只离她很远，看起来像一只海鸥 (ōu)。她看到过快乐的海豚 (tún) 翻着筋斗、庞大的鲸鱼从鼻孔里喷出水来，好像有无数的喷泉在围绕着它们一样。

现在临到那第五个妹妹了。她的生日恰恰是在冬天，所以她能看到其他的姐姐们在第一次浮出海面时所没有看到过的东西。海染上了一片绿色；巨大的冰山在四周移动。她说每一座冰山看起来像一颗珍珠，然而却比人类所建造的教堂塔还要大得多。她曾经坐在一座最大的冰山上，让海风吹着她细长的头发，所有的船只绕过她坐着的那块地方，都惊惶地远远避开。

这些姊妹中随便哪一位，只要是第一次升到海面上去，总是非常高兴地观看这些新鲜和美丽的东西。可是现在呢，她们已经是大女孩子了，可以随便游到她们喜欢去的地方，因此这些东西就不再太引起她们的兴趣了。一个来月以后，她们就说，究竟还是住在海里好——家里是多么舒服啊！

"啊，我多么希望我已经有十五岁啊！"最小的那位妹妹说，"我知道我将会喜欢上面的世界，喜欢住在那个世界里的人们。"

最后她真的到了十五岁了。

"再会吧！"她说。于是她轻盈和明朗得像一个水泡，冒出了水面。当她把头伸出海面的时候，太阳已经下落了，可是所有的云块仍然像玫瑰花和黄金似地发着光；同时，在淡红的天上，太白星已经在美丽地、光亮地眨着眼睛。空气是温和的、新鲜的，海是非常平静的。这儿停着一艘有三根桅（wéi）杆的大船，水手们正坐在护桅索的周围和帆桁（héng）的上面。

这儿有音乐，也有歌声。当天色逐渐变得阴暗的时候，各色各样的灯笼就一起亮起来了。小人鱼一直向船窗那儿游去。每当海浪把她托起来的时候，她可以透过像镜子一样的玻璃窗，望见里面站着许多服装华丽的男子；但他们之中最美的一位是有一对大黑眼珠的王子，他的年纪还不到十六岁。今天是他的生日，正因为这个缘故，今天才这样热闹。

水手们在甲板上跳着舞。当王子走出来的时候，有一百多发火箭一齐向天空射去。天空被照得如同白昼，因此小人鱼非常惊恐起来，赶快沉到水底。可不一会儿，她又把头伸出来了——这时她觉得好像满天的星星都在向她落下，她从来没有看到过这样的焰火。船的全身都被照得那么亮，连每根很小的绳子都可以看得出来，船上的人当然更可以看得清楚了。啊，这位年轻的王子是多么美丽啊！夜已经很晚了，但是小人鱼没有办法把她的视线从这艘船和这位美丽的王子身上移开。那些彩色的灯笼熄了，火箭不再向空中发射了，炮声也停止了。可是在海的深处响起了一种嗡嗡和隆隆的声音，船开动了。她坐在水上，一起一伏地飘着，所以她能看到船舱里的东西。可是船加快了速度，它的帆都先后张起来了。浪涛大起来了，沉重的乌云浮起来了，远处掣 (chè) 起闪电来了。啊，可怕的大风暴快要到来了！

小人鱼觉得这是一种很有趣的航行，可是水手们的看法却不是这样。这艘船现在发出碎裂的声音，它粗厚的板壁被袭来的海涛打弯了。后来，船开始倾斜，水向舱里冲了进来。这时小人鱼才知道他们遭遇到了危险。

天空马上变得漆黑起来，她什么也看不见。不过当闪电掣起来的时候，天空又显得非常明亮，使她可以看出船上的每一个人。现在每个人在尽量为自己寻找生路。她特别注意那位王子。当这艘船裂开，向海的深处下沉的时候，她看到了他。她马上变得非常高兴起来，因为他现在要落到她这儿来了。可是她又记起人类是不能生活在水里的，除非他成了死人，是不能进入她父亲的宫殿的。

不成，决不能让他死去！所以她在那些漂着的船梁和木板之间游过去，一点也没有想到它们可能把她砸死。她深深地沉入水里，接着又在浪涛中高高地浮出来，最后她终于到达了那王子的身边。在这狂暴的海里，他绝没有力量再浮起来。要不是小人鱼及时赶来，他一定会淹死的。她把他的头托出水面，让浪涛载着她跟他一起随便漂流到什么地方去。

天明的时候，风暴已经过去了。那条船连一块碎片也没有了。鲜红的太阳升起来，在水上光耀地照着。它似乎在这位王子的脸上注入了生命。不过他的眼睛仍然是闭着的。小人鱼把他清秀的高额吻了一下，把他透湿的长发理向脑后。她觉得他的样子很像她在海底小花园里的那尊大理石像。她又重新吻了他一下，希望他能苏醒过来。

现在她看见她前面展开一片陆地和一群蔚蓝色的高山，山顶上闪耀着的白雪看起来像睡着的天鹅。沿着海岸是一片美丽的绿色树林，树林前面有一个教堂或是修道院——她不知道究竟叫做什么，反正总是一个建筑物罢了。她托着这位美丽的王子向那儿游去。她把他放到沙上，非常仔细地使他的头高高地搁在温暖的太阳光里。

钟声从那幢（zhuàng）雄伟的白色建筑物中响起来了，有许多年轻女子穿过花园走出来。小人鱼远远地向海里游去，游到冒出海面的几块大石头的后面。她用许多海水的泡沫盖住了她的头发和胸脯，好使得谁也看不见她小小的面孔。她在这儿凝望着，看有谁会来到这个可怜的王子身边。

不一会儿，一个年轻的女子走过来了。她似乎非常吃惊，不久，她找来了许多人。小人鱼看到王子渐渐地苏醒过来了，并且向周围的人发出微笑，可是他却没有对她做出微笑的表情。当然，他一点儿也不知道救他的人就是她。她感到非常地难过。因此当他被抬进那幢高大的房子里去的时候，她悲伤地跳进海里，回到她父亲的宫殿里去了。

她一直就是一个沉静和深思的孩子，现在她变得更是这样了。她的姐姐们都问她第一次升到海面上去究竟看到了一些什么东西，但是她什么也说不出来。

有好多晚上和早晨，她浮出水面，向她曾经放下王子的那块地方游去。她看到那花园里的果子熟了，被摘下来了；她看到高山顶上的雪融化了；但是她看不见那个王子。所以她每次回到家来，总是更感到痛苦。唯一能安慰她的是坐在小花园里，双手抱着与那位王子相似的美丽的大理石像。

最后她再也忍受不住了。不过只要她把她的心事告诉给一个姐姐，其余的人马上也就都知道了。她们之中有一位知道那个王子，她也看到过那次在船上举行的庆祝活动。她知道这位王子是从什么地方来的，他的王国在什么地方。

"来吧，小妹妹！"别的公主们说。她们彼此把手搭在肩上，一长排地升到海面，一直游到一块她们认为是王子的宫殿的地方。

这宫殿是用一种发光的淡黄色石块建造的，里面有许多宽大的大理石台阶——有一个台阶还一直伸到海里呢。华丽的、金色的圆塔从屋顶上伸向空中。在围绕着这整个建筑物的圆柱中间，立着许多大理石像，它们看起来像是活人一样。透过那些高大窗子的明亮玻璃，人们可以看到一些富丽堂皇的大厅，里面悬着贵重的丝窗帘和织锦，墙上装饰着大幅的图画——就是光看看这些东西也是一桩非常愉快的事情。在最大的一个厅堂中央，有一个巨大的喷泉在喷着水。

现在她知道王子是住在什么地方了。在这儿的水上她度过了好几个黄昏和黑夜。她远远地向陆地游去，比任何别的姐姐敢去的地方还远。的确，她甚至游到那个狭小的河流里去，直到那个壮丽的大理石阳台下面——它长长的阴影倒映在水上。她在这儿坐着，瞧着那个年轻的王子，而这位王子却还以为月光中只有他一个人呢。

她渐渐地开始爱起人类来，渐渐地开始盼望能够生活在他们中间。她觉得他们的世界比她的天地大得多。的确，他们能够乘船在海上行驶，能够爬上高耸入云的大山。她希望要知道的东西真是不少，可是她的姐姐们都不能回答她所有的问题。因此她只有问她的老祖母。老祖母对于"上层世界"——这是她给海上国家所起的恰当的名字——的确知道得相当清楚。

"如果人类不淹死的话,"小人鱼问,"他们会永远活下去吗? 他们会不会像我们住在海里的人们一样地死去呢?"

"一点儿也没错,"老祖母说,"他们也会死的,而且他们的生命甚至比我们的还要短促呢。我们可以活到三百岁,不过当我们在这儿的生命结束了的时候,我们就变成了水上的泡沫。我们甚至连一座坟墓也不留给我们这儿心爱的人呢。我们没有一个不灭的灵魂。我们从来得不到一个死后的生命。我们是像那绿色的海草一样,只要一割断了,就再也绿不起来了! 相反的,人类有一个灵魂;它永远地活着,即使身体化为尘土,它仍是活着的。它升向晴朗的天空,一直升向那些闪耀着的星星! 正如我们升到水面、看到人间的世界一样,他们升向那些神秘的、华丽的、我们永远不会看见的地方。"

"为什么我们得不到一个不灭的灵魂呢?"小人鱼悲哀地问。

"只要我能够变成人、可以进入天上的世界,哪怕在那儿只活一天,我都愿意放弃我在这儿所能活的几百岁的生命。"

"你决不能有这种想头,"老祖母说,"比起上面的人类来,我们在这儿的生活要幸福和美好得多!"

"那么我就只有死去,变成泡沫在水上飘浮了。我将再也听不见浪涛的音乐、看不见美丽的花朵和鲜红的太阳了吗? 难道我没有办法得到一个永恒的灵魂吗?"

"没有!"老祖母说。"只有当一个人爱你、把你当做比他父母还要亲切的人的时候;只有当他把他全部的思想和爱情都放在你身上的时候;只有当他让牧师把他的右手放在你的手里、答应现在和将来永远对你忠诚的时候,他的灵魂才会转移到你的身上去,而你就会得到一份人类的快乐。他就会分给你一个灵魂,同时他自己的灵魂又能保持不灭。但是这类的事情是从来不会有的! 我们在海底所认为美丽的东西——你的那条鱼尾——他们在陆地上却认为非常难看：他们不知道什么叫做美丑。在他们那儿，一个人想要显得漂亮，必须生有两根呆笨的支柱——他们把这叫做腿！"

小人鱼叹了一口气，悲哀地望了一眼自己的鱼尾巴。

她忘记不了那个美貌的王子，也忘记不了她因为没有他那样不灭的灵魂而引起的悲愁。她悲哀地坐在她的小花园里，忽然她听到一阵号角声从水上传来。她想："一定是王子在上面行船了。他——我爱他胜过我的爸爸和妈妈，他——我时时刻刻在想念他，我把我一生的幸福放在他的手里。我要牺牲一切来争取他和一个不灭的灵魂。现在，我要去拜访那位海的巫婆。我一直是非常害怕她的，但是也许她能教给我一些办法和帮助我吧。"

于是小人鱼走出了花园，向一个掀起泡沫的漩涡（xuán·wō）走去——巫婆就住在它的后面。她以前从来没有走过这条路。这儿没有花，也没有海草，只有光溜溜的一片灰色沙底，向漩涡那儿伸去。水在这儿像一架喧闹的水车似地旋转着，把它所碰到的东西都转到水底去。要到达巫婆所住的地区，她必须走过这急转的漩涡。有好长一段路程需要通过一条冒着热泡的泥地，在这后面有一个可怕的森林，她的房子就在里面；所有的树和灌木林全是些珊瑚虫——一种半植物和半动物的东西，它们看起来很像地里冒出来的多头蛇。

小人鱼在森林面前停下步子，非常惊慌。她的心害怕得跳起来，她几乎想转身回去。但是当她一想起那位王子和人的灵魂的时候，她又有了勇气。

现在她来到了森林中一块黏糊糊的空地。这儿又大又肥的水蛇在翻动着，露出它们淡黄色的、奇丑的肚皮。在这块地中央有一幢用死人的白骨砌成的房子。海巫婆就坐在这儿，用她的嘴喂一只癞蛤蟆（lài·há·ma），正如我们人用糖喂一只小金丝雀一样。她把那些奇丑的、肥胖的水蛇叫做她的小鸡，同时让它们在她肥大的、松软的胸口上爬来爬去。

　　"我知道你是来求什么的，"海巫婆说，"你是一个傻东西！不过，我美丽的公主，我还是会让你达到你的目的的，因为这件事将会给你一个悲惨的结局。你想要去掉你的鱼尾，生出两根支柱，能像人类一样行路；你想要叫那个王子爱上你，使你能得到他，因而也得到一个不灭的灵魂。"这时巫婆便可憎(zèng)地大笑了一通，癞蛤蟆和水蛇都滚到地上来，在周围爬来爬去。"你来得正是时候，"巫婆说，"明天太阳出来以后，我就没有办法帮助你了，只有等待一年再说。我可以煎一服药给你喝。你带着这服药，在太阳出来以前，赶快游向陆地，你就坐在海滩上，把这服药吃掉，于是你的尾巴就可以分做两半，收缩成为人类所谓的漂亮腿子了。可是这是很痛苦的——就好像有一把尖刀插进你的身体。凡是看到你的人，一定会说你是他们所见到的最美丽的孩子！你将仍旧会保持你像游泳似的步子，任何舞蹈家也不会跳得像你那样轻柔。不过你的每一个步子将会使你觉得好像是在尖刀上行走，好像你的血在向外流。如果你能忍受得了这些痛苦的话，我就可以帮助你。"

　　"我可以忍受！"小人鱼用颤(chàn)抖的声音说。这时她想起了那个王子和她要获得一个不灭灵魂的心愿。

　　"可是要记住，"巫婆说，"你一旦获得了人的形体，你就再也不能变成人鱼了；你就再也不能走下水来、回到你姐姐或你爸爸的宫殿里来了。同时假如你得不到那个王子的爱情，假如你不能使他为你而忘记自己的父母、全心全意地爱你、叫牧师来把你们的手放在一起结成夫妇的话，你就不会得到一个不灭的灵魂了。在他跟别人结婚的头一天早晨，你的心就会裂碎，你就会变成水上的泡沫。"

　　"我不怕！"小人鱼说。

　　"但是你还得给我酬(chóu)劳啦！"巫婆说，"而且我所要的也并不是一件微小的东西。在海底的人中，你的声音要算是最美丽的了。无疑你想用这声音去迷住他，可是这个声音你得交给我。我必须得到你最好的东西，作为我的贵重药物的交换品！我得把我自己的血滴进这药里，好使它尖锐得像一柄两面都快的刀子！"

"不过，如果你把我的声音拿去了，"小人鱼说，"那么我还有什么东西剩下呢？"

"你还有美丽的身材呀，"巫婆回答说，"你还有轻盈的步子和富于表情的眼睛呀。有了这些东西，你很容易就能迷住一个男人的心了。唔，你已经失掉了勇气吗？伸出你小小的舌头吧，我可以把它割下来作为报酬，你就可以得到这服强烈的药剂了。"

"就这样办吧。"小人鱼说。于是巫婆把药罐准备好，来煎这服富有魔力的药了。

"清洁是一件好事。"巫婆说，于是她用几条蛇打成一个结，用它来擦洗这罐子。然后她把自己的胸口抓破，让黑血滴到罐子里去。药的蒸气奇形怪状地升到空中，看起来怪吓人的。每隔一会儿巫婆就加一点什么新的东西到药罐里去。当药煮到滚开的时候，有一个像鳄(è)鱼的哭声飘出来了，最后药算是煎好了。它的样子像非常清亮的水。

"拿去吧！"巫婆说。于是她就把小人鱼的舌头割掉了。小人鱼现在成了一个哑巴，既不能唱歌，也不能说话。

小人鱼浮出海面并喝下那服强烈的药剂，她马上觉到好像有一柄两面都很快的刀子劈开了她纤细的身体。她马上昏了，倒下来好像死去一样。当太阳照到海上的时候，她才醒过来，她感到一阵剧痛。这时有一位年轻美貌的王子正立在她的面前。他乌黑的眼珠正在望着她，弄得她不好意思地低下头来。这时她发现她的鱼尾已经没有了，而获得一双只有少女才有的、最美丽的小小白腿。可是她没有穿衣服，所以她用她浓密的长头发来掩住自己的身体。王子问她是谁，问她怎样到这儿来的。她用她深蓝色的眼睛温柔而又悲哀地望着他，因为她现在已经不会讲话了。他挽着她的手，把她领进宫殿里去。正如那巫婆以前跟她讲过的一样，她觉得每一步都好像是在锥（zhuī）子和利刀上行走，可是她情愿忍受这苦痛。她挽着王子的手臂，走起路来轻盈得像一个水泡。王子和所有的人望着她这文雅轻盈的步子，都感到惊奇。王子说，她此后应该永远跟他在一起。

王子一天比一天更爱她，但是他从来没有想到要娶她为皇后。然而她必须做他的妻子，否则她就不能得到一个不灭的灵魂，而且会在他结婚的头一个早上就变成海上的泡沫。

"在所有的人中，你是最爱我的吗？"当他把她抱进怀里吻她前额的时候，小人鱼的眼睛似乎在这样说。

"是的，你是我最亲爱的人！"王子说，"因为你在一切人中有一颗最善良的心。你对我是最亲爱的，你很像我某次看到过的一个年轻女子。可是我永远再也看不见她了。那时我是坐在一艘船上——这船已经沉了。巨浪把我推到一座神庙旁的岸上。有几个年轻女子在那儿做祈祷（qí•dǎo）。她们最年轻的一位在岸旁发现了我，因此救了我的生命。我只看到过她两次：她是我在这世界上能够爱的唯一的人。但是你很像她，你几乎代替了她留在我的灵魂中的印象。她是属于这个神庙的，因此我很幸运上天把你送给我。让我们永远不要分离吧！"

"啊，他却不知道我救了他的生命！"小人鱼想，"我把他从海里托出来，送到神庙所在的一个树林里。我坐在泡沫后面，窥（kuī）望是不是有人会来。我看到那个美丽的姑娘——他爱她胜过于爱我。"这时小人鱼深深地叹了一口气——她哭不出声来。"那个姑娘是属于那个神庙的——他曾说过她永不会走向这个人间的世界里来——

他们永不会见面了。我是跟他在一起、每天看到他的。我要照看他、热爱他，为他献出我的生命！"

现在大家都在传说王子快要结婚了，他的妻子就是邻国国王的一个女儿。他为这事特别装备好了一艘美丽的船。王子在表面上说是要到邻近王国里去观光，事实上他是为了要去看邻国君主的女儿。他要带着一大批随员同去。小人鱼摇了摇头，微笑了一下。她比任何人都能猜透王子的心事。

"我得去旅行一下！"他对她说道，"我得去看一位美丽的公主，这是我父母的命令，但是他们不能强迫我把她作为未婚妻带回家来！我不会爱她的。你很像神庙里的那个美丽的姑娘，而她却不像。如果我要选择新嫁娘的话，那么我就要先选你——我亲爱的、有一双能讲话的眼睛的哑巴孤女。"

第二天早晨，船开进邻国壮丽皇城的港口。所有教堂的钟都响起来了，号笛从许多高楼上吹来，兵士们拿着飘扬的旗子和明晃的刺刀在敬礼。每天都有一个宴会。舞会和晚会在轮流举行着，可是公主还没有出现。人们说她在一个遥远的神庙里受教育，学习皇家的一切美德。最后她终于到来了。

小人鱼迫切地想要看看她的美貌。她不得不承认她的美了，她从来没有看见过比她更美的形体。她的皮肤那么细嫩、洁白，在她黑长的睫(jié)毛后面是一对微笑的、忠诚的、深蓝色的眼珠。

"就是你！"王子说，"当我像一具死尸躺在岸上的时候，救活我的就是你！"于是他把这位羞答答的公主紧紧地抱在自己的怀里。"啊，我太幸福了！"他对小人鱼说，"我从来不敢希望的最好的东西，现在终于成为事实了。你会为我的幸福而高兴吧，因为你是一切人中最喜欢我的人！"

小人鱼把他的手吻了一下。她觉得她的心在碎裂。他举行婚礼后的头一个早晨就会带给她灭亡，就会使她变成海上的泡沫。

教堂的钟都响起来了，传令人骑着马在街上宣布王子订婚的喜讯。每一个祭（jì）台上，芬芳的油脂在贵重的油灯里燃烧。祭司们挥着香炉，新郎和新娘互相挽着手来接受主教的祝福。小人鱼这时穿着丝绸，戴着金饰，托着新嫁娘的披纱，可是她的耳朵听不见这欢乐的音乐，她的眼睛看不见这神圣的仪式。她想起了她要灭亡的早晨，和她在这世界已经失去了的一切东西。

在同一天晚上，新郎和新娘来到船上。礼炮响起来了，旗帜在飘扬着。一个金色和紫色的皇家帐篷（zhàng·péng）在船中央架起来了，里面陈设有最美丽的垫子。

小人鱼知道这是她看到他的最后一晚——为了他，她离开了她的族人和家庭，她交出了她美丽的声音，她每天忍受着没有止境的苦痛，然而他却一点儿也不知道。这是她能和他在一起呼吸同样空气的最后一晚，这是她能看到深沉的海和布满了星星的天空的最后一晚。同时一个没有思想和梦境的永恒的夜在等待着她——没有灵魂、而且也得不到一个灵魂的她。

船上现在很安静，只有舵（duò）手站在舵旁。小人鱼把她洁白的手臂倚在舷墙上，向东方凝望，等待着晨曦（xī）的出现——她知道，头一道太阳光就会叫她灭亡，她看到她的姐姐们从波涛中涌现出来了。她们像她一样地苍白。她们美丽的长头发已经不在风中飘荡了——因为它已经被剪掉了。

"我们已经把头发交给了那个巫婆，希望她能帮助你，使你今后不至于灭亡。她给了我们一把刀子。拿去吧，你看，它是多么快！在太阳没有出来以前，你得把它插进那个王子的心里去。当他的热血流到你脚上时，你的双脚将会又联到一起，成为一条鱼尾，那么你就可以恢复人鱼的原形，你就可以回到我们这儿的水里来；这样，在你

63

没有变成无生命的海水泡沫以前，你仍旧可以活三百年的岁月。快动手！在太阳没有出来以前，不是他死、就是你死了！我们的老祖母悲恸(tòng)得连她的白发都落光了，正如我们的头发在巫婆的剪刀下落掉一样。刺死那个王子，赶快回来吧！快动手呀！"

她们发出一个奇怪的、深沉的叹息声，于是她们便沉入浪涛里去了。

小人鱼把那帐篷上紫色的帘子掀开，看到那位美丽的新娘在王子的怀里睡着了。她弯下腰，在王子清秀的眉毛上亲了一下，于是她向天空凝视——朝霞渐渐地变得更亮了。她向尖刀看了一眼，接着又把眼睛转向这个王子；他正在梦中喃(nán)喃地念着他的新娘的名字。他思想中只有她存在。刀子在小人鱼的手里发抖。但是正在这时候，她把这刀子远远地向浪花里扔去。刀子沉下的地方，浪花就发出一道红光，好像有许多血滴溅出了水面。她再一次把她迷糊的视线投向这王子，然后从船上跳到海里，她觉得她的身躯在融化成为泡沫。

在那条船上，人声和活动又开始了。她看到王子和他美丽的新娘在寻找她。他们悲悼(dào)地望着那翻腾的泡沫，好像他们知道她已经跳到浪涛里去了似的。在冥(míng)冥中她吻着这位新娘的前额，她对王子微笑。于是她就跟其他的空气中的孩子们一道，骑上玫瑰色的云块，升入天空里去了。

（安徒生）

聪明的农家女

从前有一个贫穷的农夫。他没有农田可种，只有一所小房子和一个女儿。一天，女儿说："我们应当求国王给咱们一块荒地，我们开荒种地吧。"

当国王得知他们的情况后，就给了他们一块荒地。然后，女儿和父亲就进行翻耕，想在地里种些粮食什么的。当他们快翻完整块地的时候，从地里挖出来一个纯金的臼(jiù)。

"孩子你听我说，"父亲对女儿说，"咱们的国王很仁慈，送给了我们这块荒地。我们应该把这个金臼献给他。"

然而，女儿却不同意，她说："爸爸，咱只有臼，没有杵(chǔ)，如果国王给我们要杵怎么办？所以，我们最好还是别吭声。"

但父亲没有听女儿的，独自拿着臼去见国王，说他在翻地时发现了这个臼，特地把它献给国王。国王拿过金臼问，是不是还拣到别的什么了？"没有。"农夫回答说。于是，国王说，他现在应该把杵也交出来。农夫回答说，他们没有发现杵呀。但他的话只被国王当了耳旁风，结果农夫被关进监狱，国王说，他只有把杵交出来，才会被释放。

狱卒们每天给他送来饭，他们总是听到他大声哭嚎(háo)："唉，要是我当初听了女儿的话就好了！唉，要是我听了女儿的话就好了！"

于是，狱卒们去报告国王："农夫总是大叫：'唉，要是我当初听了女儿的话就好了！'并且既不吃也不喝。"国王就命狱卒去把农夫带来。农夫被带来后，国王问为什么他总是叫喊："唉，要是我当初听了女儿的话就好了！"并问他女儿究竟说了什么。

"她说我不能把那金臼送给国王，因为国王一定会向我们要杵。"

"要是你的女儿真的这么聪明，让她来这儿见我。"

农夫的女儿奉命去见国王。国王说如果她真是这么聪明，国王就让她做件事；如果她能做到，国王就会娶她。

农夫的女儿马上说行，她愿听其详。国王说："你上我这儿来，既不穿衣，也不光身子；既不骑马，也不走路；既不走在路上，也不走在路外。要是你能办到，我就娶你为妻。"

于是农夫的女儿就回去了。她脱光了衣服，这样她就没穿衣服啦；然后她拿来一张大渔网，钻进渔网里，并一圈一圈地将网裹满全身，这样她就不是光着身子啦；然后她租来一头驴，并把渔网拴在驴尾上，让驴拖着她走，所以她既不骑马也不走路啦；而且，让驴只沿着车辙拖着她，她只用大脚趾头点地，这样就既不在路上，也不在路外啦。当她这样来到国王面前时，国王承认她做到了。国王释放了她的父亲，娶她做了王后，并把王室的全部财产交给她管理。

几年过去了。国王要去检阅军队，这时却遇到了一件事：一些农夫卖完木材后把车停在了皇宫前面，其中一些车是牛车，一些车是马车。有个农夫的车是三匹马拉的，其中一匹马生了一只小马驹 (jū)，小马驹生下地后，站起来走了几步，就卧在了另一辆车的两头牛中间。这些农夫为争马驹聚到一起争吵起来，而且打闹在一起，一片混乱。赶牛车的农夫想把小马驹留下，说是他的牛生下了这小东西，而赶马车的农夫说是他的马生下了小马驹，所以小马驹是他的。

这时国王来到了跟前，农夫就请国王判决。国王判决说："现在小东西躺在哪里就该留在哪里。"这样赶牛车的农夫就得到了不属于他的小马驹；另一个农夫为失去小马驹而感到冤（yuān）屈。

后来他听说王后出身于农家，而且非常仁慈，就来求她，希望王后能帮他要回小马驹。王后说："好的，如果你能保证不讲出是我的主意，我就会告诉你怎么办。"

农夫答应不说出是王后出的主意。王后说："明天一早，国王去检阅卫兵时，你站在他必须经过的路中间，拿一张大网装作打鱼的样子，一边拉网一边还要往外倒，好像网里真的装满了鱼。"王后又告诉农夫如果国王问他，他该说些什么。

第二天，农夫果然站在那里，在大路上打鱼。国王经过时看见了，就派他的传令兵去问这傻子在干什么。农夫回答说："打鱼呗。"传令兵问："水都没有，怎么打鱼？"农夫回答："就像牛能生小马驹一样，我在路上也一样能打鱼。"传令兵去向国王作了汇报。国王命令把农夫带到他跟前，并对农夫说，这样的主意肯定不是你自己想出来的，国王让农夫说出是谁给他出的主意。可是农夫只是说："上帝保佑，是我自己想出来的。"国王让卫兵把农夫捆上，进行拷（kǎo）打，威逼他说出实情，最后农夫承认这是王后的主意。

国王回到宫里以后，就对王后说："你对我这样不忠实，我不再让你做我的王后了。你回到你原来的地方——农夫的小屋去吧。"不过他容许王后带走一样她认为最心爱、最珍贵的东西。王后说："好吧，亲爱的丈夫，如果你这样命令，我照办就是了。"说着她扑进了国王的怀里，吻了他，向他告别。然后她叫人送来烈性的安眠水，当做告别酒，与国王喝酒告别。国王喝了一大口，而她却只是假装喝了一些。国王一会儿就睡得死死的了，她让侍从拿来一块白净漂亮的麻布，把国王包在里面。然后，侍从们奉命把国王抬到停在门前的马车上，她驾着马车把国王运回了自己的小屋。接着，她让国王躺在她的床上，她在一旁守着。国王睡了一天一夜，醒来时，环顾四周说："上帝呀，我在哪里呀？"他喊他的侍从，可一个也不在。王后说："亲爱的国王，您告诉我可以从宫中拿走一样我认为是最心爱、最珍贵的东西，在我的心里没有任何东西比您更心爱、更珍贵了，所以我把您带了回来。"国王感动得满脸是泪，说："亲爱的王后，你应该属于我，我也应该属于你。"然后，国王把她带回王宫，仍然做王后。

（格林兄弟）

两个玛丽娅

从前有个寡 (guǎ) 妇，她有两个女儿，大女儿是丈夫前妻所生，小女儿是她自己亲生，两个都叫玛丽娅。小女儿心眼不好，总是想入非非；大女儿是个纯朴、善良的姑娘，却常常受继母和妹妹的侮 (wū) 辱和虐 (nüè) 待。好在她想得开，总是乐呵呵的，整天不知疲倦地在厨房里干活儿。有时她受到继母和妹妹的无理刁难，也只是躲在她的小卧室里偷偷地抹一把眼泪。用不了多久，她又振作起精神，对自己说："冷静些吧，敬爱的上帝会帮助你的。"然后她又勤快地干起活来，把家里收拾得整整齐齐、干干净净。可是继母总嫌她活儿干得少。有一天，继母说："玛丽娅，我不能老把你留在家里，你活儿干得不多，饭倒吃得不少，你母亲又没给你留下什么财产，你父亲也没有，家里的一切都是我的，我养活不了你，也不想再养活你了。你还是出去，到哪个庄园里找点活儿干干吧。"她用灰和着牛奶烙了一张饼，把一只小罐 (guàn) 灌满水，递给可怜的玛丽娅，就把她赶出了家门。

看到继母心肠这样狠毒，玛丽娅伤心极了。不过她还是勇敢地越过田野和草地，并且一边走一边想：一定会有人收留我做女仆的，也许陌生人比自己的继母还要善良些。肚子饿了，她就在草地上坐下来，吃那张用灰做成的饼，喝小罐子里的水。许多小鸟儿飞来啄食她的饼，她不但不赶它们走，还把水倒在手心里，让那些活蹦乱跳的小鸟儿喝。突然间，她的灰饼变成了一块大蛋糕，罐里的水变成了美酒。吃完饭后，可怜的玛丽娅又打起精神，继续愉快地往前走。傍晚时分，她来到一处形状古怪的住所跟前。房子前面的院墙上并排开着两个门，一个看上去像沥（lì）青一样黑，另一个却闪耀着纯金的光芒。玛丽娅小心翼（yì）翼地从那个不大漂亮的门走进院子，去敲房门。一个模样非常粗野的男人开了门，生硬地问她有什么事。玛丽娅颤（chàn）抖着说：“请问，您能不能行行好，留我住一夜？”那人嘟哝（dū·nong）着说：“进来吧！”她跟他进了门，屋里黑得伸手不见五指，只能听到猫和狗那种令人厌恶的呼噜声。她吓得浑身哆嗦（duō·suo），缩成了一团。屋里除了这个叫做蒂（dì）尔舍曼的男人，再没有第二个人。

蒂尔舍曼又嘟哝着问玛丽娅：“你想跟谁一起睡觉，跟我还是跟猫和狗？”玛丽娅回答说：“跟猫和狗。”可是他却搬来一张漂亮的软床，放在她旁边。这一夜玛丽娅睡得又香甜又安稳。第二天早上，蒂尔舍曼嘟哝着问：“你想跟谁一起吃早饭，跟我还是跟猫和狗？”她回答说：“跟猫和狗。”可他却让她跟自己一起喝酒和咖啡，吃香甜可口的奶油。玛丽娅要走了，蒂尔舍曼又一次嘟哝着问：“你想从哪个门出去，从金子门还是从沥青门？”她回答说：“从沥青门。”他却让她走金子门。当她从门下穿过时，蒂尔舍曼坐在门上使劲摇晃，大门颤动着，金子纷纷从门上掉下来，落满玛丽娅一身。

玛丽娅又回到了家里。一走进大门，她平时喂养的鸡就欢快地朝她飞跑过来。那只大公鸡高声叫道：“喔喔喔，我们的金玛丽娅回来了！喔喔喔！”

她的继母走下台阶，恭恭敬敬地向金玛丽娅行了个屈膝礼，还以为这是哪位公主大驾光临呢。玛丽娅说：“亲爱的妈妈，你不认识我啦？我是玛丽娅！”

随后，她的妹妹也来了。她同母亲一样感到十分惊奇，同时心里又非常妒忌。玛丽娅向她们讲述了自己的奇妙经历。

继母收留了她，待她比先前好多了。玛丽娅受到人们的尊敬和喜爱。不久，她就找到了一个漂亮的小伙子。他把她领回家，娶她为妻，同她过着幸福的生活。

小玛丽娅心中的妒忌愈来愈强烈。她决心自己也去碰碰运气，没准也能弄一身金子回来。于是，她母亲给她带上甜饼和葡萄酒，送她上了路，当小玛丽娅肚子饿了，拿出饼来吃时，小鸟儿们也飞来想同她一起吃，她却怒气冲冲地把它们赶走。突然间，她的饼变成了灰，葡萄酒变成了淡而无味的水。傍晚时分，小玛丽娅也来到了蒂尔舍曼的家门口。她傲气十足地从金子门下穿过，去敲房门。蒂尔舍曼打开门，问她有什么事。她傲慢无礼地回答说："喏，我要在这里过夜！"他嘟哝着说："进来吧！"然后他也问她："你想跟谁一起睡觉，跟我还是跟猫和狗？"她不假思索地回答说："跟你，蒂尔舍曼先生！"可是他把她引进猫和狗睡觉的屋子，关上了门。第二天早上，小玛丽娅的脸被猫和狗抓得乱七八糟，难看极了。蒂尔舍曼又嘟哝着问："你想跟谁一起喝咖啡，跟我还是跟猫和狗？""唉，跟你呀！"她说。他却让她跟猫和狗一起喝。她要走了，蒂尔舍曼又一次嘟哝着问，"你想从哪个门出去，从金子门还是从沥青门？"她回答说："从金子门呀，这还用问！"可是金子门立刻关上了，她只得走沥青门。蒂尔舍曼坐在门上使劲地摇晃，门颤动着，沥青纷纷掉下来，落满了小玛丽娅一身。

小玛丽娅的样子难看极了，她气急败坏地回到家时，那只打鸣儿的大公鸡朝她叫道："喔喔喔，我们的沥青玛丽娅回来了！喔喔喔！"连她母亲也厌恶地背过脸去，从此再也不敢让她的丑女儿出门了。这个贪婪的姑娘受到了严厉的惩罚。

（贝希施坦因）

牧鹅姑娘

很久以前，有一个老王后，她的国王丈夫已经死了许多年，她有一个美丽漂亮的女儿。女儿长大以后，与很远的国家的一个王子订了婚。到了快结婚的日子，老王后把女儿的一切行李都打点好了，让她启程去王子所在的国家。她为女儿收拾了很多值钱的东西，有宝石、金子、银子、装饰品和漂亮的衣物，总之，王宫里的东西应有尽有。老王后非常爱她这个孩子，给她安排了一个侍女陪同她一道前往，千叮咛，万嘱托，要侍女把她的女儿送到新郎手中。并为她们配备了两匹马。公主骑的一匹马叫法拉达，这匹马能够和人说话。

到了要出发的时候，老王后到自己的卧室里拿出一把小刀，把自己的头发割了一小绺(lǚ)下来，拿给她的女儿说："好好地保管着，我亲爱的孩子，它可作为你的护身符保佑你一路平安的。"她们伤心地互相道别后，公主把她母亲的头发揣(chuāi)进了怀里，骑上马，踏上了前往新郎王国的旅程。

一天，她们骑着马沿着一条小溪边赶路，公主觉得口渴，对她的侍女说："请到那条小溪边，用我的金杯给我舀点水来，我想喝水了。"

侍女说道："我不想去，要是你渴了，你自己趴在水边喝就是了，我不再是你的侍女了。"公主渴得难受，只得下马来到小溪边跪着喝水，因为她不敢拿出自己的金杯来用。她哭泣着说："老天呀！竟有这样的事！"她怀里的头发回答她说：

"哎呀呀！哎呀呀！要是你母亲知道了，她的心会痛苦、会悲哀、会叹惜的。"

公主一贯都非常谦卑、逆来顺受，所以她没有斥责侍女的粗暴行为。当她探头到河里喝水时，那绺头发从她怀里掉了出来，由于心情紧张害怕，她一点也没有察觉，头发随着河水漂走了。但她那位侍女却看见了，侍女非常兴奋，因为她知道那是公主的护身符，丢失了护身符，这位可怜的新娘就可以在自己的掌握之中了。所以当新娘喝完水、准备再跨（kuà）上法拉达时，侍女说："我来骑法拉达，你可以换我的马骑。"公主不得不和她换马骑。过了不久，她又要公主脱下她的公主服装，换上侍女的装束。

经过长途跋（bá）涉，她们终于快到这次旅途的目的地了。那个背信弃义的阴险女仆威胁公主说，如果她向任何人提起发生的事，就要将她杀死。可是法拉达把一切都看在眼里、记在了心头。然后女仆骑上法拉达，真正的新娘却骑着女仆的马，沿着大路，一直走进了王宫大院。王子知道她们来了，极为高兴，飞跑出来迎接她们。他把侍女从马上扶下来，以为她就是自己的未婚妻，带着她上楼到了王宫内室，却让真正的公主待在下面的院子里。

但是，老国王从窗户望出去，发现站在下面院子里的侍女看上去是那么漂亮，气质是那么超尘脱俗，不像是一个侍女。就跑进内室去问新娘："与你一同来的，站在下面院子里的姑娘是什么人？"

假新娘说："她是我带在路上做伴的丫头，请给她一些活干，以免她闲着无聊。"

老国王想了一会儿，觉得没有什么适合她干的活，最后说："有一个少年替我放鹅，就请她去帮助他吧。"这样，她这个真正的新娘就被派去帮助那个少年放鹅了，少年的名字叫柯德金。

不久，假新娘对王子说："亲爱的丈夫，请帮我做一件令我称心的事吧。"

王子说道："我很愿意效劳。"

"告诉你的屠夫，去把我骑的那匹马的头砍下来。因为它非常难以驾驭 (yù)，在路上它把我折磨得够苦的。"但实际上她是因为非常担心法拉达会把她取代真公主的真相说出来，所以才要灭口。于是忠诚的法拉达被杀死了。当真公主听到这个消息后，她哭了，乞求那个屠夫把法拉达的头钉在城门那堵又大又黑的城墙上，这样，她每天早晨和晚上赶着鹅群经过城门时仍然可以看到它。屠夫答应了她的请求，砍下马头，将它牢牢地钉在了黑暗的城门下面。

第二天凌晨，当公主和柯德金从城门出去时，她悲痛地说：

"法拉达，法拉达，你就挂在这里啊！"

法拉达的头回答说：

"公主啊，你变成了女仆，要是你母亲知道了，她会心碎的。"

他们赶着鹅群走出城去。当他们来到牧草地时，她坐在那儿的地埂 (gěng) 上，解开她波浪一般卷曲的头发，她的头发都是金黄色的。柯德金看到她的头发在太阳下闪闪发光，便跑上前去想拔几根下来，但是她喊道：

"吹吧，风儿，吹过来吧！

吹走柯德金的帽子！

让他去追赶自己的帽子！

吹过小山，

吹过山谷，

吹过岩石，卷着帽子走吧！

直到我梳完金色的头发。"

她的话声刚落，真的吹来了一阵风。这风真大，一下子把柯德金的帽子给吹落下来了，又卷着帽子吹过小山，柯德金跟着它追去。等他找着帽子回来时，公主已把头发梳完盘卷整齐，他再也拔不到她的头发了。他非常气恼，绷 (bēng) 着脸始终不和她说话。俩人就这样看着鹅群，一直到傍晚才赶着它们回去。

晚上,他们回来之后,柯德金找到老国王说:"我再也不要这个奇怪的姑娘帮我放鹅了。"

国王问:"为什么?"

"因为她整天什么事都不做,只是戏弄我。"

国王就要求少年把一切经历都告诉他。柯德金说道:"当我们早上赶着鹅群经过黑暗的城门时,她会哭泣着与挂在城墙上的一个马头交谈,说道:

'法拉达,法拉达,

你挂在这里啊!'

然后马头会说:

'公主啊,你变成了女仆,要是你母亲知道了,她会心碎的。'"

柯德金把发生的所有事都告诉了国王,包括在放鹅的牧草地上,他的帽子如何被吹走,他被迫丢下鹅群追帽子等等。

但国王要他第二天还是和往常一样和她一起去放鹅。

当早晨来临时,国王躲在黑暗的城门后面,听到了她怎样对法拉达说话,法拉达如何回答她。接着他又跟踪到田野里,藏在牧草地旁边的树丛中,亲眼目睹他们如何放鹅。过了一会儿,她又是怎么打开她那满头在阳光下闪闪发光的头发,然后又听到她说:

"吹吧,风儿,吹过来吧!

吹走柯德金的帽子!

让他去追赶自己的帽子!

吹过小山,

吹过山谷,

吹过岩石,

卷着帽子走吧!

直到我梳完金色的头发。"

话音刚停，很快吹来了一阵风，卷走了柯德金的帽子，姑娘及时梳理完头发并盘卷整齐。一切的一切，老国王都看在了眼里。看完之后，他悄悄地回王宫去了，他们俩都没有看到他。

到了晚上，牧鹅的小姑娘回来了，老国王把她叫到一边，问她为什么这么做。但是，她满眼是泪地说："我不会告诉包括你在内的任何人，否则我就会被杀死的。"

但是老国王不停地追问她，逼得她不得安宁，她只得一字一句地把一切都告诉了他。她这一说，才使她自己从苦难中得以解脱出来。老国王命令给她换上王室礼服，梳妆打扮之后，老国王惊奇地盯着她看了好一会儿，此时的她真是太美了。他连忙叫来自己的儿子，告诉他现在的妻子是一个假冒的新娘，她实际上只是一个侍女，而真正的新娘就站在他的旁边。年轻的国王看到真公主如此漂亮，听到她如此谦卑容忍，欢喜异常。什么话也没有说，只是传令举行一个盛大的宴会，邀请所有王公大臣。新郎坐在上首，一边是假公主，一边是真公主。没有人认识真公主，因为在他们的眼中，她是如此秀美华贵。

当他们吃着喝着、大家兴致正浓的时候，老国王把他所听到的一切作为一个故事讲给大伙听了。又问真正的侍女，她认为应该怎样处罚故事中的那位侍女。假新娘说道："最好的处理办法就是把她装进一只里面钉满了尖钉子的木桶里，用两匹白马拉着桶，在大街上拖来拖去，一直到她在痛苦中死去。"老国王说："正是要这样处理你！因为你已经很公正地宣判了对自己罪恶的处理方法，你应该受到这样的惩罚。"

年轻的国王和他真正的未婚妻结婚了，他们一起过上了幸福美满的生活，共同治理着国家，使人民安居乐业。

（格林兄弟）

玫瑰小姐

从前，有个国王和王后一直没有孩子，他们每天都说："我们有个孩子多好啊。"他们为没有孩子非常伤心和苦恼。

有一天，王后正在河边散步，一条小鱼把头浮出水面对她说："你的愿望就要实现了，一年之内，你就会生下一个女儿的。"

过了一段时间，那条小鱼的预言果然实现了，王后真的生下了一个非常漂亮的女儿。国王高兴得不知如何是好，决定举行一个大型宴会。他不仅邀请了他的亲戚(qī)、朋友和外宾，而且邀来了国内几乎所有有名的女巫师，让她们为他的女儿送来善良、美好的祝愿。

他的王国里一共有十三个女巫师，而国王只有十二个招待她们进餐的金盘子，所以他只邀请了十二个女巫师。

盛大的宴会快要结束时，各位来宾都给这个小公主送上了最好的礼物。女巫师们一个送给她美德，另一个送给她美貌，还有一个送给她富有，她们把世人所希望的世上所有的优点和期盼都送给了她。当第十一个女巫师刚刚祝福之后，没有被邀请的第十三个女巫师突然出现了，她对没有被邀请感到非常愤怒，她要对此进行报复，要献上她恶毒的咒语。所以她进来后就大声叫道："国王的女儿在十五岁时会被一个纺锤弄伤，最后死去。"所有在场的人都大惊失色。可是第十二个女巫师还没有献上她的祝愿，便走上前来说："这个凶险的咒语的确会应验，但公主能够化险为夷(yí)。她不会死去，而只是昏睡过去，而且一睡就是一百年。"

国王为了不使他的女儿遭到那种不幸，命令将王国里的所有纺锤都收上来，又把它们全部销毁。随着时间的流逝，女巫师们的所有祝福都在公主身上应验了：她聪明美丽，性格温柔，举止优雅，真是人见人爱。但恰恰在她十五岁的那一天，国王和王后都不在家，公主单独一个人被留在王宫里。她在宫里穿来穿去，大小房间都看完了，最后，她来到了一个古老的宫楼里。宫楼里面有一座很狭窄的楼梯，楼梯尽头有一扇门，门上插着一把金钥匙。当她转动金钥匙时，门一下子就开了，有一个老太婆坐在里面纺线。公主见了说道："喂！老妈妈，您好！您这是在干什么呀？""我在纺线哪。"老太婆回答说，接着又点了点头。"这小东西转起来真有意思！"说着，公主上前想拿纺锤，但她刚一碰到纺锤，以前的咒语真的应验了，纺锤扎伤了她的手，她立即就倒在地上失去了知觉。

然而，她并没有死，只是倒在那里沉沉地睡去了。国王和王后正在这时回来了，他们刚走进大厅也跟着睡着了；马厩（jiù）里的马、院子里的狗、屋顶上的鸽子、墙上的苍蝇，也都跟着睡着了；甚至连火炉里的火也停止燃烧入睡；烧烤的肉不咝咝地响了；厨房里的一个小学徒做错了事，厨师正要抓他头发，然而他们两个也定在那儿睡过去了。所有的一切都不动了，全都沉沉地睡去。

不久，王宫的四周长出了一道玫瑰组成的大篱笆（lí·bā），年复一年，它们越长越高、越长越茂密，最后竟将整座宫殿遮得严严实实，甚至连屋顶和烟囱（cōng）也看不见了。

于是，关于这个王国流传开了这样一个传说、一个漂亮的正在睡觉的玫瑰公主的传说，人们所说的玫瑰公主其实就是国王的女儿。从那以后，有不少王子来探险，他们披荆（jīng）斩棘想穿过玫瑰篱笆到王宫里去，但都没有成功，不是被玫瑰缠住就是被树丛绊（bàn）倒在里面，就像是有无数只手牢牢地抓住他们难以脱身一样，他们最终都痛苦地死去了。

许多许多年过去了，一天，又有一位王子踏上了这块土地。一位老大爷向他讲起了玫瑰篱笆的故事，说玫瑰篱笆之内有一座漂亮的王宫，王宫里有一位仙女般的公主，她的名字叫玫瑰公主，她和整座王宫及里面的人都在沉睡。他还说，他曾听他的爷爷谈起有许许多多的王子来过这儿，他们都想穿过玫瑰篱笆，但都被缠在里面死去了。听了这些，这位王子说："所有这些都吓不倒我，我要去看玫瑰公主！"老人劝他不要去试，可他却坚持要去。

这天，时间正好过去了一百年，所以当王子来到玫瑰篱笆时，他看到的全是盛开着的美丽玫瑰花，他很轻松地就穿过了玫瑰篱笆。随着他在前面走，身后玫瑰篱笆又密密地合拢了。最后，他到达了王宫，看见大院内狗躺在那儿沉睡，马厩里的马在沉睡，屋顶上的鸽子将头埋在翅膀下沉睡。他走进王宫内，看见墙上的苍蝇在沉睡，厨房里的厨师向上举着手，一个女仆手里抓着一只黑母鸡准备拔毛。

他继续向里寻去，一切都静得出奇，连自己的呼吸都听得见。终于，他来到古老的宫楼内，推开了玫瑰公主所在的那个小房间的门。玫瑰公主睡得正香，她是那么美丽动人。他瞪大眼睛，连眨也舍不得眨一下，看着看着，禁不住俯下身去吻了她一下。就这一吻，玫瑰小姐一下子苏醒过来，她睁开双眼，微笑着充满深情地注视着他，王子抱着她一起走出了宫楼。

此刻，国王和王后也醒过来了，王宫里所有的人都醒过来了。他们怀着极大的好奇心互相凝视着，似乎还不明白到底发生了什么事情。马站了起来，摇摆着身体；狗儿欢跳不止，汪汪吠（fèi）叫；鸽子由翅膀下抬起了头，昂首四顾，振翅飞向田野；墙上的苍蝇嗡（wēng）嗡地飞了开去；厨房里的火又蹿起了火苗开始烧饭，烧烤的肉又嗞嗞作响；厨师怒吼着扇了学徒一个耳光；女仆继续给鸡拔毛，一切都恢复了往日的模样。

不久，王子和玫瑰公主举行了盛大的结婚典礼，他们幸福、欢乐地生活在一起，一直白头到老。

（格林兄弟）

白雪与红玫

从前，在一间偏僻的农舍里住着一位贫穷的寡妇。农舍的前面是座花园，花园里种着两株玫瑰，一株白，一株红。她有两个女儿，长得像两朵玫瑰，一个叫白雪，一个叫红玫。她俩生性善良又活泼可爱，是世上再好没有的两个小孩了。

她们俩姊妹情深，一起出去时，总是手拉着手。白雪总是说："我们不要分开。"红玫说："只要我们活着，就不会分开。"然后母亲会加上一句："有福同享，有难同担。"

她们俩常常跑进森林，采摘野果吃。野兽从不伤害她们，只是亲热地走近她们。小兔从她们手中啃吃着白菜叶；小鹿在她们身旁静静地吃着草；小马在她们身旁活泼乱跳；还有鸟儿站在树干上，尽情地唱着它们才会的歌。

她们也从来没遇到过什么灾难，如果她们在森林里停留太久，当夜幕降临后，她们便双双躺在苔藓(tái·xiān)上，依偎在一起，一直睡到第二天清晨。母亲也知道这一切，所以从来不担心。

一次，她们又在林中过了一夜，黎明唤醒了她们，这时她们发现身旁竟坐着一位美少年，他穿着的一件白衣服在阳光下闪闪发光。他站起身来，十分友好地看着她们，然后一言不发地走进了森林的深处。当她们回过头来向四周看时，发现自己竟睡在了悬崖峭(qiào)壁旁。如果她们在黑暗中再往前走上几步，就早已落进万丈深渊(yuān)中了。后来母亲告诉她们，那一定是位保护善良孩子的天使。

　　白雪和红玫把母亲的小屋收拾得整整齐齐，看后确实令人赏心悦目。到了夏天，轮到红玫整理房屋了，每天清早，趁母亲还未醒，她总要从每株树上摘些花儿编成个花环，然后放在母亲的床前。冬天白雪就会生火，并在铁架上挂个水壶。铜质的壶儿总是擦得亮亮的，像金子般闪闪发光。到了晚上，每当天空飘起雪花，母亲便总会说："白雪，去把门拴上。"于是娘仁儿围坐在火盆旁，母亲便带上眼镜，拿着本大书高声地朗读起来。姐妹俩一边听着，一边坐着纺纱。就在她们的不远处躺着头小羊，身后的杆子上蹲着只小白鸽，头正藏在翅膀下。

　　一天晚上，当她们正舒舒服服地坐在火堆旁闲聊时，听到有人在敲门，似乎要进来。母亲说："红玫，快去开门，一定是位求宿的过客。"红玫走上去拔开了门栓，心想来者一定是位可怜的人儿。但来的不是个人，而是头黑熊 (xióng)，它把那大大的黑脑袋伸进了门内。

　　红玫尖叫一声，跳到一边躲了起来。小羊咩 (miē) 咩地叫起来；鸽子也拍打着翅膀飞起来；白雪更是躲在了母亲的床后。这时只听熊开口说："别害怕，我不会伤害你们，我已冻得不行了，我只想在你们这儿取取暖。"

　　"可怜的熊儿，"母亲说，"到火堆旁边来吧，小心别烧着了你的皮毛。"然后她喊道："白雪、红玫，出来吧！熊没有恶意，不会伤害你们。"于是姐妹俩走了出来，小羊和鸽子也渐渐走到跟前，再也无所畏惧了。熊说："孩子们，帮我把身上的雪打一下。"于是她们拿出了扫帚 (sào·zhǒu)，把熊浑身上下扫得干干净净。熊然后心满意足、舒舒服服地爬到火堆旁，口中还不时地哼着歌。没多久，它便随和起来了，她们和这位笨拙 (zhuō) 的客人玩起游戏来，使劲地扯着它的毛发；她们爬到它的背上，在上面翻来翻去，她们甚至还用木条抽打它，就像骑马；它若是嗷(áo)嗷叫，她们就会大笑。当她们太过分时，它才喊：

"饶了我吧，孩子们。白雪啊，红玫，你快要打死你的求婚人了！"

睡觉的时候到了，其他人都上床了，母亲对熊说："你就躺在火堆边睡吧，外面天气冷，在这里不会冻着。"天一亮，姐妹俩就把熊放了出去，熊儿摇摇晃晃地踏着雪地走进了树林。

从此以后，每到晚上的同一时刻，熊总会到来，并乖乖地躺在火堆边，让孩子们和它一块尽情地玩乐。孩子们对它也习以为常了，只要这位黑朋友不来，她们就不肯闩(shuān)门。

春天到了，野外一片翠绿。一天早上，熊对白雪说："现在我得走了，整个夏天都不会回来。"

"你要到哪去，熊宝宝。"白雪问。

"我必须到森林深处去保护我的财宝，以防那些可恶的矮子偷窃。冬天，当大地覆盖着一层坚硬冰块时，他们只得呆在地下面不出来，而现在冰雪消融，和煦(xù)的阳光普照着大地，他们就破土而出，到处撬(qiào)挖偷窃。一旦有任何东西落入他们的手中，被带入他们的洞中，就休想再见天日了。"

白雪对他的离去可伤心啦，她为熊儿开了门，熊儿匆匆往外挤时，碰在了门闩上，扯下了一撮(cuō)毛发，白雪似乎看到了里面发出的一道金光，但她一时无法确定。熊儿很快离去了，一会儿就消失在林海中。

过了一段时间，母亲让姐妹俩去林中拾柴火。她们发现一棵大树倒在地上，树干旁的草丛中有件东西在来回乱跳，不过看不清是什么东西。等她们走近一看时，原来是个小矮子，只见他面色枯黄，雪白的胡须足有一尺长。此刻他胡须的一端正夹在树缝中，这小家伙就像一只拴在绳子上的狗,不停地乱跳,茫然不知所措。

　　小矮人瞪着一对通红的眼睛盯着姐妹俩,口里直嚷嚷:"还站着干吗? 你们难道就不会帮我一把吗?"

　　"你怎么给夹到那里面了,小个子?"红玫问道。

　　"笨蛋,多嘴的傻瓜!"小矮子骂道,"我本想劈 (pī) 点柴来做饭,本来我已把楔 (xiē) 子打进去了,可那该死的楔子太滑了,猛地往外弹了出来,树缝便马上合拢,便把我这漂亮的胡子夹住了。"

　　白雪于是从口袋里掏出一把剪刀,一剪刀就把胡子剪断了。

　　矮子脱身后,一把抓起藏在树后面的口袋,袋中装满了金子。他一手提着袋子,口中嘟哝道:"你们这些粗鲁的家伙,把我这么漂亮的胡须给剪断了,你们不会有好报的。"说完便把袋子摔上肩,瞧也不瞧她俩一眼就走。

　　不久后,母亲又打发姐妹俩进城买针线、绳索和带子。她们沿路走到一片荒地,荒地上布满了巨大的石块。只见一只大鸟正在空中翱 (áo) 翔,慢慢地又在她们头上盘旋,鸟儿越飞越低,最后停在不远处的一块岩石上。紧接着她们听到了一声撕心裂肺的惨叫声,走上前一看,她们惊呆了,老鹰居然逮住了她们的老熟人小矮子,就要把他叼走了。

　　孩子们出于天生的同情心,立刻抓住了小矮子,拼命地与老鹰抢夺起来,最后把他夺了过来。小矮子这下可吓呆了,等他回过一点儿神后,立刻歇斯底里地大叫:"难道你们就不能小心点吗? 瞧你们把我这身衣服给扯成了什么破烂样,你们两个笨手笨脚的毛丫头!"说完,他又扛起一袋宝石,钻进了岩石下面的洞中。

　　姐妹俩对这种忘恩负义的行径早已习以为常,她们就上路往城里赶,去买东西。

　　回来的时候,她们又途经那片荒地,这下可把小矮子给吓了一跳。原来他正往空地上倒一堆宝石，万万没想到这么晚了，居然还会有人来。晚霞照在明亮的宝石上，七彩斑斓（bān·lán）、耀眼无比，孩子们都看呆了。

"你们傻呆呆地站在那里干什么？"小矮子吼道，他那张本是死灰色的脸气得变成了古铜色。

就在他不停地咒骂的同时，只听一声咆哮（páo·xiào），一头黑熊从林中奔了出来，直向小矮子扑来。小矮子猛然吓了一跳，还没来得及逃回洞中，黑熊就已赶到了。

只见小矮人哀求道："亲爱的熊先生，你饶了我吧！我把所有的财宝都给你，瞧地上这些钻石多漂亮，饶了我吧！你不要吃我这瘦骨头，快去抓住那俩可恶的臭丫头，她俩可够你美美地吃一顿，准比肥鹌鹑（ān·chún）好吃！饶了我吧，去吃掉她们吧！"

熊才不听他那一套呢，一掌就把这可恶的坏家伙击倒在地，从此再也起不来了。

姐妹俩撒腿就逃，但听到熊儿喊道："白雪、红玫，别害怕，等一下，我和你们一起去。"她们俩听到了这熟悉的声音，就停了下来。熊走到他们跟前时，熊皮突然脱落了，只见站在她们面前的竟是位面貌英俊、浑身披金的帅小伙子。

"我是一位王子，"他说，"那个小矮子不但偷走了我的珠宝，还向我施了妖术，把我变成了一头野熊。害得我不得不生活在森林里，直到他死我才能解脱。现在他已受到了应有的惩罚。"

后来，白雪嫁给了王子，红玫嫁给了王子的哥哥。他们找回了被小矮子偷去的大量财宝。老母亲和孩子们平安、幸福地一起生活了多年，她把那两株玫瑰重新移到她的窗前，那儿便有了年年盛开的美丽无比的白玫瑰和红玫瑰。

（格林兄弟）

笨人汉斯

　　在远方的乡下，有一幢古老的房子，里面住着一位年老的绅(shēn)士。绅士有两个儿子，都绝顶聪明，普通人有他们一半聪明就很不错了。兄弟俩想去向国王的独生女求婚。他们之所以敢于这样做，因为公主公开宣布，说要找一个她认为最能表现自己的人做丈夫。

　　这两个人为了向公主求婚，做了一星期的准备——他们就只有这一点准备时间。但是这也够了，因为他们有一肚子学问，而这些学问都是有用的。其中的一位已经把整个拉丁文字典和这城市出的三年的报纸，从头到尾都背得滚瓜烂熟。另一位精通各种法律，市政官员所应知道的一切他都知道，因此，他就以为他能谈论国家大事。此外，他还会在裤子的吊带上绣花，因为他是一个文雅和手指灵巧的人。

　　"我要把这位公主娶回家！"他们俩齐声说。

　　于是他们的父亲就给他们每人一匹骏(jùn)马。那个能背诵整部字典和三年报纸的儿子得到一匹漆(qī)黑的马；那个懂得国家大事和会绣花的儿子得到一匹乳白色的马。然后他们就在自己的嘴角上擦了一些鱼肝油，好使得他们能够说话圆滑。所有的仆人都站在院子里，观看他们上马。这时，老绅士的第三个儿子来了，原来他们一共是三兄弟，不过，谁也不把这个老三和他的两个哥哥算在一起——因为他不像他的两个哥哥那样有学问。原来老三的名字叫汉斯，可是大家都把他叫做"笨汉斯"。

"你们穿得这么漂亮，要到什么地方去呀？"汉斯问。

"我们要去京城，到王宫里去，向国王的女儿求婚去！你没有听说公主要在全国选丈夫吗？"

于是他们就把事情原原本本地都告诉了他。

"我的天！我也应该去！"笨汉斯说。他的两个兄弟对他大笑了一通以后，便骑着马儿走了。

"爸爸，我也得有一匹马，"笨汉斯大声说，"我现在非常想要结婚！如果公主要我，她就可以得到我；她不要我，我还是要得到她！"

"这完全是胡说八道！"父亲说，"我什么马也不给你。你连话都不会讲！嗨，你的两个哥哥才算得是聪明人呢！"

"如果给我配一匹马，"笨汉斯说，"那么就给我一只公山羊吧，它本来就是我的，它能驮（tuó）我去京城！"

因此，他骑上了公山羊，把两腿一夹，就跑起来了，向着两位哥哥去的方向追去。

"喂！"笨汉斯喊着。"我来了！瞧瞧我在路上所找到的东西吧！"于是他把一只死乌鸦拿给他们看。

"你这个笨蛋！"他们说，"你把它带着做什么？"

"我要把它送给公主！"

"好吧，你就送吧！"他们说后，大笑一通，就骑着马走了。

"喂，我又来了！瞧瞧我这会找到了什么东西！这并不是你可以每天在公路上找得到的呀！"

这两兄弟掉转身来，看他现在又会找到什么东西。

"笨蛋！"他们说，"这不过是一只旧木鞋，而且它的鞋面已经没有了！难道你把这东西也拿去送给公主不成？"

"当然要送给她的！"笨汉斯说。两位兄弟又大笑了一通，继续骑着马前进。

"喂，我又来了！"笨汉斯喊着，"嗨，事情越来越妙了！妙哇！真是妙哇！"

"你又找到了什么东西？"两个哥哥问。

"啊，"笨汉斯说，"我几乎没法对你们说！公主将会多么高兴啊！"

"呸！"这两个兄弟说，"那不过是你从沟里抓的一点泥巴罢了。"

"是的，一点也不错，"笨汉斯说，"不过，这是一种最好的泥巴。你抓都抓不住。"于是他把袋子里装满了泥巴。

他的两个哥哥根本没工夫听他啰嗦，放马向前飞奔，所以，他们来到城门口时，足足比汉斯早一个钟头。他们一到，就马上拿到了求婚者的登记号码。大家排成几排，每排有六个人。他们挤得那么紧，连手臂都无法动一下。

城里所有的居民都挤到宫殿的周围来，一直挤到窗子上去；他们要看公主怎样接待她的求婚者。每个人一走进公主的房间里，马上就不知道说什么才好。

"一点用也没有！"公主说，"滚开！"

现在轮到了那位能背诵整个字典的哥哥，但是他在排队的时候却把字典全忘记了。地板在他脚下发出格格的响声。天花板是镜子做的，所以，他看到自己是头在地上倒立着的。每个窗子旁边站着三个秘书和一位官员。他们把求婚者所讲的话全都记了下来，以便马上在报纸上发表，拿到街上去卖。如此可怕的折腾，再加上火炉里还烧着大火，把烟囱管子都烧红了，房间里热得不得了。

"这块地方真热得要命！"这位求婚者说。

"一点也不错，因为我的父亲今天要烤几只仔鸡呀！"公主说。

糟糕！他呆呆地站在那儿，他没有料想到会碰到这类的话；正当他想讲句风趣话的时候，却一句话也讲不出来。糟糕！

"一点用也没有！"公主说，"滚开！"

于是他也就只好走开了。现在二哥进来了。

"这儿真是热得可怕！"他说。

"是的，我们今天要烤几只仔鸡。"公主说。

"什么……什么……你说什么？"他说，同时那几位秘书全都一齐写着："什么……什么……你说什么？"

"一点用也没有！"公主说，"滚开！"

现在轮到笨汉斯了。他骑着他的山羊一直走到房间里来。

"这儿真热得厉害！"他说。

"是的，因为我正在烤仔鸡呀。"公主说。

"啊，那真是好极了！"笨汉斯说，"那么，你会让我顺便烤一只乌鸦吗？"

"欢迎你烤，"公主说，"不过你用什么家什烤呢？因为我既没有罐子，也没有锅呀。"

"我有！"笨汉斯说，"这儿有一个锅，上面还有一个铁把手。"

于是他就取出一只旧木鞋来；同时还把那只乌鸦放进里面去。

"这足够吃一顿！"公主说，"不过我们从哪里去找调味品呢？"

"我衣袋里有的是！"笨汉斯说，"我多的是，掉一些也无所谓。"于是他就从衣袋里倒出一点泥巴来。

"这真叫我高兴！"公主说，"你能够回答问题！你很会讲话，我愿意要你做我的丈夫。"

笨汉斯就这样娶了公主，后来当上了国王。他不但得到了妻子，还得到了一顶王冠。

（安徒生）

卖火柴的小女孩

天气好冷好冷，正在下雪，天已经快黑了。

这是这年最后的一夜——新年的前夕。在这样的寒冷和黑夜中，有一个光着脚的小女孩正在街上走着。是的，她离开家的时候还穿着一双拖鞋，但那又有什么用呢？那是一双非常大的拖鞋，这拖鞋实在太大，因为那是她妈妈的鞋。小女孩刚才过马路的时候，为了躲避两辆飞驰而来的马车，在慌忙中把鞋跑掉了。有一只她怎样也找不到，另一只被一个男孩子捡到拿走了。

所以，这个小女孩只好光着脚走路。她的脚被冻得青一块、紫一块的。她的旧围裙里装着几包火柴，她手中还拿着一把。一整天，她一根也没有卖出去，也没有人给她一分钱。

可怜的小姑娘！她浑身发抖，又冷又饿地向前走，看上去非常凄(qī)凉。雪花落到她金黄的长发上，美丽的卷发披散在她的肩上，不过她顾不上这些。

街上每一个窗子都亮着灯光，街上飘着一股烤鹅的香味。因为今天是除夕。她想起了这回事。

有两座房子，一座比另一座伸出一点，形成了一个墙角，她在那里坐了下来，缩成一团、瑟(sè)瑟发抖。她把她的一双脚蜷(quán)缩在身体下，但依然无法抵御寒冷。

她不敢回家，因为她没有卖掉一火柴，没法给家里带回一分钱，爸爸一定会打她的。而且家里也是很冷，因为他们头上只有一方屋顶可以避寒，虽然最大的裂口已经用草和破布堵住了，风还是呼呼地往里灌。

她的一双小手几乎冻僵了。唉！也许点燃一根火柴会让她暖和些。只要她抽出一根火柴来，在墙上一划，就可以用来暖暖手！她抽出一根来，嚓的一声，火柴燃起来了，冒出火光来了！当她把手捂（wǔ）在它上面的时候，它便变成了一朵温暖、明亮的火焰，像一根小小的蜡烛。这是一团神奇的小火光！小女孩觉得真像坐在一个火炉旁一样：火烧得那么欢、那么暖、那么舒服！当小姑娘刚刚伸出她的一双脚、打算把它们暖一下的时候，火焰忽然熄灭了！火炉也不见了。她坐在那儿，手中只有烧过了的火柴。

她又擦了一根。火焰燃起来了，发出光来了。墙上有亮光照着的那块地方，变得透明，像一片薄纱；她可以看到房间里的一切：桌上铺着雪白的台布，上面有精致的餐具，装满了梅子和苹果，还有冒着香气的烤鹅。更美妙的是：这只鹅从盘子里跳出来了，它背上插着刀叉，蹒跚（pán·shān）地在地上走着，一直向这个穷苦的小女孩走来。这时火柴熄灭了，她面前只有一堵又厚又冷的墙。

她又点燃了一根火柴。这次她发现自己坐在一棵美丽的圣诞（dàn）树下面，它比上次圣诞节时，她透过玻璃门所看到的一个富商家里的那棵还要大、还要美。它的绿枝上燃着几千支蜡烛，树上挂着彩色图画，跟橱（chú）窗里挂着的那些一样美丽。小女孩把她的两只手伸过去，可是火柴熄灭了。圣诞节的烛光越升越高，她看到它们现在变成了明亮的星星。这些星星有一颗落下来了，在天上划出一条长长的红光。

"有一个人要走了。"小姑娘想。因为她的奶奶告诉过她，天上有一颗星划过的时候，地上就有一个灵魂升到上帝那儿去。奶奶曾是世上唯一爱她的人，但她现在已经死了。

她在墙上又擦了一根火柴。它把四周都照亮了，在这亮光中，站着她的奶奶，那么清晰，那么明亮，那么慈爱，那么和蔼。

"奶奶！"小姑娘大叫一声，"啊！请把我带走吧！我知道，这火柴一灭，你就走了。你会像那个温暖的火炉、那只美丽的烤鹅、那棵幸福的圣诞树一样，消失得无影无踪了！"

于是小女孩急忙把一大把火柴全都擦亮了，因为她非常想要留住奶奶。这些火柴发出强烈的光芒，照得比大白天还要明亮。奶奶从来没有像现在这样显得美丽和高大。她把小姑娘抱起来，搂到怀里。她们两人在光明和快乐中飞走了，越飞越高，飞到既没有寒冷，也没有饥饿，又没有忧愁的那块地方——她们跟上帝在一起。

在黎明的曙（shǔ）光里，可怜的小女孩坐在一个墙角里，脸色苍白，嘴唇发出微笑。她已经死了——在除夕夜里冻死了。新年的太阳升起来了，照着她小小的尸体！她坐在那儿，手中还捏着火柴——其中有一把差不多都烧光了。

"她想暖暖身子。"人们说。谁也不知道：她曾经看到过多么美丽的景象，她曾经是多么快乐地跟祖母一起，走到新年的幸福中去。

（安徒生）

母亲的故事

　　一个母亲坐在她孩子的身旁，非常焦虑，因为她害怕孩子会死去。他的小脸蛋已经没有血色了，他的眼睛闭起来了。他的呼吸很困难，只偶尔深深地吸一口气，好像在叹息。母亲望着这个小小的生物，样子比以前更愁苦。

　　这时候突然有人敲门。一个穷苦的老头儿走进来了。他裹着一件宽大得像马毡 (zhān) 一样的衣服，因为这使人感到更温暖，而且他也有这个需要。外面是寒冷的冬天，一切都被雪和冰覆盖了，风呼呼地刮着，直刺人的面孔。

　　孩子暂时睡着了，母亲看到老人冻得发抖，就走了过去，往火炉上的一个小罐子里倒进一点啤酒，为的是让这老人喝了暖一下。老人坐下来，摇着摇篮。母亲也在他旁边的一张椅子上坐下来，望着她那个呼吸很困难的病孩子，握着他的一只小手。

　　"你以为我能把他留住，是不是？"她问，"我们的上帝不会把他从我手中夺去的！"

　　这个老头儿——他就是死神——用一种奇怪的姿势点了点头，他的意思好像是说"是"，又像在说"不是"。

　　母亲低下头来望着地面，眼泪沿着双颊(jiá)向下流。她的头非常沉重，因为她三天三夜没有合过眼睛。现在她是睡着了，不过只睡着了片刻就惊醒了，打着寒战。"这是怎么一回事？"她说，同时向四周望望。她吃惊地发现那个老头儿已经不见了，她的孩子也不见了——他已经把他带走了。墙角那儿的一座老钟在发出咝咝的声音，"扑通！"那个铅做的老钟摆落到地上来了。钟也停了。这个可怜的母亲跑到门外来，喊着她的孩子。

在外面的雪地上坐着一个穿黑长袍（páo）的女人。她说："死神刚才和你一道坐在你的房间里，我看到他抱着你的孩子急急忙忙地跑走了。他跑起路来比风还快。凡是他所拿走的东西，他永远也不会再送回来的！"

"请告诉我，他朝哪个方向走了？"母亲说，"请把方向告诉我，我要去找他！"

"我知道！"穿黑衣服的女人说，"不过在我告诉你以前，你必须把你对你的孩子唱过的歌都唱一遍给我听。我非常喜欢那些歌，我从前听过。我就是'夜之神'。你唱的时候，我看到你流出了眼泪。"

"我将把这些歌唱给你听，都唱给你听！"母亲说，"不过请不要留住我，因为我得追上他，把我的孩子找回来。"

不过夜之神坐着一声不响。母亲只好痛苦地扭着双手、流着眼泪、唱起歌来。

她唱的歌很多，但她流的眼泪更多，于是夜之神说："你可以向右边的那个黑枞（cōng）树林追去，我看到死神抱着你的孩子走到那条路上去了。"

在树林深处，碰到交叉路口，她不知道走哪条路好。这儿有一丛荆棘，既没有一片叶子，也没有一朵花。这时正是严寒的冬天，那些小枝上只挂着冰柱。

"你看到死神抱着我的孩子走过去没有？"

"看到过。"荆棘丛说，"不过我不愿告诉你他所去的方向，除非你把我抱在你的胸脯（pú）上温暖一下。我在这儿冻得要死，我快要变成冰了。"

于是她就把荆棘丛紧紧地抱在自己的胸脯上，抱得很紧，好使它能够感到温暖。荆棘刺进她的肌肉里，她的血一滴一滴地流出来。荆棘丛长出了新鲜的绿叶，而且在这寒冷的冬夜开出了花，因为这位愁苦的母亲的心是那么的温暖！

于是荆棘丛就告诉她应该朝哪个方向走。她来到了一个宽阔的湖边。湖上既没有大船，也没有小舟。湖上还没有足够的厚冰可以托住她，但是水又不是很浅，她不能涉水走过去。她要想找到她的孩子的话，就必须走过这个湖。

于是她就蹲下来要喝干这湖的水。但是这湖水怎么能喝得完呢？这个愁苦的母亲只能幻想着奇迹发生。

"不行，这是一件永远不可能的事情！"湖说，"我们还是来谈谈条件吧！我喜欢收集珍珠，而你的眼睛是我从来没有见到过的两颗最明亮的珍珠。如果你能够把它们哭出来落到我的湖水里，我就可以把你送到那个大的温室里去。死神就住在那儿，那儿种植着许多花和树。每一棵花或树就是一个人的生命！"

"啊，为了我的孩子，我什么都可以牺牲！"哭着的母亲说。于是她哭得更厉害了，结果她的眼睛坠落到湖里去了，成了两颗最贵重的珍珠。湖把她托起来，她就像坐在一个秋千架上似的。这样，她就浮到对面的岸上去了，那儿有一幢宽达十多里的奇怪的房子。人们不知道这究竟是一座有许多树林和洞口的大山呢，还是一幢用木头建筑起来的房子。不过这个可怜的母亲看不见它，因为她已经把她的两颗眼珠都哭出来了。

"我到什么地方去找那个把我的孩子抱走了的死神呢？"她问。

"他还没有到这儿来！"一个守坟墓的老太婆说。她专门看守死神的温室。"你怎样找到这儿来的？谁帮助你的？"

"上帝帮助我的！"她说，"他是很仁慈的，难道您不也一样仁慈吗? 我在哪儿能找到我亲爱的孩子呢?"

　　"我不认识你的孩子,"老太婆说,"你也看不见! 这天晚上有许多花和树都凋 (diāo) 谢了,死神马上就会到来,重新移植它们! 你知道,每个人都有他自己的生命之树,或生命之花,完全看他的安排是怎样的。它们看起来跟别的植物完全一样,但它们有一颗跳动的心。小孩子的心也会跳的。你去找吧,也许你能听出你的孩子的心跳呢。不过,假如我告诉你下一步应该怎么做,你打算给我什么报酬呢?"

　　"我没有什么东西可以给你了,"这个悲哀的母亲说,"但是我可以为你走到世界的尽头。"

　　"我没有什么事情要你到那儿去办,"老太婆说,"不过你可以把你又长又黑的头发给我。你自己清楚,那是很美丽的,我很喜欢! 作为交换,你可以把我的白头发拿去——那总比没有好。"

　　"你不打算再要什么了吗?"她说,"我愿意把它送给你!"

　　于是她把她美丽的黑头发交给了老太婆,同时,得到了她的雪白的头发。

　　然后,她们就走进死神的大温室。那儿,花和树奇形怪状地繁生在一起。玻璃钟底下培育着美丽的风信子,大朵的、耐寒的牡 (mǔ) 丹花在盛开。在种种不同的水生植物中,有许多还很新鲜,有许多已经半枯萎(wěi) 了,水蛇在它们上面盘绕着,黑螃蟹(páng•xiè)紧紧地钳着它们的梗子。那儿还有许多美丽的棕榈树、栎树和梧桐树。树下还有芹菜花和盛开的麝 (shè) 香草。每一棵树和每一种花都有一个名字,它们每一棵都代表一个人的生命。这些人还是活着的,有的在中国,有的在格陵兰,或在世界的各个角落。有些大树栽在小花盆里,因此都显得很挤,几乎把花盆都要胀破了。在肥沃的土地上有好几块地方还种着许多娇弱的小花,它们周围长着一些青苔,被人精心地培植和呵护着。这个悲哀的母亲在那些最小的植物前弯下腰来，静听它们的心跳。在这些无数的植物中，她能听出她的孩子的心跳。

"我找到了！"她叫着，同时把双手伸向一朵小小的花。这朵花正在把头垂向一边，看起来像是病了。

"请不要动这朵花！"那个老太婆告诫（jiè）道，"不过请你等在这儿。当死神到来的时候——我想他随时都会到来——不要让他拔掉这棵花。你可以威胁他说，如果他拔掉你的花，你就要把所有的植物都拔掉。这样他会害怕的，他为上帝负责看护这些植物，在没有得到上帝的许可以前，谁也不能拔掉它们。"

这时忽然有一阵寒风刮进了温室，这个没有眼睛的母亲看不到，但她预感这就是死神的来临。

"你怎么找到这个地方的？"他说，"你怎么比我来得还快？"

"因为我是一个母亲！"她说。

死神向这朵娇柔的小花伸出长手来，可是她用双手紧紧环护着它，同时她又非常焦急，生怕弄坏了它的一片叶子或花瓣（bàn）。于是死神就朝着她的手吹风，她觉得这比寒风还冷，于是她的手垂下来了，一点气力也没有了。

"你反抗不了我的！"死神说。

"但是，仁慈的上帝可以！"她说。

"我只是执行他的命令！"死神说，"我是他的园丁。我把他所有的花和树移植到天堂花园，到那个不为人知的国度里去。不过它们在那儿怎样生长、怎样生活，我可不能告诉你！"

"请把我的孩子还给我吧！"母亲说。她一面说，一面哀求着。忽然她用双手抓住近旁两朵美丽的花，大声对死神说："我要把你的花都拔掉，因为我已经无路可走了！"

"不准动它们！"死神说。"你说你很痛苦，难道你要让另一个母亲也感到同样的痛苦吗?"

"另一个母亲?"这个可怜的母亲叫着,马上松开了那两棵花。

"这是你的眼珠,"死神说,"我已经把它们从湖里捞 (lāo) 出来了.它们非常明亮.不过我本来不知道这是你的.收回去吧.它们现在比以前更加明亮,请你朝你旁边的那个井底望一下吧,我要把你想要拔掉的这两棵花的名字告诉你,你就会知道它们的整个的未来、整个的人间生活,那么你就会知道,你所要摧毁的究竟是什么。"

她向井底下望去.她愉快地看到其中一个生命是多么幸福,看见它的周围是一排多么愉快和欢乐的景象.但她又看到另一个生命,它是忧愁和贫困、苦难和悲哀的化身。

"这两种命运都是上帝的意志!"死神说。

"它们之中哪一朵是受难之花,哪一朵是幸福之花呢?"她问。

"我不能告诉你,"死神回答说,"不过有一点你可以知道:这两朵花之中有一朵是你自己的孩子.你刚才所看到的就是你的孩子的命运——你亲生孩子的未来。"

母亲惊恐地叫起来:"它们哪一朵是我的孩子呢?请您告诉我吧!请您救救苦命的孩子吧!请把我的孩子从苦难中救出来吧!还是请您把他带走吧!把他带到上帝的国度里去!请忘记我的眼泪、我的祈求,原谅我刚才所说的和做的一切吧!"

"我不懂你的意思!"死神说,"你想要把你的孩子抱回去呢,还是让我把他带到一个你所不知道的地方去呢?"

这时母亲扭着双手,双膝跪下来,向上帝祈祷 (qí·dǎo):"您的旨意永远是好的.请不要理会任何违反您的旨意的祈祷!请不要理我!请不要理我!" 她把头低低地垂下来。

死神带着她的孩子飞到那个不为人知的国度里去了。

（安徒生）

青蛙王子

在遥远的古代，人们心中的美好愿望往往能够变成现实。就在那个令人神往的时代，曾经有过一位国王。国王有好几个女儿，个个都长得非常美丽；尤其是他的小女儿，更是美如天仙，就连见多识广的太阳，每次照在她脸上时，都对她的美丽感到惊诧 (chà) 不已。

国王的宫殿附近，有一片幽暗的大森林。在这片森林中的一棵古老的菩 (pú) 提树下有一口水井，水很深。在天热的时候，小公主常常来到这片森林，坐在清凉的水井边。她坐在那里感到无聊的时候，就取出一只金球，这个金球是她最心爱的宝贝，她把金球抛向空中，然后再用手接住。这成了她最喜爱的游戏。

不巧的是，有一次，小公主伸出两只小手去接金球时，金球却没有落进她的手里，而是掉到了地上，而且一下子就滚到水井里去了。小公主两眼紧紧地盯着金球，可是金球忽地一下子在水里就没影儿了。因为水井里的水很深，看不见底，小公主就哭了起来，她的哭声越来越大，哭得伤心极了。哭着哭着，小公主突然听见有人大声说："哎呀，公主，您这是怎么啦？您这样号啕 (háo·táo) 大哭，就连石头听了都会心疼的呀。"听了这话，小公主四处张望，想弄清楚说话声是从哪儿传来的，不料却发现一只青蛙，从水里伸出他那丑陋不堪的肥嘟嘟的大脑袋。

"啊！原来是你呀，你可是游泳好手，"小公主对青蛙说道，"我在这儿哭，是因为我的金球掉进水井里了。"

"好啦，不要难过，别哭了，"青蛙回答说，"我有办法帮助您。要是我帮您把您的金球捞出来，您拿什么东西来回报我呢？"

　　"亲爱的青蛙，你要什么东西都成啊，"小公主回答说，"我的衣服、我的珍珠和宝石、甚至我头上戴着的这顶金冠，都可以给你。"

　　听了这话，青蛙对小公主说："您的衣服、您的珍珠、您的宝石，还有您的金冠，我哪样都不想要。不过，要是您喜欢我，就让我做您的好朋友吧，我们一起游戏，吃饭的时候让我和您同坐一张餐桌，用您的小金碟子吃东西，用您的小高脚杯饮酒，晚上还让我睡在您的小床上；要是您答应所有这一切的话，我就潜到水里去，把您的金球捞出来。"

　　"好的，太好了，"小公主说，"只要你愿意把我的金球捞出来，你的一切要求我都答应。"小公主虽然嘴上这么说，心里却想："这只青蛙可真够傻的，尽胡说八道！他只配蹲在水里，和其他青蛙一起呱呱叫，怎么可能做人的好朋友呢？"

　　青蛙得到了小公主的许诺之后，把脑袋往水里一扎，就潜入到了水里。过了不大一会儿，青蛙嘴里衔（xián）着金球浮出了水面，然后把金球吐在井沿上。小公主重又见到了自己心爱的玩具，心里别提有多高兴了。她把金球拣了起来，撒腿就跑。

　　"别跑！别跑！"青蛙大声叫道，"带上我呀！我可跑不了您那么快。"

　　尽管青蛙扯着嗓子拼命叫喊，可是没有一点儿用。小公主对青蛙的喊叫根本不予理睬（cǎi），而是径直跑回了家，并且很快就把可怜的青蛙忘记得一干二净了。青蛙只好蹦蹦跳跳地又回到水里去。

　　第二天，小公主跟国王和大臣们刚刚坐上餐桌，才开始用她的小金碟进餐，突然听见啪啦啪啦的声音。随着声响，有个什么东西顺着大理石台阶往上跳，到了门口时，便一边敲门一边大声嚷嚷："小公主，快开门！"听到喊声，小公主急忙跑到门口，想看看是谁在门外喊叫。打开门一看，原来是那只青蛙，正蹲在门前。小公主见是青蛙，猛然把门关上，转身赶紧回到座位，心里害怕极了。国王发现小公主一副心慌意乱的样子，就问她：

"孩子，你怎么会吓成这个样子？该不是门外有个巨人要把你抓走吧？"

"啊，不是的，"小公主回答说，"不是什么巨人，而是一只讨厌的青蛙。""青蛙想找你做什么呢？"

"唉！我的好爸爸，昨天，我到森林里去了。坐在水井边上玩的时候，金球掉到水井里去了，于是我就哭了。我哭得很伤心，青蛙就替我把金球捞了上来。因为青蛙请求我做他的朋友，我就答应了，可是我压根儿没有想到，他会从水井里爬出来，爬这么远的路到这儿来。现在他就在门外呢，想要上咱这儿来。"正说着话的当儿，又听见了敲门声，接着是大声地喊叫：

"小公主啊我的爱，

　　快点儿把门打开！

　　爱你的人已到来，

　　快点儿把门打开！

　　你不会忘记昨天，

　　菩提树下水井边，

　　井水深深球不见，

　　是你亲口许诺言。"

国王听了之后对小公主说："你决不能言而无信，快去开门让他进来。"小公主走过去把门打开，青蛙蹦蹦跳跳地进了门，然后跟着小公主来到座位前，接着大声叫道："把我抱到你身旁呀！"

小公主听了吓得发抖，国王却吩咐她照青蛙说的去做。青蛙被放在了椅子上，可心里不太高兴，想到桌子上去。上了桌子之后又说："把您的小金碟子推过来一点儿好吗？这样我们就可以一块儿吃啦。"很显然，小公主很不情愿这么做，可她还是把金碟子推了过去。青蛙吃得津津有味，可小公主却一点儿胃口都没有。终于，青蛙开口说："我已经吃饱了。现在我有点累了，请把我抱到您的卧室去，铺好您的丝绸被褥（rù），然后我们就一起睡觉吧。"

　　小公主害怕这只冷冰冰的青蛙，连碰都不敢碰一下。一听他要在自己整洁漂亮的小床上睡觉，就哭了起来。

　　国王见小公主这个样子，就生气地对她说："在我们困难的时候帮助过我们的人，不论他是谁，过后都应当受到尊敬。"

　　于是，小公主用两只纤（xiān）细的手指把青蛙挟起来，带着他上了楼，把他放在卧室的一个角落里。可是她刚刚在床上躺下，青蛙就爬到床边对她说："我累了，我也想在床上睡觉。请把我抱上来，要不然我就告诉您父亲。"

　　一听这话，小公主勃然大怒，一把抓起青蛙，朝墙上死劲儿摔去。

　　"现在你想睡就去睡吧，你这个丑陋的讨厌鬼！"

　　谁知他一落地，已不再是什么青蛙，却一下子变成了一位王子：一位两眼炯（jiǒng）炯有神、满面笑容的王子。直到这时候，王子才告诉小公主，原来他被一个狠毒的巫婆施了魔法，除了小公主以外，谁也不能把他从水里解救出来。于是，遵照国王的旨意，他成为小公主亲密的朋友和伴侣，明天他们将一道返回他的王国。第二天早上，太阳爬上山的时候，一辆八匹马拉的大马车已停在了门前，马头上都插着洁白的羽毛，一晃一晃的，马身上套着金光闪闪的马具。车后边站着王子的仆人——忠心耿 (gěng) 耿的亨利。亨利的主人被变成一只青蛙之后，他悲痛欲绝，于是便在自己的胸口套上了三个铁箍 (gū)，免得他的心因为悲伤而破碎了。

这辆马车就是来接年轻的王子回他的王国去的。忠心耿耿的亨利扶着他的主人和王妃上了车，然后自己又站到了车后边。他们上路后刚走不远，突然听见噼噼啦啦的响声，好像有什么东西断裂了。路上，噼噼啦啦的响声响了一次又一次，每次王子和王妃听见响声，都以为是车上的什么东西坏了。其实不然，忠心耿耿的亨利见主人是那么的幸福，因而感到欣喜若狂，于是那几个铁箍就从他的胸口上一个接一个地崩掉了。

（格林兄弟）

拇指姑娘

　　从前有一个女人，她非常希望有一个小小的孩子。但是她不知道从什么地方可以得到。因此她就去请教一位巫婆。她对巫婆说：

　　"我非常想有一个小小的孩子！你能告诉我什么地方可以得到吗？"

　　"嗨！这容易得很！"巫婆说，"你把这颗大麦粒拿去吧。它可不是乡下人的田里长的那种大麦粒，也不是喂鸡的那种大麦粒。你把它种在一个花盆里。不久你就可以得到你所想要的孩子了。"

　　"谢谢您！"女人说。她给了巫婆一些钱。于是她就回家种下那颗大麦粒。不久，一朵美丽的大红花就长出来了。它看起来很像一朵郁(yù)金香，不过它的花瓣紧紧地包在一起，好像仍旧是一个花苞(bāo)似的。

　　"这是一朵很美的花！"女人说，同时在那美丽的、黄而带红的花瓣上吻了一下。不过，当她正在吻的时候，花儿忽然劈啪一声，开放了。人们现在可以看出，这是一朵真正的郁金香。但是在这朵花的正中央，在那根绿色的雌蕊上面，坐着一位娇小的姑娘，她看起来又白嫩又可爱。她还没有大拇指的一半长，因此人们就将她叫做拇指姑娘。

　　拇指姑娘的摇篮是一个发亮的漂亮胡桃壳，她垫的是蓝色紫罗兰的花瓣，她的被子是玫瑰的花瓣。这就是她晚上睡觉的地方。但是白天她在桌子上玩耍——在这桌子上，那个女人放了一个盘子，盘子里有水，上面又放了一圈花儿，花的枝干浸在水里。水上漂浮着一片很大的郁金香花瓣。拇指姑娘可以坐在这花瓣上，用两根白马尾作桨，从盘子这一边划到那一边。这一切真是美丽极了！她还能唱歌，而且唱得那么温柔和甜蜜。

一天晚上，拇指姑娘正在她漂亮的床上睡觉的时候，一个难看的癞蛤蟆从窗子外面跳了进来。这癞蛤蟆又丑又大，而且身上黏糊糊的。

"这漂亮姑娘倒可以做我儿媳妇。"癞蛤蟆说。于是她一把抓住拇指姑娘正睡觉的那个胡桃壳，背着它跳出了窗子，一直跳到花园里。

花园里有一条很宽的小河，河的两岸又低又潮湿，癞蛤蟆和她的儿子就住在这儿。哎呀！他跟他的妈妈简直是一个模子铸（zhù）出来的，也长得奇丑不堪。"呱！呱！呱！"当他看到胡桃壳里的这位美丽小姑娘时，他只会这样叫。

"讲话不要那么大声啦，要不你就把她吵醒了，"老癞蛤蟆说，"她还可以从我们这儿逃走，因为她轻得像一片天鹅的羽毛！我们得把她放在河里睡莲的一片宽叶子上面。她既然这么娇小和轻巧，那片叶子对她说来可以算作是一个岛了。她在那上面是没有办法逃走的。在这期间我们就可以把泥巴底下的那间好房子修理好——你们俩以后就可以在那儿结婚过日子了。"

这个可怜的拇指姑娘早晨醒来，当她发现自己在一片叶子上的时候，不禁伤心地哭起来，因为这片宽大的绿叶子的周围全都是水，她没有办法回到陆地上去。

老癞蛤蟆坐在泥里，用灯芯草和黄睡莲把房间装饰了一番。随后，她就和她的丑儿子向那片托着拇指姑娘的叶子游去。他们要在她没有来以前，先把她的那张美丽的床搬走，安放在洞房里面。这个老癞蛤蟆在水里向她深深地鞠（jū）了一躬（gōng），同时说："这是我的儿子，他就是你未来的丈夫。你们俩在这里将会生活得很幸福。"

"呱！呱！呱！"小癞蛤蟆就只会这么叫。

他们搬着这张漂亮的小床，在水里游走了。拇指姑娘孤零零地坐在绿叶上，不禁大哭起来。因为她不喜欢跟一个讨厌的癞蛤蟆住在一起，也不喜欢让那么一个丑少爷做自己的丈夫。河里的一些小鱼曾经看到过癞蛤蟆，也听到过癞蛤蟆所说的话。因此，它们都伸出头来，想瞧瞧这个小姑娘。它们一眼看到拇指姑娘，就觉得她非常美丽，他们觉得这样一个漂亮的姑娘要下嫁给一个丑癞蛤蟆，那可不成！这样的事情决不能让它发生！它们在水里一起集合到托着那片绿叶的梗子的周围——拇指姑娘就住在那上面。它们用牙齿把叶梗咬断了，使得这片叶子顺着水流流走了。

叶子托着她漂流，越流越远；最后拇指姑娘就漂流到外国去了。

一只很可爱的白蝴蝶不停地环绕着她飞，最后就落到叶子上来，因为他是那么喜欢拇指姑娘；而她呢也非常高兴，因为癞蛤蟆现在再也找不着她了。她解下腰带，把一端系在蝴蝶身上，另一端紧紧地系在叶子上。叶子带着拇指姑娘一起很快地在水上流走了。

这时有一只很大的金龟子飞来了。他看到了她，立刻用他的爪子抓住她纤细的腰，带着她飞到树上去了。但是那片绿叶继续漂流，那只蝴蝶也跟着绿叶继续飞，因为他是系在叶子上的，没有办法飞开。

天啦！当金龟子带着她飞进树林里去的时候，可怜的拇指姑娘该是多么害怕啊！不过她更为那只美丽的白蝴蝶难过。她已经把他紧紧地系在那片叶子上，如果他没有办法摆脱的话，就一定会饿死的。但是金龟子一点也不理会这情况，他和她一块儿坐在树上最大的一张绿叶子上，把花里的蜜糖拿出来给她吃，同时说她是多么漂亮，虽然她一点也不像金龟子。不多久，住在树林里的那些金龟子全都来拜访了。他们打量着拇指姑娘。金龟子小姐们耸了耸触须，说：

"嗨，她居然只有两条腿！多难看啊。"

"她连触须都没有！"她们说。

"她的腰太细了——呸！她完全像一个人——她是多么丑啊！"所有

的女金龟子们齐声说。

然而拇指姑娘确是非常美丽的。甚至劫持她的那只金龟子也不免要这样想。不过当大家都说她很难看的时候，他最后也只好相信这话了，他也不愿意要她了！她愿意去哪儿就去哪儿吧！随便到什么地方去。他带着她从树上飞下来！把她放在一朵雏(chú)菊上面。她在那上面哭得怪伤心的，因为她长得那么丑，连金龟子也不要她了。可是她仍然是人们所想象不到的一个最美丽的人儿，那么娇嫩、那么精致，像一片最纯洁的玫瑰花瓣。

整个夏天，可怜的拇指姑娘孤零零地住在这个大树林里。她用草叶为自己编了一张小床，把它挂在一片大牛蒡(bàng)叶底下，这样雨就淋不到她身上。她吃的是花蜜，喝的是露珠。

夏天和秋天就这么过去了。

现在，冬天——那又冷又长的冬天——来了。那些为她唱着甜蜜的歌的鸟儿现在都飞走了。树和花凋零了。那片大的牛蒡叶——她一直是在它下面住着的——也卷起来了，只剩下一根枯黄的叶梗。她感到十分寒冷。因为她的衣服都破了，而她的身体又是那么瘦削和纤细——可怜的拇指姑娘啊！她几乎要冻僵了。

在她住的这个树林的附近，有一块很大的麦田；不过田里的麦子早已经收割了。冻结的地上只留下一些光秆的麦茬(chá)儿。对她来说，在它们中间走过去，简直等于穿过一片广大的森林。啊！她冻得发抖，抖得多厉害啊！最后她来到了一只田鼠的门口。这就是一棵麦茬下面的一个小洞。田鼠住在那里面，又温暖，又舒服。那儿还有整整一房间的麦子，有一间漂亮的厨房和一个饭厅。可怜的拇指姑娘站在门里，活像一个讨饭的穷苦女孩子。她请求施舍一颗大麦粒给她，因为她已经两天没有吃过一丁点儿东西了。

"你这个可怜的小人儿，"田鼠说，她本来是一个好心肠的老田鼠，"到我温暖的房子里来，和我一起吃点东西吧。"

因为她很喜欢拇指姑娘，所以她说："如果你愿意的话，可以跟我住在这里，度过这个冬天，不过你得把我的房间收拾干净整齐，同时讲些故事给我听，因为我就是喜欢听故事。"

拇指姑娘都一一答应了。她在那儿过得非常快乐。

"很快会有一个客人来，"田鼠说，"我的这位邻居经常每个星期来看我一次，他比我阔得多，他有宽大的房间，他穿着非常美丽的黑天鹅绒大衣。只要你能找他做你的丈夫，那你一辈子可就享用不尽了。不过他的眼睛看不见东西。你得讲一些你所知道的、最美的故事给他听。"

拇指姑娘对于这位邻居没有什么兴趣。她不愿意跟这位邻居结婚，因为他是一只鼹（yàn）鼠。他穿着黑天鹅绒大衣来拜访了。田鼠说："他非常有钱，有学问，他的房子比我的大二十倍。"

他的确有学问，不过他不喜欢太阳和美丽的花儿；而且他还喜欢说这些东西的坏话，因为他从来没有看见过它们。

拇指姑娘得为他唱一曲歌儿。她唱了《金龟子呀，飞走吧！》，又唱了《牧师走上草原》。因为她的声音那么美丽，鼹鼠不由得爱上了她。不过他没有表示出来，因为他是一个很谨慎的人。

不久，他挖了一条长长的地道，从自己房子里通到她们的这座房子里。他请田鼠和拇指姑娘到这条地道里来散步，而且只要她们愿意，随时都可以来。不过他提醒她们不要害怕一只躺在地道里的死鸟。鸟儿还是完整的，有翅膀，也有嘴，毫无疑问，是刚冻死的。鼹鼠挖地道时，恰好经过这块地方。鼹鼠嘴里衔着一根引火棍——它在黑暗中可以发出闪光。他走在前面，为她们把这条又长又黑的地道照亮。当她们来到那只死鸟躺着的地方时，鼹鼠就用他的大鼻子顶着天花板，朝上面拱着土，拱出一个大洞来。阳光就通过这洞口射进来。在地上的正中央躺着一只死了的燕子，他的美丽的翅膀紧紧地贴着身体，腿和头缩到羽毛里面：这只可怜的鸟儿无疑是冻死了。这使得拇指姑娘感到非常难过，因为她非常喜爱鸟儿。的确，整个夏天鸟儿都在为她唱着美妙的歌，对她喃喃而语。不过鼹鼠用他的短腿子一推，说："他现在再也不能唱什么了！生来就是一只小鸟，多么可怜啊！谢天谢地，我的孩子们将不会像鸟一样，什么事也不能做，只会唧唧喳喳地叫，到了冬天就不得不饿死了！"

拇指姑娘一句话也没说。不过当他们两个人把背转向这燕子的时候，她就弯下腰来，把盖在他头上的那一簇（cù）羽毛温柔地向旁边拂了几下，同时轻轻地亲吻了一下他紧闭的双眼。

"在夏天，对我唱出那么美丽的歌的，也许就是他，"她想，"他不知给了我多少快乐，亲爱的美丽的鸟儿！"

鼹鼠现在把那个透进阳光的洞口又封闭住了；然后他就陪着这两位小姐回家。但是这天晚上拇指姑娘怎么也睡不着。她爬起来，用草编成了一张宽大的、美丽的毯子。她拿着它给那只死燕子盖上。她同时还把她在田鼠的房间里所寻到的一些软棉花裹在燕子的身上，好让他在这寒冷的地上能够得到温暖。

"再会吧，你这美丽的小鸟儿！"她说，"再会吧！在夏天，当所有的树儿都变绿了的时候，当太阳光温暖地照着我们的时候，你唱出美丽的歌声——我要为这感谢你！"于是她把头贴在这鸟儿的胸膛上。她马上惊恐起来，因为他身体里面好像有件什么东西在跳动，这就是鸟儿的一颗心。这鸟儿并没有死，他只不过是躺在那儿冻得失去了知觉罢了。现在他得到了温暖，所以又苏醒了过来。

在秋天，所有的燕子都向温暖的国度飞去。不过，假如有一只掉了队，他就会遇到寒冷，于是他就会冻得落下来，像死了一样。

拇指姑娘抖得厉害，因为她那么惊恐；这鸟儿，跟只有寸把高的她比起来，真是太庞大了。可是她鼓起勇气来。她把棉花紧紧地裹在这只可怜的鸟儿的身上；同时她把自己常常当做被盖的那张薄荷叶拿来，覆在这鸟儿的头上。

第二天夜里，她又偷偷地去看他。他现在已经活了，不过还是有点昏迷。他只能把眼睛微微地睁开，望了拇指姑娘一下。

"谢谢你，可爱的小姑娘！"这只虚弱的燕子对她说，"我现在感到很舒服和温暖！不久就可以恢复体力，又可以飞了。"

"啊，"她说。"外面多么冷啊。雪花在飞舞，遍地都在结冰。还是请你睡在你温暖的床上吧，我可以来照料你呀。"

她用花瓣盛着水喂燕子。燕子喝了水以后，就告诉她说，他有一个翅膀曾经在一个多刺的灌木林上擦伤了，因此不能跟别的燕子们飞得一样快；那时他们正在远行，飞到那遥远的、温暖的国度里去。最后他落到地上来了，可是其余的事情他现在就记不起来了。

燕子在这儿住了一整个冬天。拇指姑娘待他很好，非常喜欢他，鼹鼠和田鼠一点儿也不知道这事。

当春天一到来、太阳把大地照得很温暖的时候，燕子就向拇指姑娘告别了。她把鼹鼠在顶上挖的那个洞打开。太阳非常明亮地照着他们。燕子问拇指姑娘愿意不愿意跟他一起离开：她可以骑在他的背上，这样他们就可以远远地飞走，飞向绿色的树林里去。不过拇指姑娘知道，如果她这样离开的话，田鼠就会很伤心。

"不成，我不能离开！"拇指姑娘说。

"那么再会吧，再会吧，你这善良的、可爱的姑娘！"燕子说。于是他就向太阳飞去。拇指姑娘在后面望着他，她的眼里闪着泪珠，因为她是那么喜爱这只可怜的燕子。

"滴丽！滴丽！"燕子唱着歌，向绿色的森林飞去。

"在这个夏天，你得把你的新嫁衣缝好！"田鼠对她说，因为她的那个讨厌的邻居——那个穿着黑天鹅绒大衣的鼹鼠——已经向她求婚了。

拇指姑娘不得不摇起纺车来。鼹鼠聘请了四位蜘蛛，日夜为她纺纱和织布。每天晚上鼹鼠来拜访她一次。鼹鼠老是咕噜着说：等到夏天快要完的时候，太阳就不会这么热了；现在太阳把地面烤得像石头一样硬。是的，等夏天过去以后，他就要跟拇指姑娘结婚了。不过她一点也不感到高兴，因为她的确不喜欢这位讨厌的鼹鼠。

秋天到了，拇指姑娘的嫁衣也都准备好了。

"四个星期以后，你的婚礼就要举行了，"田鼠对她说。但是拇指姑娘哭了起来，说她不愿意和这讨厌的鼹鼠结婚。

"胡说！"田鼠说，"你不要固执，不然的话，我就要用我的白牙齿来咬你！他是一个很可爱的人，你得和他结婚！就是皇后也没有他那样好的黑天鹅绒大衣！他的厨房和储藏室里都是满满当当的。你能找到这样一个丈夫，应该感谢上帝！"

现在婚礼要举行了。鼹鼠已经来了，他亲自来迎接拇指姑娘。她得跟他生活在一起，住在深深的地底下，永远也见不到温暖的太阳光，因为他不喜欢太阳。

"再见吧，光明的太阳！"她说着，同时向空中伸出双手。"再会吧，再会吧！"她又重复地说，同时用双臂抱住一朵还在开着的小红花。"假如你看到了那只小燕子的话，我请求你代我向他问候一声。"

"滴丽！滴丽！"就在这时候，一个声音忽然在她的头上叫起来。她抬头一看，这正是那只小燕子刚刚在飞过。他一看到拇指姑娘，就显得非常高兴。她告诉他说，她多么不愿意要那个丑恶的鼹鼠做她的丈夫啊；她还说，她得住在深深的地底下，太阳将永远照不进来。

"寒冷的冬天现在要到来了，"小燕子说，"我要飞得很远，飞到温暖的国度里去。你愿意跟我一块儿去吗？你可以骑在我的背上！你用腰带紧紧地把你自己系牢。这样我们就可以离开这丑恶的鼹鼠，飞到温暖的国度里去。"

"是的，我将和你一块儿去！"拇指姑娘说。她坐在这鸟儿的背上，把脚搁在他展开的双翼上，同时把自己用腰带紧紧地系在他最结实的一根羽毛上。

就这样，燕子飞向空中，飞过森林，飞过大海，飞过常年积雪的大山。在这寒冷的高空中，拇指姑娘冻得抖起来。这时她就钻进这鸟儿温暖的羽毛里去，只把她的小脑袋伸出来，欣赏她下面的美丽风景。

最后他们来到了温暖的国度。那儿的太阳更明媚了，天似乎也是加倍地高。田沟里，篱笆上，都生满了最美丽的绿葡萄和蓝葡萄。树林里处处悬挂着柠檬（níng·méng）和橙子。空气里飘着桃金娘和麝香的香气；许多非常可爱的小孩子在路上跑来跑去，跟一些颜色鲜艳的大蝴蝶儿一块儿嬉戏。可是燕子越飞越远，而风景也越来越美丽。在一个碧蓝色的湖旁有一丛最可爱的绿树，里面有一幢白得放亮的大理石砌成的古代的宫殿。葡萄藤（téng）围着许多高大的圆柱丛生着。它们的顶上有许多燕子窝。其中有一个窝就是现在带着拇指姑娘飞行的这只燕子的住所。

"这儿就是我的家，"燕子说。"不过，下面长着许多美丽的花，你可以选择其中的一朵；我可以把你放在它上面。"

"那好极了！"她说，拍着她的一双小手。

那儿有一根巨大的大理石柱。它已经倒在地上，并且跌成了三段。不过在它们中间生出一朵最美丽的白色鲜花。燕子带着拇指姑娘飞下来，把她放在它的一片宽阔的花瓣上面。这个小姑娘感到多么惊奇啊！在那朵花的中央坐着一个小小的男子！他是那么白皙（xī）和透明，好像是玻璃做成的。他头上戴着一顶最华丽的金制王冠，他肩上生着一双发亮的翅膀，而他本身并不比拇指姑娘高大。他就是花中的安琪（qí）儿①。每一朵花里

---

① 安琪儿就是天使。在西方文艺中，天使的形象一般是长着一对翅膀的小孩子。

都住着这么一个小小的男子或妇人。不过这一位却是他们大家的国王。

"我的天啦! 他多么美啊!" 拇指姑娘对燕子低声说。这位小小的王子非常害怕这只燕子, 因为他那么细小和柔嫩, 对他说来, 燕子简直是一只庞大的鸟儿。不过当他看到拇指姑娘的时候, 他马上就变得高兴起来: 她是他一生中所看到的一位最美丽的姑娘。

因此他从头上取下金王冠, 把它戴到她的头上。

他问了她的姓名, 问她愿不愿意做他的夫人——这样她就可以做一切花儿的皇后了。

这位王子才真配称为她的丈夫呢, 他和那癞蛤蟆的儿子与那只穿着黑天鹅绒大衣的鼹鼠完全不同! 因此她就对这位逗她喜欢的王子说: "我愿意。"

这时每一朵花里都走出一位小姐或一位男子来。他们那么可爱, 就是看他们一眼也是幸福的。他们每人送了拇指姑娘一件礼物, 但是其中最好的礼物是从一只大白蝇身上取下的一对翅膀。他们把这对翅膀安到拇指姑娘的背上, 这么着, 她现在就可以在花朵之间飞来飞去了。

这时大家都欢乐起来。燕子坐在上面自己的窠 (kē) 里, 为他们唱出他最好的歌曲。然后在他的心里, 他感到有些悲哀, 因为他是那么喜欢拇指姑娘, 他的确希望永远不要和她离开。

"你现在不应该再叫拇指姑娘了!" 花的安琪儿对她说。"这是一个很丑的名字, 而你是那么美丽! 从今以后, 我们要把你叫玛娅①。"

(安徒生)

---

① 在希腊神话里, 玛娅 (Maja) 是顶天的巨神阿特拉斯 (Atlas) 和平勒俄涅 (Pleione) 所生的七位女儿中最大的一位, 也是最美的一位。这七位姊妹和她们的父母一起代表金牛宫 (Taurus) 中九颗最明亮的星星。它们在五月间 (收获时期) 出现, 在十月间 (第二次播种时期) 隐藏起来。

一个豆荚里的五粒豆

有一个豆荚 (jiá)，里面有五粒豌豆。它们都是绿色的，因此，它们就以为整个世界都是绿色的。事实也正是这样！豆荚在生长，豆粒也在生长。它们按照它们在家庭里的地位，坐成一排。太阳在外边照着，把豆荚晒得暖洋洋的；雨水把它洗得青翠透明。这儿既温暖，又舒适；白天敞亮，晚间黑暗。豌豆粒在豆荚里越长越大，同时也越变得爱沉思起来，因为它们多少得做点事情呀。

"难道我们永远就在这儿坐下去么？"它们问，"但愿能一直这样坐下去，不要变得僵硬起来。我似乎觉得外面发生了一些事情——我有这种预感！"

许多星期过去了。这几粒豌豆变黄了，豆荚也变黄了。

"我们不久就要被打开了！"它们说。于是它们就等待这件事情的到来。

"啪！"豆荚裂开来了。那五粒豆子全都滚到太阳光里来了。它们躺在一个孩子的手中。这个孩子紧紧地捏着它们，说它们正好可以当做豆枪的子弹用。他马上安一粒进去，把它射出来。

"现在我要飞向广大的世界里去了！如果你能捉住我，那么就请你来吧！"于是它就飞走了。

"我，"第二粒说，"我将直接飞进太阳里去。太阳才像一个豆荚呢，而且与我的身份非常相称！"

于是它就飞走了。

"我们到了什么地方，就在什么地方睡，"其余的两粒说，"不过我们仍得向前滚。"因此，它们在没有到达豆枪以前，就先在地上滚起来。但是它们终于被装进去了。"我们才会射得最远呢！"

"该怎么办就怎么办！"最后的那一粒说。它被射到空中去了，被射到顶楼窗子下面一块旧板子上，正好钻进一个长满了青苔的霉(méi)菌的裂缝里去。青苔把它裹起来。它躺在那儿不见了，可是我们的上帝并没忘记它。

"应该怎么办就怎么办！"它说。

在这个小小的顶楼里住着一个穷苦的女人。她白天到外面去擦炉子、锯木材，并且做许多类似的粗活，因为她很强壮，而且也很勤俭，不过她仍然很贫穷。她有一个发育不良的独生女儿，躺在这顶楼上的家里。她的身体非常虚弱。她在床上躺了一整年，却始终在死亡线上徘徊(pái·huái)。

"她快要到她亲爱的姐姐那儿去了！"女人说，"我只有两个孩子，但是养活她们两个人确实够难的。善良的上帝分担我的愁苦，已经接走一个了。我现在把留下的这一个养着。不过我想上帝不会让她们分开的，她也会到她天上的姐姐那儿去的。"

可是这个病孩子并没有离开。她安静地、耐心地整天在家里躺着，她的母亲到外面去挣点生活费。一个春天的早上，当母亲正要出去工作的时候，太阳温和地、愉快地从那个小窗子照进来，照到地上。这个病孩子望着最低的那块玻璃窗。

"从玻璃窗旁边探出头来的那个绿色的东西是什么呢？它在风里摆动！"

母亲走到窗子那儿去，把窗打开一半。"啊"！她说，"我的天，这原来是一粒小豌豆。它还长出小叶子来了。它是怎样钻进这个隙缝里去的？你现在可有一个小花园来供你欣赏了！"

母亲把病孩子的床搬到窗子旁边，好让她看到这粒正在生长着的豌豆。然后，母亲便出去做她的工作了。

"妈妈，我觉得我好了一些！"到了晚上，这个小姑娘说，"太阳今天在我身上照得怪温暖的。这粒豆子长得好极了，我也会像它一样健康的；我将爬起床来，走到温暖的太阳光里去。"

"愿上帝恩准我们这样！"母亲说，但是她不相信事情会这样。不过她仔细地用一根小棍子把这植物支起来，好使它不致被风吹断。因为它使她的女儿对生命激起了愉快的想象。她从窗台上牵了一根线到窗框的上端，这样豆苗就可以盘绕着它向上生长了，它的确在向上攀升——每天都可以看到它在生长。

"真的，它现在要开花了！"女人有一天早晨说。她现在开始希望并相信，她的病孩子会好起来。她记起最近这孩子讲话的口气要比以前愉快得多，而且最近几天她自己也能爬起来，直直地坐在床上，高兴地看着这一颗豌豆所形成的小花园。一星期以后，这个病孩子第一次能够坐一整个钟头了。她快乐地坐在温暖的太阳光里。窗子打开了，它面前是一朵盛开的粉红色的豌豆花。小姑娘低下头来，把它柔嫩的叶子轻轻地吻了一下。这一天简直像一个节日。

"我幸福的孩子，上帝亲自种下这颗豌豆，叫它长得枝叶茂盛，成为你、我的希望和快乐！"母亲高兴地说。她对这花儿微笑，好像它就是上帝送下来的一位善良的小天使。

但是其余的几粒豌豆呢？那一粒曾经飞到广大的世界上去并且还说过"如果你能捉住我，那么就请你来吧！"的豌豆，它落到屋顶的水槽里去了，在一个鸽子的嗉囊（sù·náng）里躺了下来。那两粒懒惰的豆子也不过只走了这么远，因为它们也被鸽子吃掉了。总之，它们总还算有些实际的用途。而那第四粒呢，它本来想飞进太阳里去，却最终落到了水沟里。

（安徒生）

好客的小牛头

　　一对夫妻生了三个儿子，老大和老二聪明，或者说他俩自以为聪明，老三——最小的汉斯愚笨，却是母亲的宠儿，老大和老二对他非常忌妒。老大、老二长大以后，两人决定一起出去见见世面。于是，他们对父亲说："爸爸，给我们每人十个银币吧，我们要到社会上去，看看陌生的城市和乡村，试一试我们的运气。"他们对母亲说："妈妈，给我们准备满满一背囊面包和熏 (xūn) 肉吧，我们要去远游。"

　　母亲对父亲说："孩子们要到外面去碰碰运气，这是好事儿，就让他们去吧！"于是，哥儿俩的愿望得到了实现。

　　当他俩准备行装的时候，汉斯看见了。他听说他们要出去，就说："我也要去！我也要十个银币和满满一背囊面包和熏肉！我也要出去见见世面！"

　　父亲生气地喝道："笨汉斯，你以后再去吧！"母亲也大声嚷嚷："哎呀，我的宝贝儿子，你就呆在家里吧！家里多好啊！"

　　可是汉斯非去不可，怎样劝说也没用。最后，他终于得到了同他的两个哥哥一样多的东西，跟着他们走了。

　　"让傻汉斯拖累我们，真是再愚蠢也没有了！他应该呆在家里，不然他会吃苦头的！我们快走，他跟不上我们，自己就会拐回去的。"两个哥哥一边走，一边互相叽咕着。这时，小汉斯已经落下了一段路，因为他人小腿短，步子迈不了两个哥哥那样大。

　　眼看着两个哥哥走得更远了，汉斯忽然喊道："海达！霍拉！这是什么？你们看这儿是什么东西？啊，宝贝！"

两个哥哥听见汉斯的喊叫，停下来回头一望，只见弟弟惊奇地看着什么东西，就说："瞧，汉斯发现什么好东西了，咱俩只顾说话，走过来也没看见。快回去看看。"

两个哥哥急忙跑回来，看汉斯发现的宝贝——可是那里什么也没有，只有一块碎玻璃在阳光下闪闪发亮。

两个哥哥失望地骂道："真是个头脑简单的笨汉斯！"汉斯说："嘻（hài），不是钻石呀？真遗憾！"

不一会儿，两个哥哥又把瘦小的汉斯落下好远，汉斯怎么也追不上他们，因为他在家里是妈妈的宝贝儿子，过惯了舒适的生活，从未走过这么远的路。

忽然，他又喊起来："嗨！霍拉，这儿真有点好东西。喂，你们快来呀！啊，真棒！啊，太好了！"他一边喊，一边绕着一个地方高兴地跳着。

两个哥哥以为汉斯这次真的发现了什么东西，赶快跑回来。他们跑到那儿一看，原来是一大堆金龟子，又把汉斯狠狠地骂了一顿。汉斯装出傻乎乎的样子，说："我以为是一堆金币呢。不是呀？真遗憾！"他两次把两个哥哥喊回来，就是为了不用加快步伐也能赶上他俩。

遗憾的是，这个用过两次的绝招再也不灵了，他们走进一座大森林后，汉斯又被落下一段路。他又假装发现了什么好东西，站在那里大喊大叫，可是两个哥哥装作没听见，只管走他们的路，很快就消失在森林里面，看不见了。

"你们跑吧！"汉斯说，"这样我还可以更好地休息休息呢。"他在一块石头上坐下来打开背囊，吃着面包和熏肉，而且还喝了点酒——临行前，妈妈特地往他背囊里塞了一瓶酒。吃完后，他又找了个舒服的地方躺下，把背囊枕在脑袋下面，睡起大觉来。汉斯非常疲劳，因为他走不惯长路，当他醒来的时候，天已经快黑了。

"哎，糟糕！哎，真糟！"汉斯想。"天已经这么晚了！到了黑夜，又是在森林里，我到哪儿去过夜呢？如果来了强盗，会把我的十个银币抢走的；如果来了狼，会把我剩下的面包和熏肉吃光，然后连我也吃掉的。这可怎么办？汉斯呀，汉斯！要是你呆在家里、留在妈妈的身边该多好啊！"

天很快就黑了下来。汉斯害怕，不敢再往前走了。他自言自语地说："要是呆在这里，除了自己再无别人，我就一点办法也没有了。要是往前走，或许碰见个人，他还能帮帮我呢。不过，这儿有一棵大橡(xiàng)树，我也可以爬上去，坐在树杈上。这样，强盗找不见我，狼也爬不上来。"

汉斯立即爬上大树，坐在上面往四处观望。瞧，他发现不远处有一所高大的房子，里面还亮着灯光。

汉斯急忙从树上下来，朝那所亮着灯光的房子走去。不久，他便到了那里。这房子非常高大，只是看不到有生命的东西。汉斯看见大门敞开着，房里的一切都被烛光照得通明，各个屋子的门也开着，可是连个人影儿也不见，没有猫，也没有狗。有一个房间里放着一张桌子，桌上摆着一瓶葡萄酒和一大盘面包、油煎饼、凉烤肉、黄油、乳酪(lào)等等。紧靠旁边的另一个房间里，有一只漂亮的摇篮，摇篮里躺着一个孩子——不，不是孩子，而是一只非常漂亮的小牛头。汉斯斜着眼瞟(piǎo)了一下，喃喃地说："多好的小牛头呀！可惜没有烤熟，我最喜欢吃烤牛头了。"这时，小牛头忽然睁开了眼睛，令汉斯大吃一惊，没想到它还活着呢。

"晚上好！"小牛头说。——汉斯更是惊诧不已，结结巴巴地说："好——好！"

善良的汉斯对世界很陌生，他还从未听说过一只牛头会说话呢。

"欢迎你来！"小牛头接着说，"时间真是太长了。你快坐下吧，吃饭、喝酒，随你的便。那边有一张带天盖的床，你可以在上面睡觉。如果你不累的话，就给我讲讲，外面的世界发生了什么变化。"

汉斯坐下来吃饭，他觉得饭菜非常可口。可是，他从未遇到过眼下这种情况，一些念头令他很烦恼。

汉斯想，我怎样做才不会失礼呢？我如何称呼这个小牛头呢？我分辨不出它是"他"呢还是"她"，结了婚呢还是单身。它看上去还相当年轻，我称呼"他"或"她"先生呢还是小姐？那样，我肯定会闹出笑话来的。

尽管心里直犯嘀咕，汉斯还是觉得饭菜格外好吃。饭后，他没有跟小牛头谈话，因为他太累了，躺倒在床上，一觉就睡到了天亮。小牛头没有生他的气，它显示出令人钦佩（qīn·pèi）的耐性。第二天早上，汉斯发现他的衣服被人洗干净了，早饭也已经摆在小牛头的摇篮旁边。小牛头热情地问他早上好，并轻轻地摇动它的耳朵，姿势非常优美。早饭后，汉斯开始讲故事。他试了试，效果比他想象的要好得多。他先讲自己，因为每个人都是以他自己为世界的中心；接着讲他的母亲，讲他的父亲、哥哥、姨妈、姑母和堂兄、表弟，以及他们的孩子；然后讲父母的家，讲他们的牲畜，讲他们喂了多少山羊和鸡鸭，养了多少鸣禽飞鸟；再往后还讲到了家里的小花园，花园里的树木、甜菜和鲜花。

小牛头成了汉斯最热心的听众。有时，小牛头那淡蓝色的大眼睛里也会掉下一颗晶莹的泪珠，或者发出一声长长的叹息。汉斯觉得它的神情简直就像一个人。他们之间的交谈一句接着一句，从不间断。

不知不觉过了很久。对于小牛头的热情好客和房子里看不见人的服侍招待，汉斯感到十分满意，心想：这倒不错，我看不到服侍人员，走时也免得付小费了。汉斯的心中渐渐产生了离去的念头，他除了自己家乡那块小小地方外，对别处一概不熟悉。家乡占据了他的整个灵魂和全部思想，他每天讲的是家乡事，想的也是家乡事。所以，汉斯的心中悄悄地萌发了怀乡之情也就不足为奇了。

小牛头具有洞察心灵的敏锐目光，什么事也别想瞒（mán）过它。有一天，当汉斯又讲到他的家乡并显出一副痛苦的表情时，小牛头就讲出了一段非常明智的话。它说："我的好客人，你想家了吧！我理解这种感情并且尊重它，我同意你回去，但是希望你再来。那儿有一根手杖，你用它敲敲那个衣柜，从柜里挑一件最漂亮的衣服。那边有个门通向马厩，你用手杖把门打开，挑一匹最好的马。那边箱子里放着钱和一支魔笛；如果你在途中迷了路，吹一下笛子，就会有动物跳出来，跑到你面前，给你带路。"

汉斯虽然惊讶不已，还是按照它说的去做了。

汉斯穿着最华丽的贵族猎装，佩着金丝绶带，骑着白色骏马，挎着佩剑，背着猎枪，离开了好客的小牛头。他的所有兜里都装满了钱，那支笛子用金线挂在他的脖子上。临别时，汉斯郑重地答应小牛头，将来一定回到它的身边。

在此期间，汉斯的两个聪明的哥哥又怎么样了呢？当时，他们甩掉了笨汉斯这个包袱，高兴得不得了，他们大吃大喝，不久就把带的面包和熏肉全吃光了；他们在旅店里住了不到八天，就把各自的十个银币花得一分不剩。随后，他们互相说："世界真是太大了，跑不遍，也认不全。我们还是回去吧，怎么样？我们这八天游了不少城市，也看了不少乡村，各个地方都差不多。我们虽然没有碰到什么运气，但是也不能说什么收获也没有。我们在外面没有碰到运气，正好证实了这样一条古理：每个人的幸福的宝藏埋在他的家乡。我们赶快回去找这种宝藏吧。"

他们回到家时，父亲阴沉着脸对他们说："你们这两个该死的懒鬼！二十个银币花光了，十个银币的衣服鞋袜也穿破了。现在你们就干活挣钱还吧！在你们把浪费的钱还清之前，别想再从我这儿拿到一个硬币！"

母亲大声嚷道："你们这两个无赖！你们把我的宝贝汉斯丢到哪儿去了？你们丢了我的汉斯，竟还敢跨进我们家的门槛？"

两个哥哥一口咬定，汉斯故意落在他们后边，是他自己离开他们的。可是怒气冲冲的母亲根本不相信他们的鬼话。

两个哥哥只好开始拼命地干活，因为他们要挣够三十块银币还他们的父亲。

　　不久后的一天傍晚，一个漂亮的穿戴像个王子的年轻贵族骑马来到村里。人们心想，这可能是国王隐姓埋名，不带侍卫，一个人出门旅行吧。

　　全村人不是爬在窗口，就是站在门前观看，还有一大群人跟在年轻贵族的马后。这时，明晃晃、亮闪闪的金币和银币从马上撒落下来——这无疑是国王了。于是，大家一边高呼"万岁！"，一边争抢着地上的钱。年轻漂亮的骑马人在汉斯父母的门前下了马。一群年轻人赶忙挤过来，争着给这位"王子"充当御马官和驯 (xùn) 马师。

　　汉斯的父母毕恭毕敬地站在屋前。这位陌生的先生到他们家来做什么呢？两个哥哥干完活回来了，他们浑身上下肮 (āng) 脏不堪。陌生人先搂着母亲的脖子，再搂着父亲的脖子，热烈地拥抱、亲吻他们，然后喊道："啊，米歇尔！啊，费尔特！你们看这双小手！你们认不出你们的汉斯啦？"汉斯说着，把手伸给他们。两个哥哥看到这情景，惊奇得目瞪口呆。

　　这不是王子，也不是国王，而是汉斯。"笨汉斯又回来了！他成了富翁，把钱到处扔，傻瓜汉斯！"这些话很快就在村里传开了。两位老人看见小儿子回来了，高兴得不得了。两个哥哥非常眼红汉斯那匹骏马，他们溜进马厩，悄悄地说："为了还清爸爸那可怜巴巴的三十块银币，咱俩非累死不可；汉斯这个幸运儿却根本不懂怎样用钱，把钱都扔在路上了。今天夜里咱俩把他的钱拿走吧，反正他留着也没用。"

　　夜里，两个哥哥溜进汉斯睡觉的屋子。其实，汉斯并不像他的两个哥哥想象的那样傻。当两个小偷正要动手时，他把一颗小小的子弹射进一个小偷肥厚的皮肉里，用猎刀在另一个小偷身上划了一道漂亮的长音符号。父亲被喧闹声吵醒，看到眼前发生的事，愤怒地拿起鞭子，狠狠地抽打着两个受伤的儿子，揍得他们鬼哭狼嚎、两眼直冒金星。从此以后，他俩再也无脸见他们的弟弟了。

汉斯和父母生活在一起非常幸福，也非常愉快。但是时间一长，家乡渐渐对他失去了吸引力，他给父母留下许多钱，然后备好马鞍（ān），骑马离开了他的家乡。他要到森林里去找好客的小牛头，那里没有嫉妒、没有贪婪、没有误会、没有抢劫，但有饭吃、有酒喝。小牛头不但会讲话，而且表达得很准确，汉斯决心要同它长期友好相处。

汉斯骑马随意走着，不久便迷了路。但是不要紧，那支魔笛会帮他忙的。

笛子一响，就会跑来一只兔子，一只狐狸，或者飞来一只鸟，在马前带路。

到了森林边，汉斯跟着几只欢蹦乱跳的小鹿往前走，没费什么周折就找到了那座宫殿。小牛头看见汉斯回来了，高兴地冲他喊了一声"热烈欢迎"，表达了它重新见到汉斯的欢快心情。

"你来得正是时候，我的好朋友！"小牛头说，"我正怀着渴望的心情迫不及待地等着你来呢，因为过了现在这个良好的时机，你就再也找不到我了，我的一切希望都将化为泡影。"

汉斯认真地倾听着这些像谜一样的话语。小牛头继续说："请你注意我对你说的话，因为这关系到我的命运，也许还关系到你的幸福。现在，你先到厨房去一趟，那里有一块砧（zhēn）板，隔壁的贮藏室里有一把锋利的砍肉刀。你把刀放在砧板上，然后再回到我这儿来。"

汉斯一丝不苟（gǒu）地按照它的吩咐去做。他想，如果不再让我做别的，这点事好办。他很快就放好了砧板和刀，又回到小牛头住的屋子。小牛头对他说："我的好朋友，这是一件很轻松的工作，对吗？不过，重的还在后头呢。现在，你把这个摇篮连我一起搬到厨房去，放在砧板旁边。"

"好咧，乐意效劳！"汉斯说着，把摇篮搬进了厨房。小牛头虽然比汉斯想象得要重些,不过没关系,汉斯有的是力气。

"最要好的朋友,"小牛头又说,"现在轮到最困难的事了,不过你别害怕。现在你把我身上的被子掀开。"

汉斯掀开被子一看,啊,真可怕!小牛头的脖子后面连着一条胳膊粗细的蛇身,仿佛脑袋后面长着一个可怕的肿瘤(liú),颜色发青,像一根沾满血的肠子。"现在,你把我从摇篮里抱出来,放到砧板上,然后用刀把连在我身上的这条可恶的肉辫子砍掉。"

汉斯吓得打了一个寒噤(jìn),结结巴巴地说:"那样,我不就把你这善良的、独一无二的小牛头砍死了吗?"

小牛头回答说:"快动手吧!我会好好地报答你的。"

汉斯只好从命,但免不了胆战心惊。他摆正小牛头,举起刀,对准,砍了下去——你瞧,一滴血也没流,蛇身不见了,小牛头变成了一个漂亮的姑娘面孔;一个体态优美、相貌迷人的仙女爬起来,走出摇篮,搂住汉斯的脖子。"你解救了我,你这善良、纯洁、诚实的人!现在,你想要什么就挑选什么吧!宫殿、财宝,如果你喜欢的话,还有我。"

顿时,宫殿里挤满了男女奴仆,他们曾经中了魔法,现在他们都在欢呼雀跃、庆祝他们的新生。

惊得目瞪口呆的汉斯好不容易才说出话来:"亲爱的公主,当你还是小牛头的时候,我就觉得你非常迷人。现在,你就更加美丽可爱了。我选中了你!"

汉斯幸福极了。他把父母接来,原谅了他的两个哥哥,娶了漂亮的公主,同她一起愉快而舒适地生活在一个荒僻的地方。

（贝希施坦因）

123

十二个懒汉

从前有十二个小厮(sī)，他们白天什么事都不干，晚上也不肯努力，只是往草地上一躺，各自吹嘘起自己的懒劲来。

第一个说："我每天吃顿饭就稍稍停一会儿。等我又饿了，吃起来就更香了。早起可不是我的事，可一到中午，我早就找到了午休的地方了。东家叫我，我只装着没听见；他再叫，我还要等一等再站起来，然后慢吞吞地走过去。这种日子还凑合。"

第二个说："我要照看一头马，可我老把马嚼(jiáo)子塞在它口里，不高兴的话就根本不放食。如果东家问，我就说喂过了。我自己则躺在燕麦里睡大觉，一睡就是四个小时。多一事不如省一事，这活干起来我还嫌累呢！"

第三个说："为什么要拿活儿来苦自己？我干脆躺在阳光下睡大觉，天开始下雨点了，我也懒得起身。以上帝的名义你尽情地下吧！最后下得噼噼啪啪响，大雨竟拔掉我的头发把它们漂走了，我的头上还弄了个大口子，我在上面贴上块膏(gāo)药，也就好了。这种伤口我已有好几处了。"

第四个说："要我干活，我先游荡一小时，养足精力。然后慢条斯理地问，是否还有帮手。如果别人帮着干，就让他把主要活儿干完，我只在旁边看。但这活儿还是太多了。"

第五个说："那有什么！请想想，要我从马厩里出粪(fèn)，再装上马车。慢慢地来，如果耙(pá)上叉着啥，我就向上举着，先休息一刻钟，然后才把粪叉放上车。就算我一天装一车那已够多了，我才不想干活呢！"

第六个说："真不要脸！我才不怕干活呢。我睡了三周，可没脱过衣，系什么鞋？脚下的鞋要掉就掉吧，有什么要紧？上楼梯时我是一抬腿跟一步，慢慢地数着余下的级数，好教自己知道该在哪里坐下。"

第七个说："我的东家盯着我干活，只是他老不在家。我的速度不会有虫子快，要想让我往前走就得有四个壮汉来推我。我到一张床上睡觉，等我一倒下，他们再也叫不醒我。他想让我回去，只得抬着我走。"

第八个说："我看，只有我是个活泼的汉子。如果我面前有块石头，我决不会费神抬腿跨过去，我索性躺在地上。如果我的衣服湿了或沾上了烂泥，我总是躺在地上，直到太阳把它晒干。中间我顶多翻个身儿，让太阳能照得到。"

第九个说："那办法挺不错！今天我面前有块面包，但我懒得动手去拿，差点儿没饿死。身旁也有个罐子，但我压根儿不想举起它，宁愿忍受饥渴的煎熬，就连翻翻身我也觉得太累，成天像根棍子似的躺着。"

第十个说："懒惰可害苦了我，我断了条腿，另一条小腿还肿着。我一个人躺在大路上，一辆马车过来了，从我的双腿上压过，我本可以把腿缩回来，但我没有听到马车来；一些蚊子正在我耳朵里嗡嗡叫，从我的鼻孔钻进去，又从我嘴里爬出来，谁会费神去赶走它们呢！"

第十一个说："昨天我已辞职不干了。我可没有兴趣为东家去搬那些厚厚的书，整天干都干不完。但说句老实话，是他辞退了我，不再用我了，主要是因为我把他的衣服放在灰尘里，全被虫子蛀坏了。"

第十二个说："今天我驾着车儿去趟乡下，我为自己在车上做了张床，美美地睡了一觉。等我醒来，缰绳已从我手中滑掉，马儿差点儿脱了辕（yuán），马套全丢了，项圈、马勒（lè）、马嚼子通通不见了踪影。而且车子又掉进了泥坑里。我可不管这一套，又继续躺下，最后东家来了，把马车推了出来。要是他不来，眼下我还躺在车上，舒舒服服地睡大觉呢！"

（格林兄弟）

125

如意物

从前，在北海岸有一个海盗国王，他统治着许多土地和船只，而且还有三个儿子。儿子们长大了，要出海去做勇敢的事情，考验胆量，获取财富。

于是，国王下令造了三艘豪华的大船，配备好人员，装备好武器，分别送给三个儿子。他问大儿子："你打算用我送给你的船做什么？"

大王子回答说："父王陛下，我打算驾驶这艘船越过大海，到东方去，在那遥远的海岸和海岛上寻找财宝。"

"好！"国王说，"去吧，孩子，祝你一路顺风！"

接着，国王又问二儿子："你打算用我送给你的船做什么？"

二王子回答说："父王陛下，我打算远渡重洋，到西方去，寻找新的陆地和岛屿，并把那里的大部分财宝运回家来。"

"好！"国王也对二儿子说，"你也去吧，祝你一路平安！"

国王又转身面向三儿子，问："你打算用我送给你的船做什么？"

小王子回答说："仁慈的父亲，国王陛下，我要驾船出去探险，走到哪里，就把您的威名和仁爱带到哪里。"

国王听了不禁一愣，没料到小儿子会这样回答，当然也不便反对。就说："这样也好。去吧，祝你顺利！"

举行过告别宴会之后，三个王子出海了。他们的三艘船一起航行了一段时间，他们便分了手，分别朝东、西、南三个方向驶去。驶向东方的大王子来到遍地是银子的银国，装了满满一船银子。驶向西方的二王子航行了更远的路程，来到金国，装了满满一船金子。大王子和二王子，一个驾着银船，一个驾着金船，朝着父亲的宫殿的方向驶去。他们平安地回到了家里，受到热烈的欢迎。

三王子朝南方驶去，既没发现银国，也没找到金国，甚至船上的食物吃完了也没看见一块陆地。后来，他终于发现遥远的地方有一个很小很小的黑点，便把船开过去，满怀希望在那里至少能找到一个面包国。可是，行到近处一看，原来是一座荒岛，四周环绕着珊瑚礁，岛上尽是悬崖绝壁和无人居住的岩石。到了第三天，王子饿得昏倒在地、不省人事。当他苏醒过来时，看见眼前站着一个美丽的少女，她正用同情的目光打量着自己。她问："你是谁？从哪里来？"

"唉！"王子叹息着说，"要是我不到这儿来就好了。我是一个王子，因为没有吃的，饿得昏倒在这里。"

"是这样。如果你没有别的毛病，我可以帮你的忙！王子，请跟我来！"姑娘说。她说话的声音王子听起来就像美妙的音乐。

漂亮的少女领着小王子来到一所小房子前，走了进去。屋里坐着一个纺纱的老太婆，正在辛勤地纺线。姑娘对老太婆说："亲爱的妈妈，这是一位王子，他饿了，让他吃点东西吧！"

老太婆回答说："不行，绝对不行！如意巾锁在柜子里，取不出来，取不出来！"

女儿哭起来，并做出非常伤心的样子，喊道："我已经答应人家了！我不能说话不算数！求求你，把如意巾拿出来吧！"老太婆只好打开柜子，取出一块亚麻布巾。这块方布巾是按照古老的式样用手工精心缝制成的，四边都有五颜六色的穗（suì）子。老太婆把它铺在桌上，嘟哝着说：

"如意巾，如意巾，

准备一个人的酒和菜。"

老太婆刚一说完，如意巾上就摆满了面包和盐，各种煎、炸、烤肉和炒菜，一瓶葡萄酒，还有酒杯和刀叉。王子这顿饭吃得可香了！甚至在父亲的宫殿里，他也没有吃过这么可口的饭菜。他吃饱之后，举起酒杯，祝两位女主人身体健康，向她们表示了感谢。然后，他朝自己的船走去，准备马上开船、继续航行。可是，年轻的姑娘又追上来，喊道："把我带走吧，没有你我会死去的！"王子回答说："亲爱的，好孩子，我不能带你走，不然我会毁了你的。这样吧，等我的境况好转以后，我来接你。"

"那好吧，你可不能食言啊！"姑娘说，"带上这块如意巾做个纪念吧，你要用它的时候，照我母亲那样做就行了。把它保藏好，不要忘了我！"

王子高高兴兴地收下了这件贵重的礼物，然后上了船。船上的船员们饥肠辘（lù）辘、满脸愁容，他们嘟哝着对王子说，他们要用抽签的办法从他们中间挑出一个人，把他炸了当野味吃。王子微笑着，让人搬来一张大餐桌放在甲板上，然后打开如意巾，说：

"如意巾，如意巾，

准备全船人吃的酒和菜。"

船员们一眨眼工夫，桌子上就摆满了各种烤肉，青菜色拉，乳酪和葡萄酒。真是一桌真正的宴席啊。饭后，大家兴致勃勃地开船出发了。

傍晚，他们又来到了另一个岛上。王子同样对这个小岛进行了一番考查，并且很快就发现岛上无人居住。他走得又饥又累，便在草地上找了一块适当的地方坐下，摊开他的如意巾，开始吃饭。这时，走来一个男人，站在他的面前，惊奇地说："怎么？您一个人在这儿大吃大喝，可我呢，被狂风吹到这座饥饿岛上，饿得几乎昏过去了。"

"那就请您做我的客人吧!"王子热情地说着,把如意巾重新叠好,并且向那人讲述了他得到如意巾的经过。

"啊,是这样,"陌生人说,"不过,有些宝物并不是对每个人都有用。瞧我的手杖,也是一件宝物。如果我把杖头拧下来,说'一百,一千,或十万骑兵或步兵,'他们马上就会出来,我让他们做什么,他们就做什么。我再把杖头拧上,他们就不见了。可是,我要它有什么用呢?要是我养活不了他们,我要军队又有什么好处呢?士兵们要生活,而我一无所有,那可怎么办呢?所以,我还是喜欢像你这样实用的如意巾。有了它,我可以马上交出我的魔杖。"

王子说:"如果您愿意的话,那我们可以交换呀!"

陌生人高兴得叫起来。他们立即进行了交换,然后分了手。但是王子没走多远,就把手杖头拧下来,大声说:"一百个骑兵!"呼啦一声,一百个骑兵就出现在他的面前。王子命令道:"快把如意巾给我取回来!"骑兵们一阵风似地去执行他的命令,又一阵风似的跑回来,把如意巾当做骑兵的队旗献给他。王子摊开这件宝物,大声说:

"如意巾,如意巾,

准备一百个人的酒和菜。"

士兵们饱餐、痛饮了一顿,他们高兴得一次又一次地向他欢呼万岁。随后,王子衷心地感谢了他们,重新拧上手杖头,军队一眨眼就不见了。

获得两件宝物的幸运的王子又上了船,继续航行。有一天,他登上了第三个岛。王子跑遍小岛,进行探险活动。在这个岛上,他遇到了一个老太婆,老太婆身上披着一件由五颜六色的布头拼成的斗篷,看上去很可怜。她叹息着说:"唉,我又饥又渴,眼看就要晕倒了。我已经两天两夜没吃一点儿东西了。您身边带没带面包什么的?"

"没有,老太太,"王子回答说,"面包我没带。您不想吃点别的东西吗？您想吃什么，我就给您什么！"

"我的天哪！"老太婆大叫起来，"我只要有一小杯咖啡就行！我的肚子太饿啦！"

于是，王子取出他的宝物，摊开，说：

"如意巾，如意巾，

准备我们两人的咖啡、早点和酒。"

如意巾上立刻摆满了杯碗盘碟、咖啡壶，奶油壶和牛奶壶，所有的东西都热气腾腾的，另外还摆着小面包、点心、蛋糕和饼干、冰糖以及白糖、黄油、蜂蜜、火腿、鹅脯，还有美味的葡萄酒。老太婆一看满脸堆笑，急忙狼吞虎咽地吃起来。吃饱喝足之后，她高兴地把斗篷抛向空中，斗篷上的碎布片天女散花似地飞开来，落在岛上到处都是，黄的或红的布片落的地方出现了富丽堂皇的宫殿或别墅；绿布片落的地方变成了公园；蓝布片落的地方变成了美丽的湖泊。这个荒岛顿时成了天堂。王子高兴得不得了，便对老太婆说："我真羡慕您有这样一件宝贝斗篷。"

"是的，它确实不错。"老太婆说。"但是，如果湖泊再美，里面除了水什么也没有；公园再大，里面没有野味可以享用；宫殿再华丽，里面没有咖啡和美味佳肴，我要它们有什么用呢？我倒是更喜欢您的如意巾。"

"那我们交换吧！"王子提议，老太婆立即表示同意。她拍了拍巴掌，那些宫殿，公园和湖泊又变成了五颜六色的布片，拼成一件斗篷。老太婆把斗篷递给王子，并高高兴兴地从王子手中接过那块如意巾。

老太婆没走多远，王子又拧下魔杖头，命令一百个步兵去追回他的如意巾。他的命令立刻得到了执行。然后，王子又登上他的船，继续远航。翌（yì）日，他们又发现了一个南方小岛。王子跑遍了岛上的每个角落，也没找到什么金银珠宝。他走累了，就在一个小树林里找了一块美丽的地方躺下休息。

忽然，一阵非常优美动听的小提琴声把他从梦中唤醒。他爬起来抬头一望，看见一块岩石上坐着一个小提琴手。王子向他打招呼，并对他的演奏技巧赞不绝口。小提琴手把王子的赞赏当作对自己应得的敬意，彬彬有礼地接受了。他说："我为您有如此准确的判断力和如此高雅的欣赏力感到非常高兴。小提琴是乐器之女王，谁不会拉小提琴，谁就是傻瓜；而我又是小提琴手之王，同我相比，世界上所有的小提琴手都是半瓶子醋。只要我一拉那根叫做G调的琴弦，人们就会心醉神迷，闭起眼睛，兴奋得晕倒在地、昏死过去；如果我再拉A调，他们又会苏醒过来，大喊'啊！啊！'如痴如醉，欣喜若狂，仿佛人世间没有比这小小的听觉和感官的享受更高雅、更完美、更伟大的东西了。"

"嗯！"王子若有所思地说，"不过，除了您这门艺术之外，还有别的更好的艺术。虽然您的技艺精湛（zhàn），但是，人们欣赏音乐是填不饱肚子的。我就是一个美食家、烹饪艺术大师，正好您这里缺少好吃的东西，您又消除了我的疲劳。现在，我也想让您看看我的手艺，我请您做客。"

"在哪儿？"小提琴手问。

"就在这里当场表演！"王子回答着，取出他的宝物、摊开，说：

"如意巾，如意巾，

准备两个艺术家的早点和美酒。"

如意巾发挥了它前所未有的作用：鲑（guī）鱼、鱼子酱、沙丁鱼、酸辣鳀（tí）鱼、不来梅鳗（mán）鱼、新鲜的醃鲱鱼、鳌虾和牡蛎已经摆好，香槟、最精美的葡萄酒、西班牙甜酒和叙拉古甜酒还在不断地出现。两个人放开肚皮吃起来。小提琴手非常高兴地把他的杯子斟满泡沫四溢的香槟酒，同王子碰杯，欢呼道："祝您健康，厨师！你是我的知心朋友、知音！你也是一个神仙！"

王子笑着说："这些东西我每天都有。"小提琴手嘟哝着说："每天都有，你听着，朋友，我们来交——交换吧，你把你的如意巾给我，我把我的小提琴给你。就这么定了，好朋友！每天都有！乖乖！每天都有！真是神仙过的日子！"

王子同意交换，就接过小提琴，交出如意巾，然后走了。小提琴手拿到如意巾，高兴得忘乎所以，把它同自己的手帕弄混了，用它擤鼻涕，不小心绊了一跤，倒在地上死了。王子只派了一个人，就从他身上取回了如意巾。

随后，王子决定返航，经过长时间的航行之后，船终于一路顺风地到达了海盗国王领地的岸边。王子来到王宫附近的时候，正赶上是半夜，他不想打扰别人，就在宫殿附近的猎场找了一个舒适的地方，躺下来睡觉。

第二天早上，国王来猎场狩猎，想打一只鹿和几只野鸭，给他的餐桌添点儿野味。突然，猎狗嗅到了陌生人的气味，汪汪地吠叫着朝一棵大树扑过去。那棵树下有一个人在睡觉。狗的鼻子真灵，它们跑到近处，立刻嗅出来那人是小王子。猎狗们高兴地摇头摆尾、欢蹦乱跳，在草丛里打滚翻跟头。

国王听到狗叫声，来到那棵树下，看见他的小儿子刚刚从睡梦中醒来，正在接受猎狗们的热情欢迎。但是，国王对小王子的那副模样很不满意。他说："哟，你也回来啦！瞧你这个样子，像是被狗叼走了面包似的。我想，你什么财宝也没找到吧？你大哥找到了白银国、二哥找到了黄金国，我满以为你能找到钻石国，从那里满载而归、使我高兴、为国家做出贡献呢！因为我被卷入了一场可恶的战争，敌国正在向我步步进逼，已经摧毁了我的许多城镇和宫殿，你的两个哥哥运回家乡的金子和银子，全部用来装备和供给我的军队了。这支军队已经打了好几场战役。敌人的下一个目标就是要征服我的整个王国，把我赶下王座、逐出这个国家。"

小王子说："这种事情不会发生的，尊贵的父亲，国王陛下！我们会扭转局势的，让我们马上动身去敌营吧，不用带一兵一卒！"

"什么？"国王和他的另两个儿子惊奇他说，"这不是让我们自投罗网吗？大概你过子午线时，被赤道上空的烈日晒昏了头吧？至少是你的神经有点儿不正常！"

"你们马上就会明白的。"小王子说。这时，探马飞骑来报：敌人派重兵同时从三面开始进攻，推进的速度很快。国王和大王子、二王子都认为，现在只能逃跑了。可是小王子坚持自己的主张，请他们不必这样惊慌。

小王子把魔杖头拧下来，命令道："十万步、骑兵！把敌人赶走，把他们像吸鼻烟似地歼 (jiān) 灭掉！"顿时，漫山遍野都是英勇善战的军队。国王惊诧不已。不久，不仅国内不再有一个敌人，而且敌国也被完全占领了。战斗结束后，小王子打开如意巾，说："我们现在举行祝捷 (jié) 宴会！"

"如意巾，如意巾，

准备十万人的酒和菜。"

十万将士大吃大喝起来。葡萄酒流成了河。

"欢乐的节日应该有音乐！"小王子喊道，"举行一个大型音乐会吧！我喜欢欣赏通俗音乐，尽管它是给穷人听的。"

于是音乐会开始了。小王子表演小提琴独奏。他先演奏了几首普通曲子，赢得了普遍的掌声；然后演奏了几首不寻常的曲子，又博得了雷鸣般的掌声；随后，他拉G调，所有的人都昏死过去，接着拉A调，人们又大叫"啊！"和"好！"国王、大王子、二王子和所有的宫廷大臣，都惊呆了。

小王子却非常平静地说："让我们重建被敌人破坏的家园！让我们英勇的军队保持良好的战备状态！让我们的国家更加美丽、更加繁荣昌盛！"他取出如意斗篷，把它抛向空中。顿时，全国各地出现了许许多多新的宫殿、别墅、公园和湖泊。有几座宫殿又变成了美丽的兵营，士兵们住进营房，上尉和上校们住进别墅。

从此以后，所有的人都各得其所。小王子用他的如意巾为国家制造食物、创造幸福；用他那根称之为总参谋部的魔杖，创建了一支强大的军队，赢得了邻邦的尊重；用那件如意斗篷使国家兴旺发达，提高了生活水平，促进了商业贸易和手工业的发展，从而也使人民的生活富裕起来；用那把魔琴提高了人民的艺术水平和欣赏能力，改变了他们那单一而乏味的生活。

后来，小王子重新出海，把荒岛上那位第一次帮助他的姑娘接回来，对她说："你对我信守诺言，我也应该对你说话算数。"王子娶她做了妻子。

（贝希施坦因）

中了魔法的公主

　　从前有一个贫穷的手艺人，他有两个儿子，一个心眼儿好，叫汉斯；一个心眼儿不好，叫黑默里希。生意好的时候，父亲却偏偏喜欢心眼儿不好的儿子。

　　有一年，生意不景气，这位师傅手头没钱花了，还借了一些债（zhài）。他想：唉，总得想法子活下去呀！往常都是顾客来找我，现在该我客客气气地去找他们了。说干就干，一大早他就出发，接连敲了几个大户人家的门，偏偏碰上这几户的主人都不是肯花钱的主儿，找了一天也没有找到活干。傍晚，手艺人拖着疲乏的身子，无精打采地回到家乡，独自一人沮丧地坐在小酒店门前，既没有心思同酒客们闲聊，又不愿看到妻子那张失望的面孔。他坐在那里一面想着心事，一面听着酒店里的谈话声。

　　一个刚从京城来的陌生人说：美丽的公主——老国王的独生女儿被一个恶毒的巫师抓住关了起来，如果没人能解决巫师出的三道难题，公主就会遭到终身监禁；如果谁能救出公主，公主就嫁他为妻，那座富丽堂皇的宫殿和全部金银珠宝都归他所有。手艺人想：我的儿子黑默里希脑瓜聪明，如果他解决了那三道难题，老国王——公主的父亲就会下旨昭示全国，宣布他成为美丽公主的丈夫，当上国家和百姓的主人。

　　于是他急忙跑回家，把这个消息悄悄地告诉他的妻子，至于债务和找活的事早已忘得一干二净了。

　　第二天一早，他对黑默里希说，他已经给他准备好了马匹和武器，让他马上出发去京城。临行前，黑默里希向父母夸口说，他很快就会派人用六驾马车来接他们和他的傻哥哥的，因为他觉得自己已经是国王了。

一路上，他骄傲自大，什么都瞧不起，见谁欺负谁。凡是遇上他的小动物，没有不倒霉的。他先是遇到一堆蚂蚁，便让马踩它们，被惹怒了的蚂蚁爬到马身上，连人带马一起咬，结果全被他打死或踩死了。再往前走，他来到一个清澈见底的池塘边，看见水面上有十二只鸭子在游水。他把这些鸭子赶到岸边，杀死了十一只，只有一只逃走了。后来，他又遇见一只漂亮的蜂窝，他像对待蚂蚁那样，弄死了蜂窝里的蜂。他就是这样肆意妄为，不但不想法利用那些小生物，反而恶毒地残害它们。

日落时分，黑默里希来到了公主的那座雄伟的宫殿前。他使劲地拍打着紧闭的大门，可是没有一点儿动静。这位骑马人敲得更厉害了。终于有一扇窗户打开了，一个满脸蜘蛛网似的老太婆探出头来，生气地问他要干什么。

"我要解救公主，"他大声嚷道，"快点儿，给我开门！"

老太婆把亚麻子撒在一片绿茸（róng）茸的草地上，对黑默里希说："把这些亚麻子捡起来！一个钟头后我再来时，你必须捡完。"

黑默里希心想，这不过是开个玩笑罢了，用不着低头弯腰地去捡。他散步去了。

老太婆来了以后，看见桶跟刚才一样，还是空的，就说："这可不好。"然后，她从兜里掏出十二把金钥匙，一把接一把地扔进宫里那个深不见底的池塘。"把钥匙捞上来，"她说，"一个钟头后我再来，你必须把这件事做完。"

黑默里希觉得好笑，像刚才一样又没去做。老太婆来了，看见这件事也没完成，连说了两声："不好！不好！"她拉起他的手，把他领上台阶，走进宫殿里的一个大厅。

厅里坐着三个女人，头上都盖着厚厚的面纱。"挑选吧，我的孩子，"老太婆说，"你可要选准了，一个钟头后我再来。"黑默里希选来选去，拿不定主意，老太婆走了之后又来了，他还没有选好，不过他想碰碰运气，就大声喊道："我挑右边的。"话音刚落，三个女人都甩掉了面纱。坐在中间的是美丽可爱的公主，左右两边是两条可怕的恶龙。右边那条龙用爪子抓起黑默里希，把他扔出窗户，抛进了万丈深渊。

黑默里希去解救公主，离家已经一年了，接父母的六驾马车始终不见来。

"唉！"父亲说，"如果当初去的是笨汉斯，而不是我们最好的儿子，我们也不至于这样伤心。"

"爸爸，"汉斯说，"那就让我去吧，我也想试一试。"可是父亲不同意。他认为，连聪明人都做不了的事，一个笨人怎么会干出结果呢？父亲不给他马匹和武器。

可汉斯还是悄悄地上了路，用了三天的时间，走完了弟弟骑马一天走过的路程。他什么也不怕，夜里就睡在野外，身下是柔软的青苔，头顶是翠绿的树枝，就像睡在家里一样香甜。森林里的小鸟儿也不怕他，在他睡觉时给他唱优美的催眠曲。他看见蚂蚁在忙忙碌碌地建造新洞穴，不但不干扰它们，还尽力帮助它们。如果这些小动物爬到他身上咬他，他只是捉它们下来，并不把它们弄死。他看见鸭子在游水，就走到池塘边上，用面包屑喂它们。他还在路旁采了许多鲜花，扔给那些小蜜蜂。就这样，他高高兴兴地来到了王宫前。

他轻轻地敲了敲门，门立刻就打开了。老太婆问他有什么事，他说："如果我不太笨的话，我也想试一试，解救美丽的公主。"

"那就试试吧，我的孩子"，老太婆说，"但是，如果你经不住三次考验，就得付出你的生命。"

"好的，老妈妈，"汉斯说，"告诉我做什么吧。"

老太婆先让他捡亚麻子。汉斯迅速地捡起来。可是过了三刻钟，还没有捡满半桶，他几乎丧失了信心。正在这时，突然来了黑压压一片蚂蚁，

137

不出几分钟，草地上连一粒亚麻子也没有了。

老太婆来了以后，惊奇地说："真怪啦！"又把十二把金钥匙扔进池塘，让他一小时之内捞上来。池塘里的水很深，汉斯潜下去连底也摸不着，一把钥匙也捞不上来。他绝望地坐在池塘边上。突然游过来十二只鸭子，每只鸭子嘴里衔着一把钥匙，它们把钥匙放在潮湿的草地上。于是第二道难题也解决了。

老太婆又领他走进大厅，第三道，也就是最难的一道难题在等着他，汉斯望着三个同样蒙着面纱的女人，又失去了信心。

这时，一群蜜蜂从敞开着的窗户飞进来，在大厅里兜了一圈，然后围绕着三个蒙面纱女人的嘴嗡嗡地叫。可是很快它们就从左右两个女人的身边飞开了，因为龙身上散发着柏油和硫磺（liú·huáng）味。

小蜜蜂们围着中间那个女人飞来飞去，嗡嗡地小声叫着："中间是，中间是。"

原来公主非常喜欢吃蜂蜜，身上有一种蜜味儿，一个钟头后老太婆来了，汉斯非常自信地说："我挑中间的。"话音刚落，两条恶龙就从窗户飞了出去。

美丽的公主揭开面纱，魔法被解除。汉斯望着漂亮的未婚妻，心里充满了喜悦。汉斯派最快的使者去禀（bǐng）告公主的父亲，同时也派了一辆套着六匹快马的金马车去接自己的父母。从此，他们生活得非常美好、非常幸福。如果他们没有死的话，那么今天他们还活着呢。

（贝希施坦因）

三个纺纱女

　　从前有个女孩，非常懒惰，怎么着都不愿意纺纱。

　　终于有一天，母亲感到忍无可忍，就打了她一顿，她于是号啕大哭起来。正巧这时王后乘车从门前经过，听见了哭声，吩咐把车停下来，进屋问那位母亲为什么打女儿。做母亲的怎好意思说自己的女儿如何如何的懒惰，于是就回答说："我叫她不要再纺了，可她就是不听，在纺车上仍然纺个不停。我穷啊，哪买得起那么多的亚麻呀。"

　　王后听了说道："我最爱纺纱。让你的女儿随我进宫去吧，我有的是亚麻，她愿意纺多少就纺多少。"

　　母亲听了这话，打心眼儿里高兴，满口答应下来，王后便带着女孩走了。

　　她们到了王宫之后，王后领着女孩上了楼，把三间库房指给她看，只见库房里装满了最好的亚麻。"喏，你就为我纺这些亚麻吧，"王后说道，"你什么时候纺完了，就嫁给我的长子。"

　　女孩听了心里一阵惊恐——即使她每天从早纺到晚，纺到她三百岁的时候，也休想把那么多的亚麻纺完。剩下女孩独自一人时，她就哭了起来。她就这样哭哭啼啼地坐着，一晃儿三天过去了，还没动手纺纱呢。第四天时，女孩不知如何是好，忧心忡忡地来到窗前。恰在这时她看见有三个女人走了过来：第一个女人的一个脚板又宽又平；第二个的下嘴唇很长，耷拉到下巴上；而第三个的一只大拇指非常宽大。这三个女人走到窗下停住了脚，问女孩为什么忧心忡忡。她就向她们诉说了自己的苦恼。

　　"只要你不嫌我们丢人，"她们对女孩说道，"请我们参加你的婚礼，说我们是你的表姐，并且让我们与你同桌喝喜酒，我们就帮你把这些亚麻纺完。"

"我非常乐意。"女孩回答说。

说罢，女孩就让这三个长相奇特的女人进屋来。她们进来后刚一坐下就开始纺纱。每次王后来，女孩生怕王后发现，便把那三个纺纱女藏起来，而让王后看已经纺好的纱。王后看了之后，对她赞不绝口。

库房里所有的亚麻都纺完了，这三个纺织女便跟女孩告别，临行前对她说道："你可千万不要忘记了对我们许下的诺言，这关系到你自己的幸福啊。"

女孩领着王后看了三间空荡荡的库房和堆得像小山似的纱线，王后于是就安排了婚礼。

"我有三位表姐，"女孩说，"她们待我非常好。在我自己幸福如意的时候，怎么也不愿意冷漠了她们。请允许我邀请她们来参加婚礼，并且让她们在婚宴上和我们坐在一起。"

王后和王子欣然同意。婚礼那天，三个纺纱女果然来了。她们打扮得怪模怪样的，很令人发笑。新娘马上迎上去说："欢迎你们，亲爱的表姐们。"

"你的几个表姐怎么长得这么丑？"王子问道。随后，他转身走到那个大脚板女人身边，问道："您的一只脚怎么会这样大呢？"

"踏纺车踏的呗。"她回答道。

新郎又走到第二个女人身旁，问道："您的嘴唇怎么会耷拉着呢？"

"舔麻线舔的呗。"她回答说。

然后他问第三个女人："您的大拇指怎么会这样宽呢？"

"捻麻线捻的呗。"她回答说。

王子听罢三人的回答，大惊失色，于是就说："我美丽的新娘今后绝不能再碰纺车一下。"

就这样，女孩从此再也用不着干纺纱这个讨厌的活儿了。

（格林兄弟）

四个兄弟

那是很久以前的事了。有一户贫穷的人家，夫妻俩生了四个儿子。儿子长大后，父亲想让儿子们学点本事以摆脱贫困，便对儿子们说："亲爱的孩子们，我没有什么东西给你们，你们必须自己到这个世界去闯荡、去学习，自己掌握自己的命运。我看你们就从学习各种手艺开始吧，为将来独立生活打好基础。"于是，四个兄弟便拿着手杖、挎着小包，告别父亲，一起出门拜师求艺去了。

他们来到一个路口，不同方向的四条路分别通向不同的地区，老大说道："我们必须在这儿分手，四年后的今天我们再在这儿相会。这期间大家要靠自己独立去学习谋生的本领了。"互道珍重之后，他们各自踏上了不同的旅途。

老大和弟弟们分手后便抓紧时间赶路。在路上，他遇到一个人问他准备到哪里去、想干什么。他回答说："我想在这个世界上闯荡闯荡，学一门手艺来充实自己。"

那人说道："你就跟着我吧，我将教你如何成为一名前所未有的最精明的小偷。"

老大说道："不！这不是正当的职业，靠这种本事谋生最终都免不了要被绞死的。"

那人解释说："嗨！你不必担心什么绞刑，因为我只是教你如何找出最适合的方式、方法和对象，取得别人得不到的东西，来无影，去无踪，让别人找不着你的踪迹。"

听完之后, 年轻人被说服了, 他跟着这位师傅学习, 很快表现出了他的天赋, 只要是他想得到的东西, 没有一样能逃过他的手心。

老二在路上也遇到一个人, 当那人了解到他此行的目的之后, 就问他想学什么本领, 老二回答说: "我心里还没有底哩。"

那人说道: "你就跟着我学做一名占星学家吧, 这是一种崇高的职业, 因为当你了解了星象后, 就没有什么事情能够瞒过你了。"

一席话令他非常高兴, 老二便在他那位老师的教导下, 成了一名非常出色的占星学家。他学业有成后, 他准备告别老师回家去。老师给了他一个望远镜, 说道: "用这架望远镜, 你能看清天上和地上所有的东西, 没有什么事物能瞒过你。"

老三遇到的是一个猎人, 他跟着猎人学到了各种打猎的本领, 成为一个极有能耐的猎手。当他离开师傅时, 师傅给了他一副弓箭, 并告诉他说: "用这副弓箭, 无论你想射什么, 就一定能射中它。"

同样, 小儿子也遇到一个人, 这人问他想做什么, 并问他说: "你愿意做一个裁缝吗?"

小儿子回答说: "不, 不! 裁缝一天到晚都盘腿坐在那儿, 拿着针穿来穿去, 提着熨斗推来推去。那工作不适合我来做。"

那人解释说道: "嗨! 我可不是那种裁缝, 跟我学吧, 你会学到一种完全不同于普通做服装的裁缝手艺。"尽管他还没有完全了解这人的手艺有什么特别之处, 好奇心与求学心促使他还是答应跟他去学, 而且, 学会了师傅的全部本领。离别师傅之时, 师傅送给他一根针说: "用这根针, 你能把任何东西缝合起来, 从软的鸡蛋到坚硬的钢铁, 被缝合后真可以说是天衣无缝、毫无破绽。"

四年以后, 到了他们约定的日子, 四个兄弟在分别的路口相会了, 他们欢欢喜喜地互道离别之情, 一起回到了父亲的家里, 将各自分别后的经历, 学到了什么手艺, 都告诉了父亲, 一家人非常高兴。

一天，他们一起坐在屋前的一棵非常高大的树下，父亲说："我想考考你们每一个人所学到的本领。"说着他抬头向树上望去，对第二个儿子说道："在这棵树顶上，有一个燕雀的巢，你告诉我鸟巢里有几个鸟蛋。"

占星学家拿出他的望远镜向上一看，说道："五个。"

父亲转过头对大儿子说："现在你去把蛋拿下来，但不能惊动趴在鸟蛋上正在孵化的雌鸟。"

于是精明灵巧的小偷爬上树从鸟的身子下面把五个鸟蛋掏下来给了他父亲，那只雌鸟既没有看见，也没有感觉到鸟蛋给人掏走了，仍然静静地趴在巢内。父亲拿着五个鸟蛋在桌子的每个角上放了一个，余下的一个放在了桌子的中间，对猎手说："你要一箭把所有的鸟蛋都击成两半。"

猎手取弓在手，只一箭就把所有的鸟蛋按他父亲的要求射成了两半。

最后，父亲对最小的裁缝儿子说："你把鸟蛋和蛋里面的小鸟都缝好，不要让它们有任何受到伤害的痕迹留下。"

裁缝拿出针，按父亲的要求把蛋都缝好了。接着，妙手神偷把鸟蛋又放回鸟巢内雌鸟的下面，那鸟竟毫不知晓，好像它腹下的蛋不曾被动过一般，仍在继续孵着那些蛋。几天以后，小鸟出壳时，它们的脖颈在裁缝缝合的地方仅只有一点点淡红色的条纹。

老父亲对四个儿子的表演很满意，说道："孩子们，你们做得很好！你们充分利用了你们自己的宝贵的时间，学到了很有价值的本领，到底哪一项本领更有价值，我不能作出定论，要是有机会，就让时间为你们的技能作出评价吧！"

过了不久，这个国家出了一个大乱子。国王的女儿被一条巨龙抓走了，国王为失去女儿日夜悲伤不已，发出通告说：无论谁把他的女儿救了回来，就将女儿许配给他做妻子。

四个兄弟一商量，说道："我们的机会来了，让我们各展所能吧。"他们都愿意试一试，看自己是否能够把公主救回来。

占星学家老二说："我很快就能找出她在哪儿了。"说着，他拿起望远镜一看，叫道："我看到她了，她正坐在很远的大海中的一块礁石上，我还看见那条龙就在她身边守卫着。"

为了他们兄弟能到达那儿，他找国王配备了一条船出海了。按照老二的指点，船在海上航行很久之后，到达了礁石旁。正和老二说的一样，他们发现公主正坐在礁石上，那条龙躺在她身边睡觉，龙头就枕在公主的大腿上。

猎人说："我不敢射杀那条龙，因为我怕会把年轻、美丽的公主也一起射死。"

神偷说道："就让我来试一试我的技能吧！"说完，他跳上礁石，从龙的头下把公主偷偷移了出来。他的手法又快又轻，龙一点也不知道，仍然在那里鼾声大作。

救出公主后，他们非常高兴，急忙带着她上船返航。不久那条龙醒来发现公主不见了，马上腾到空中，在他们的后面大声咆哮着追了过来。当飞到船的上空时，它张牙舞爪向他们猛扑了下来。说时迟那时快，猎人举起弓箭，一箭射去，正好射中它的心脏，龙掉下来死去了。可他们仍未摆脱危险，因为那条巨龙的庞大尸体正好落在船上，把整条船给打碎了。他们全都掉到了无边无际的大海里，不得不抓着几块船板茫然地漂游。这时，裁缝拿出他的针，只几下就把一些船板缝在一起了，他爬在上面，把四下漂浮的碎块统统捞起来，将它们全部缝合在一起，很快使船恢复了原貌。接着，他们兄弟四个和公主都上了船，有说有笑地继续向目的地航行，一路顺风，他们很快就安全地回到了自己的国家。

当他们把公主带回王宫交给她父亲时，国王大喜过望，对他们四兄弟说："你们中的一个将和公主结婚，但必须由你们自己确定是哪一位。"

这一来，他们兄弟之间引起了一场争论。占星学家说："如果不是我找出公主在哪里，你们的本领都毫无用处，因此，公主应该属于我。"

妙手神偷说："如果不是我把公主从龙头下偷出来，你看到她又有什么用呢？所以说，公主应该是属于我的。"

猎手说："不对，她应该是我的，如果不是我把龙射死，它就会把你们和公主都撕成碎块。"

裁缝说："如果不是我把船再缝好的话，你们都会被淹死，因此，她应该是我的人。"

国王听了他们的争论说道："你们每一个人都有道理，但你们不能够都娶我的女儿，最好的办法是你们谁也不娶我的女儿。作为对你们的回报，我就把王国的一部分划给你们。"四个兄弟都认为这比互相争斗要好得多，就同意了这个方案。

于是，国王履行了他自己的诺言，划给了他们每人一部分土地。四个兄弟过上了幸福的生活，他们对自己的父亲非常孝顺，使他也享受到了晚年的快乐。

（格林兄弟）

六只天鹅

　　从前，有一位国王在大森林里狩猎，他奋力追赶一头野兽，随从们却没有能跟上他。天色渐晚，国王停下脚步环顾四周，这才发现自己迷路了。他想从森林里出来，可怎么也找不到路。这时，国王看见一个不住地点头的老婆婆朝他走来，那是个女巫。

　　"您好，"国王对她说，"您能不能告诉我走出森林的路？"

　　"啊，可以，国王陛下，"女巫回答说，"我当然能告诉您，不过有个条件。要是您不答应的话，就永远休想走出森林，您会在森林里饿死的。"

　　"什么条件呢？"国王问道。

　　"我有个女儿，长得很美，"老巫婆回答说，"她的美貌无与伦比，做您的妻子绰绰有余。要是您愿意娶她做王后，我就告诉您走出森林的路。"

　　国王忧心如焚，只好答应了女巫的条件。老巫婆把国王领到她的小屋子里，只见她的女儿正坐在那儿烤火。女儿接待了国王，那神色好像她早就料到国王会来似的。国王觉得她长得的确美丽非凡，可是并不喜欢她，一看见她就不由得心惊胆战。等国王把姑娘抱上了马，老巫婆才把路告诉国王。国王回到王宫之后，便和姑娘举行了婚礼。

　　国王曾经有过一次婚姻，他的第一个妻子给他生了七个孩子：六男一女，国王特别疼爱他们。

　　国王和女巫的女儿举行婚礼之后，国王担心继母虐待孩子，更担心他们受到继母的伤害，于是就把他们送进森林中的一座孤零零的古城堡里居住。城堡位于密林深处，路极其难找，要不是有位女巫送给国王一个奇妙的线团儿，连他自己也休想找到。只要国王把线团儿在地上往前一抛，线团儿就会自己打开，为国王引路。国王经常去看望他心爱的孩子们；新王后发现国王经常不在身边，很是好奇，总想弄明白国王独自一人到森林里干什么去了。她用大量的金钱收买了国王的随从，这些人就向她泄漏了其中的秘密，还把能引路的线团儿也告诉了她。从此，王后便心神不宁，直到知道了国王收藏线团儿的地方之后，她才安下心来。随后，王后用白绸缝了几件小衬衫，她跟母亲学过巫术，就在每件衬衫里缝了一道符咒。一天，国王骑马狩猎去了，王后便带着这些小衬衫走进森林，用线团儿在前面给她引路。孩子们远远地看见有人来了，以为是自己亲爱的父亲来看望他们，个个欢天喜地，都跑着去迎接。就在这时，继母朝他们每人抛过去一件小衬衫。小衬衫一碰到他们的身体，眨眼之间他们就一个个地变成了天鹅，飞上天空，消失在远方。王后回到宫中，心花怒放，以为打发了这些继子女。谁知那个女孩并没有和她的兄长们一快儿跑出来迎接，而王后对此却一无所知。

第二天，国王去看望这几个孩子，发现只有女儿一个人在城堡。"你哥哥们呢？"国王问道。

"唉，别提了，亲爱的爸爸，"女儿回答说，"他们都走了，只剩下我孤零零一个人啦！"接着，她告诉父亲，她从自己房间的小窗里看见，哥哥们都变成了天鹅，在森林的上空飞走了。说着她还把羽毛拿出来给父亲看，这些羽毛是他们掉在院子里的，是她拾回来的。国王悲痛欲绝，却怎么也没有想到，这件伤天害理的事是王后所为。他担心女儿也被夺走，就想带她回去，可女儿惧怕继母，恳求国王允许她在林中古堡里再呆一夜。

可怜的姑娘心想："我在这里一天也不能再呆了，我要去寻找哥哥们。"夜幕降临时，她跑出城堡，径直朝密林中走去。她走了整整一夜，第二天又一刻不停地走了一整天，直到累得筋疲力尽，再也走不动一步了，这才停下了脚步。就在这时，她看见一间猎人栖身的小屋，便走了进去，发现屋子里有六张小床，可她不敢躺在床上，于是就爬到一张床下，躺在了硬邦邦的地上，准备在那里过夜。太阳快落山的时候，她忽然听见沙沙的声响，看见六只天鹅从窗口飞了进来。天鹅们飞落在地上，相互吹着气，吹掉了身上的全部羽毛，接着，它们的天鹅皮也像脱去衬衫一样从身上脱落了。这时，姑娘再看他们，发现原来是她的几个哥哥。她喜出望外，急忙从床下爬出来，她的哥哥们一见自己的小妹妹，也异常高兴。

可是，他们高兴的时间却很短。"你说什么也不能呆在这儿，"他们对小妹妹说，"这可是个强盗出没的地方，要是他们回来发现了你，你就没命啦。"

"你们难道不能保护我吗？"小妹妹问道。

"不能啊，"他们回答说，"我们每天晚上只有一刻钟的时间可以脱掉天鹅皮，恢复人形，然后我们又要马上变成天鹅的呀。"

小妹妹一听哭了起来，边哭边说："难道你们就不能得救了？"

"唉，还是不成啊，"他们回答道，"那些条件实在是太苛刻啦！要整整六年啊，你既不许说话，也不许笑出声来，而且在这六年里，你还必须用水马齿草为我们缝六件小衬衫。只要你嘴里漏出一个字，一切努力就前功尽弃啦。"哥哥们话音刚落，一刻钟的时间就到了，他们又变成了天鹅，从窗口飞走了。

姑娘呢，下定决心不惜付出一切，哪怕是自己的生命，也要救哥哥们。夜幕降临时，她离开小屋，走进密林深处，爬到一棵树上过了一夜。第二天早上，她便四处采集水马齿草，开始缝衬衫。她不能和任何人说话，也没心思笑，所以就坐在那里，只顾低着头忙手里的活儿。她在森林里就这样过了很长一段时间，直到有一天，当地的国王到森林里来打猎，猎手们来到姑娘坐在上面的那棵树跟前。他们发现了她便大声地跟她打招呼，问她说："你是谁呀？"

可她默不作答。

"快下来吧，"他们对她说，"我们不会伤害你的。"

她听了只是摇了摇头。

他们还是一个劲儿地问这问那，她就把自己的金项链扔给了他们，心想这下他们该满足了吧。谁知这些家伙还是不肯罢休，于是她又把腰带扔给了他们，可仍然无济于事。接着，她又把吊袜带和身上所有可有可无的东西都一件件地扔给了他们，最后身上只穿着内衣。可就是这样，这些猎手还是赖着不走，并且爬到树上把姑娘抱了下来，领到国王面前。

国王问她："你是谁？在树上干什么呢？"

可她并不回答。

国王于是用自己会说的每一种语言问她，她却仍然闷不作声。

姑娘异常美丽的容貌打动了国王的心，他深深地爱上了她。国王把自己的斗篷披在她身上，抱她上了马，让她坐在自己的前面，带着她回到了王宫。随即，国王吩咐给她穿上五彩缤纷的服装，这样一来，她就越发光彩照人、美若天仙啦，可她就是一语不发。吃饭的时候，国王让她坐在自己身边。姑娘举止端庄、彬彬有礼，国王格外喜欢，就喃喃自语道："她就是我心目中的王后，我非她不娶。"

几天之后，国王和姑娘结下了百年之好。

谁知国王的母亲刁钻恶毒，对这桩婚事很是不满，常说年轻王后的坏话。"有谁知道呢，"她说，"这个不会说话的臭丫头是从哪里钻出来的？她根本不配作王后！"

转眼一年过去了，王后的第一个孩子出生了。国王的母亲趁王后睡着了，把孩子给抱走了，还在王后的嘴上涂了一些鲜血。然后，她到国王面前去诬告王后，说王后是吃人的妖怪。国王不信，也不容许谁伤害王后。可王后呢，对一切都置若罔闻，只是一刻不停地坐着缝衬衫。

第二次，王后又生了一个漂亮的男孩，这个歹毒的婆婆再次故伎重演，国王听了还是不肯相信，他说："她那么虔诚，心地那么善良，不会做出这种事来。要是她会说话，能为自己辩解的话，她的清白无辜就大白于天下啦。"

可是，婆婆把王后第三个刚刚出生的孩子偷走之后，又去诬告王后，王后还是一句为自己辩解的话也没说，国王束手无策，只得把王后交给法庭审理，法庭判决用火刑处死她。

行刑的那天，刚好是她不能说话也不能笑的那六年的最后一天，而且她已经能把亲爱的哥哥们从魔法中解救出来了。六件衬衫已经缝好，只是最后一件左边还少一只袖子。在被押往火刑柱的时候，她把那些衬衫搭在胳膊上。她被推上了火刑柱，木柴即将点燃了。王后在最后关头环顾四周，恰在这时，空中有六只天鹅朝她飞来。她心里明白，她就要得救了，她的心激动得欢跳起来。天鹅掠过长空飞了过来，落在了她的附近，她便把衬衫朝他们扔了过去……

天鹅刚一碰着衬衫，身上的天鹅皮立即就脱落了。她的哥哥们又恢复了人形，个个生龙活虎、英俊标致，他们就站在她的面前，她的小哥哥却少了一只左胳膊，肩上仍然长着一只天鹅翅膀。兄妹们相互又是拥抱，又是亲吻。随后，王后走到深受感动的国王面前，开口讲了起来："亲爱的夫君，现在我可以开口说话了，可以向您表明，我是清白无辜的，遭到了诬陷。"

接着，她跟国王讲述了婆婆伤天害理的行径——偷走了三个孩子，把他们藏了起来。一会儿，孩子们被送到国王面前了，国王心潮澎湃，激动不已。刁钻恶毒的婆婆受到了应得的惩罚。从此以后，国王和王后与她六个哥哥幸福安宁地生活了很多年。

（格林兄弟）

品读经典　开启智慧

代序

　　阅读是一种幸福的体验,是读者与作者心灵的对话。

　　千百年来,古今中外的大家写出了很多脍炙人口的经典作品,这是人类智慧的结晶,其高超的语言艺术和深刻的思想内涵,给人以美的享受和智慧的启迪。其中蕴涵的永生的活力和不朽的精神,早已超越了国界的限制和时空的阻隔。

　　经典是唤醒人性的著作,可以开启人们的智慧。

　　经典能深入到人心灵的最深处,能培养人优雅的性情和敦厚的性格。

　　让孩子结缘经典,能够为他们打好人生的底色。

　　让孩子爱上经典,能够增加他们的生活情趣,使人生丰富多彩。

　　让孩子品读经典,能够开阔视野,增长智慧,陶冶情操,使他们受益一生。

　　教育部颁布的《语文课程标准》对中小学生课外阅读量作了明确的规定:小学生不少于145万字,初中生不少于260万字。古今中外的文学作品浩如烟海,这400多万字,应该读什么?面对茫茫书海,家长、教师、学生往往感到无所适从。我们从浩如烟海的古今中外作品中披沙拣金,精选出适合少年儿童阅读的经典内容,编成了这套《少年儿童必读丛书》奉献给广大少年儿童和他们的家长。可以说,这套丛书是精品中的精品、经典中的经典。

　　《少年儿童必读丛书》为少年儿童提供了课外阅读的必读内容，可为完成国家对中小学生的课外阅读要求提供质和量的支持。为了使这些经典作品，特别是古代和外国作品更适合当今中国少年儿童的阅读习惯和阅读口味，我们对有些作品进行了改编、改写或注解。使其既不失去原著的历史价值和审美诉求，又适合当前的阅读习惯和文化认同，努力做到雅俗共赏，集可读性、经典性于一体。可以说，这套丛书既适应了国家《语文课程标准》的要求，又是为广大少年儿童定做的文化盛宴。

　　《少年儿童必读丛书》所收录的既有少儿文学方面的内容，又有科学文化等方面的内容，能满足少年儿童多方面的阅读需求，提高他们的综合素质。这套丛书分为两个系列："故事系列"和"百科系列"。"故事系列"包括：《中国成语故事》、《中国寓言故事》、《中国民间故事》、《中国神话故事》、《外国童话故事》、《外国寓言故事》、《外国民间故事》、《中外智慧故事》、《中外趣味故事》、《中外哲理故事》、《中外发明故事》、《中外科幻故事》、《阿凡提的故事》等；"百科系列"包括：《诗经最美诗篇赏析》、《千古唯美名句赏析》、《打开心灵密码》、《中华上下五千年》、《江山如此多娇》、《大脑越用越聪明》、《什么怎么为什么》、《神秘的大自然》等。丛书中收录了一些中外经典作品，如被称为"世界三大儿童文学经典"的《格林童话》、《安徒生童话》与《一千零一夜》，被誉为世界四大寓言家伊索、拉封丹、莱辛、克雷洛夫的经典寓言故事。这些故事闪耀着智慧的光芒，爆发出机智的火花，蕴涵着深刻的寓意。它不仅是向少年儿童灌输真善美的启蒙教材，而且是一本生活的教科书，读后，宛如一股清泉悄然渗入读者心田。

　　中国的成语故事、寓言故事、民间故事、神话故事等是中国传统文化和民族智慧的一个重要组成部分。成语是中华民族语言智慧的结晶，它言简意赅，内涵深远，有言有尽而意无穷之奇趣。每一个成语背后都有一个精彩生动的故事，体现了古代人民的生活、精神和智慧。通过这些故事我们能更好地理解成语的寓意和来历，从而在学习和生活中得心应手，运用自如。故事包含了丰富的历史知识、深厚的民族情感，作为中华文化不可或缺的一部分，它有着永恒的艺术魅力，也包含了丰富的想象力。

故事在人类历史的文化长河中，一直占有举足轻重的位置。故事是世界上最让孩子喜爱乃至着迷的事物。让孩子品读故事，可以帮助他们开启文学性灵。世界上没有不爱读故事的孩子，故事是孩子们认知世界的一扇窗口，是开启智慧之门的一把钥匙。优秀的故事，教会了我们用心去拥抱生活，用爱去点燃希望；优秀的故事，能够使孩子学会思考，从而充实孩子的心灵。精彩的故事丰富着生活的色彩，润泽着孩子的生命。通过读故事，孩子可以学会思考，学会做人，学会爱……伴着故事成长的童年，是幸福的童年。

爱孩子，就送给他（她）这套《少年儿童必读丛书》吧！

前言

　　童话是人类文化的瑰宝，凝聚着人类光辉璀璨的智慧和文明，同时也折射着人类思想中最为纯净、美好的希望和企盼。

　　与其他文学形式相比，童话特别强调作品的美感、想象力和幻想特质。在人生的早期阅读中，童话的作用是无可替代的。以童话读物启蒙少年儿童的早期阅读，能使他们从小就通过阅读体会人类文化的精髓，感悟人类社会中的真、善、美与假、恶、丑。少年儿童求知欲旺盛、好奇心强烈，而童话恰恰能满足他们这方面的心理需求和精神需求。阅读童话，有助于少年儿童善恶观的确立；有助于少年儿童美感的提升；有助于少年儿童视野的拓展；有助于少年儿童想象力的培养；有助于少年儿童认识世界；能呵护少年儿童健康茁壮成长、传递人类文化火炬、推动社会良性发展。

　　《外国童话故事》收录了德国的《格林童话》、丹麦的《安徒生童话》、英国的《王尔德童话》，以及俄罗斯等国家的世界童话大师的经典童话。《格林童话》、《安徒生童话》与《一千零一夜》并称为"世界三大儿童文学经典"，《格林童话》被联合国教科文组织列为世界文化遗产，《安徒生童话》充满着诗意和幻想，《王尔德童话》堪与《安徒生童话》相媲美，共同被誉为"最美丽的童话"、"最感人的童话"。本书撷取了外国多位童话大师的经典童话：摆脱后母迫害最终寻找到真爱的白雪公主；光着身子游行的皇帝；历经重重磨难后变成白天鹅的丑小鸭；在火柴燃烧中寻找幸福的小女孩；忠心耿耿、视死如归的仆人约翰；悲天悯人而不惜牺牲自我的快乐王子……这些耳熟能详的故事通过丰富的想象、幻想、夸张、象征的手段来塑造形象和反映生活，不仅温暖了孩子们纯真的心灵，更感动并影响了一代又一代的人。

正因为如此，本书能使少年儿童走进一个丰富多彩的童话世界。在童话世界里，一切都带着想象的翅膀。在童话世界里，孩子们将与美丽的仙女、可爱的精灵、善良的公主、英俊的王子、勇敢的青年一起冒险与遨游：每一个童话故事都是一个美丽的梦，在美妙的梦幻中成长是幸福而快乐的，那些伴随着一代又一代人成长的经典童话，如同泉水般滋养着孩子们的心灵，带给他们善良的美德和智慧的火种。

目录 MULU

莴苣姑娘

　　从前有一个男人和一个女人，他俩一直想要个孩子，可总也得不到。最后，女人只好希望上帝能赐给她一个孩子。

　　他们家的屋子后面有个小窗户，从那里可以看到一个美丽的花园，里面长满了奇花异草。可是，花园的周围有一道高墙，谁也不敢进去，因为那个花园属于一个女巫。这个女巫的法力非常大，世界上人人都怕她。

　　有一天，妻子站在窗口向花园望去，看到一块菜地上长着非常漂亮的莴苣。这些莴苣绿油油、水灵灵的，立刻勾起了她的食欲，非常想吃它们。这种欲望与日俱增，而当知道自己无论如何也吃不到的时候，她变得非常憔悴，脸色苍白，痛苦不堪。

　　她丈夫吓坏了，问她："亲爱的，你哪里不舒服呀？"

　　"啊，"她回答，"我要是吃不到我们家后面那个园子里的莴苣，我就会死掉的。"

　　丈夫因为非常爱她，便想："与其说让妻子死去，不如给她弄些莴苣来，管它会发生什么事情呢。"

　　黄昏时分，他翻过围墙，溜进了女巫的花园，飞快地拔了一把莴苣，带回来给他妻子吃。妻子立刻把莴苣做成色拉，狼吞虎咽地吃了下去。这莴苣的味道真是太好了，第二天她想吃莴苣的愿望居然比前一天更强烈。为了满足妻子，丈夫只好决定再次翻进女巫的园子。于是，黄昏时分，他偷偷地溜进了园子，可他刚从墙上爬下来时，就吓了一跳，因为他看到女巫就站在他的面前。

"你好大的胆子，"她怒气冲冲地说，"竟敢溜进我的园子来，像个贼一样偷我的莴苣!"

"唉，"他回答，"可怜可怜我，饶了我吧。我是没办法才这样做的。我妻子从窗口看到了你园子中的莴苣，想吃得要命，吃不到就会死掉的。"

女巫听了之后，气慢慢消了一些，对他说："如果事情真像你说的这样，我可以让你随便采莴苣，但我有一个条件：你必须把你妻子将要生的孩子交给我。我会让她过得很好的，而且会像妈妈一样对待她。"

丈夫由于害怕，只好答应女巫的一切条件。妻子刚刚生下孩子，女巫就来了，给孩子取了个名字叫"莴苣"，然后就把孩子带走了。

"莴苣"慢慢长成了天底下最漂亮的女孩。孩子十二岁那年，女巫把她关进了一座高塔。这座高塔在森林里，既没有楼梯也没有门，只是在塔顶上有一个小小的窗户。每当女巫想进去时，她就站在塔下叫道："莴苣，莴苣，把你的头发垂下来。"

莴苣姑娘长着一头金丝般浓密的长发。一听到女巫的叫声，她便松开她的发辫，把顶端绕在一个窗钩上，然后放下来二十米。女巫便顺着这长发爬上去。

一两年过去了。有一天，王子骑马路过森林，刚好经过这座塔。这时，他突然听到美妙的歌声，不由得停下来静静地听着。唱歌的正是莴苣姑娘，她在寂寞中只好靠唱歌来打发时光。王子想爬到塔顶上去见她，便四处找门，可怎么也没有找到。那歌声已经深深地打动了王子，他每天都要骑马去森林里听。

有一天，他站在一棵树后，看到女巫来了，而且听到她冲着塔顶叫道："莴苣，莴苣，把你的头发垂下来。"

莴苣姑娘立刻垂下她的发辫，女巫顺着它爬了上去。王子想："如果那就是让人爬上去的梯子，我也可以试试我的运气。"

第二天傍晚，他来到塔下叫道："莴苣，莴苣，把你的头发垂下来。"

头发立刻垂了下来，王子便顺着爬了上去。

莴苣姑娘看到爬上来的是一个男人时，真的大吃一惊，因为她还从来没有看到过男人。但是王子和蔼地跟她说话，说他的心如何如何被她的歌声打动，一刻也得不到安宁，非要来见她不可。莴苣姑娘慢慢地不再感到害怕，而当他问她愿不愿意嫁给他时，她见王子又年轻又英俊，便想："这个人肯定会比那教母更喜欢我。"她于是就答应了，并把手伸给王子。

她说："我非常愿意跟你一起走，可我不知道怎么下去。你每次来的时候都给我带一根丝线吧，我要用丝线编一个梯子。等到梯子编好了，我就爬下来，你就把我抱到你的马背上。"

因为老女巫总是在白天来，所以他俩商定让王子每天傍晚时来。女巫什么也没有发现，直到有一天莴苣姑娘问她："我问你，教母，我拉你的时候怎么总觉得你比那个年轻的王子重得多？他可是一下子就上来了。"

"啊！你这坏孩子！"女巫嚷道，"你在说什么？我还以为你与世隔绝了呢，却不想你竟然骗了我！"

她怒气冲冲地一把抓住莴苣姑娘漂亮的辫子，在左手上缠了两道，又用右手操起一把剪刀，喳喳喳几下，美丽的辫子便落在了地上。然后，她又狠心地把莴苣姑娘送到一片荒野中，让她凄惨、痛苦地生活在那里。

莴苣姑娘被送走的当天，女巫把剪下来的辫子绑在塔顶的窗钩上。王子走来喊道："莴苣，莴苣，把你的头发垂下来。"

女巫放下头发，王子便顺着爬了上去。然而，他没有见到心爱的莴苣姑娘，却看到女巫正恶狠狠地瞪着他。

"啊哈！"她嘲弄王子说，"你是来接你的心上人的吧？可美丽的鸟儿不会再在窝里唱歌了。她被猫抓走了，而且猫还要把你的眼睛挖出来。你的莴苣姑娘完蛋了，你别想再见到她。"

王子痛苦极了，绝望地从塔上跳了下去。他掉进了刺丛里，虽然没有丧生，双眼却被扎瞎了。他漫无目的地在森林里走着，吃的只是草根和浆果，每天都为失去爱人而伤心地痛哭。他就这样痛苦地在森林里转了好几年，最后终于来到了莴苣姑娘受苦的荒野。莴苣姑娘已经生下了一对双胞胎，一个儿子，一个女儿。王子听到有说话的声音，而且觉得那声音很耳熟，便朝那里走去。当他走近时，莴苣姑娘立刻认出了他，搂着他的脖子哭了起来。她的两滴泪水润湿了他的眼睛，使它们重新恢复了光明。他又能像从前一样看东西了。

他带着妻子、儿女回到自己的王国，受到了人们热烈的欢迎。他们幸福美满地生活着，直到永远。

（格林兄弟）

六个仆人

古时候，有一位女王，是一个巫婆，可她的女儿却是世界上最美丽的姑娘。老太婆总想着坑害人，每当来了一个求婚者，她总说谁要想娶她女儿，必须先解一道难题，解不出就要他的性命。许多人迷恋姑娘的美貌，壮着胆子来求婚，却完不成老太婆交给的任务，结果呢，只得跪在地上，被毫不留情地砍去了头。

有一位王子，听人说这位公主美貌绝伦，便对自己的父亲讲："恳请你让我去吧，我要向她求婚。"

"休想! 休想!"国王回答说，"你去了，就等于是找死啊!"

谁知，王子因此一病不起，整整躺了七年，最后奄奄一息，没有哪个医生能治好他。

父亲眼看着他病入膏肓，才哀伤地对他说："那你就去碰碰运气好啦。我已经束手无策了。"

儿子一听，从病床上一跃而起，健康恢复了，高高兴兴地上了路。

他骑马越过一片荒野，看见前边地上似乎有一大堆干草，于是就走了过去，发现原来是一个肥胖的家伙仰卧在地上。

这个肥胖的家伙看见王子走了过来，就站起来说："您要是需要佣人，就请雇我吧!"

王子问他："我要你这样一个笨手笨脚的人干什么?"

"噢，"胖子说，"这还不算什么，我要是好好鼓鼓气，还会比现在胖上三千倍呐！"

"要是这样，"王子说，"跟我走吧，也许你能帮得上忙。"

说完，王子走了，胖子跟在后面。走了一会儿，他看见草地上躺着另一个人，把耳朵紧贴在地上。

王子问："你在干什么？"

"我在听啊。"那人回答说。

"你这样专心致志地在听什么？"

"我在听世界上正发生着的事情。我的耳朵特别灵，什么也休想逃得过我，我甚至连草在生长都能听得见。"

"那么请告诉我，"王子说，"在王宫里，就是女儿很漂亮的那个女王的宫殿，你听见什么了？告诉我好吗？"

"我听见磨宝剑的声音，一个求婚者就要被斩首啦。"

王子说："我用得着你，跟我走吧。"

于是三个人继续前进。

走了一会儿，远远地看见地上横着一双脚，却怎么也望不到身体的其余部分。他们走啊走，走了好长一段路，才看见身子和脑袋。

"天哪！"王子惊叹道，"你的个头真够可以的啦！"

"没错，"高个子回答道，"要是我好好伸开四肢，我还会长三千倍呐，比地球上最高的山还高！要是您愿意雇用我的话，我很乐意为您效劳。"

"那么，就跟我走吧，"王子说，"我用得着你。"

接着，他们继续往前走，看见一个人坐在路边上，用布扎住了眼睛。王子问他眼睛是不是有毛病，不能见亮光。

"没有，"那人回答说，"我的目光太厉害了，所以我不能取下罩布，否则我眼睛望着什么，什么就会裂得粉碎。要是这本事对您有什么用，就把我带上吧。"

"走吧，"王子说，"我用得着你。"

他们继续前进，又看见一个人躺在阳光下，却浑身颤抖，像是冻坏了似的，四肢抖个不停。

"这么大的太阳，你怎么还发抖呀？"王子问。

"唉，"那人回答说，"我的体质天生就跟别人的不一样。天越热，我越冷，就越抖得厉害。天冷了，我就热得受不了。坐在冰上，我准会热得受不了；可坐在火炉里面呢，我又冷得受不了。"

"你真是个怪人，"王子说，"要是你乐意为我效力，就起来吧。"

他们又上了路，忽然见到一个脖子长得长长的人，正站在那儿伸着脖子四处张望，他的脖子长得能看到山的那一边。

王子问："你这么起劲儿地在望什么？"

那人回答说："我的目光特别锐利，可以看清所有森林原野、深谷高山，可以看到整个世界。"

王子于是说："跟我走吧，我正好缺你这样一个奇才哩。"

不久，王子便领着自己六个非同寻常的仆人，来到了老女巫生活的城市。他没有自我介绍，只是告诉女王说，她要是肯把美丽的女儿嫁给他，他就会完成交给他的任何事情。

老巫婆很高兴，又有一个又帅又英勇的小伙子落进她的圈套了，便说："我要给你出三个难题，你全解决了，我就把我的女儿许配给你。"

"第一个是什么？"王子问。

"我有一枚戒指掉在红海里了，你去帮我取回来吧。"

王子回去后，就对那几个仆人说："第一件事很困难。必须从红海中捞回一枚戒指来，怎么完成呢？"

这时候，那个目光锐利的仆人说："让我来看一看它掉在哪儿了。"说着便向红海深处望去，说戒指挂在一块尖尖的礁石上了。

那个又高又瘦的人说："只要你看得见，我就能轻而易举地把它捞上来。"

"要是就这么点事儿，我来。"大胖子嚷嚷着说。他趴下身子，把嘴凑近海水。只见海浪就像跌落深涧似地涌进他嘴里，一会儿他就把大海喝干了。高个子微微弯下腰，用一只手拾起了戒指。王子拿到了戒指，非常高兴，把它呈给了老巫婆。

老巫婆很惊讶，说："不错，是原来那只，算你幸运，解决了第一个难题，可马上还有第二个。你瞧我宫前的草地上，那儿放牧着三百头肥牛，你得连皮带毛，连骨带角把它们通通吃掉；还有在下边地窖里存放着三百桶酒，你也得喝光它们。要是有一根牛毛和一小滴酒剩下来，我就要你的命！"

"我可以请些客人吗？"王子问，"没人陪着，吃喝无味啊。"

老婆子冷笑一声，回答说："我准你请一个客人，让你有个伴，可多了不行。"

王子回到他的仆人那儿，对大胖子说："今天你做我的客人，好好饱餐一顿。"胖子于是放开肚皮，吃掉了三百头肥牛，一根毫毛也没剩下，吃完后问早餐是否就这么点儿东西。那酒呢，他干脆抱着桶喝，根本用不着酒杯什么的，并且连最后一滴也用指甲刮起来呡干净了。吃完后，王子去见老巫婆，对她讲，第二个难题也已解决。

老巫婆大吃一惊，说："从来还没谁做到这一步。不过还剩一个难题。"她心里嘀咕："你逃不出我的手心，一定保不住你的脑袋！"她接着说："今天晚上，我把我女儿领到你房里，你要用胳臂搂住她。你俩这么坐在一块儿，当心可别睡着啦！打十二点时我来察看，那会儿要是她已不在你的怀抱里，你就完了。"

王子想："这事儿容易，我把眼睛睁得大大的就行。"尽管如此，他仍旧叫来仆人，告诉他们老巫婆讲了什么，并且说："谁知道这后边捣的什么鬼呢！小心总是好的，你们要守着，别让那姑娘再出我的房间。"

夜晚到了，老巫婆果然领来自己女儿，把她送到王子怀抱里。接着，高个子卷曲起身子，把他俩团团围住；大胖子朝门口一站，叫任何人别想再挤进来。他俩就这么坐着，姑娘不说一句话。这时月光透过窗户照着她的脸庞，王子看清了她那仙女一般的美貌。他无所事事地一直望着她，心中充满了爱慕和喜悦。这样望着望着，他的眼睛慢慢疲倦起来了。快到十一点的时候，老巫婆突然施出魔法，让他们全都睡着了，就在这一瞬间，姑娘逃了出去。

他们一直沉睡到十二点差一刻，这时魔法失去效力，他们又全醒过来了。"啊，真糟糕！真倒霉！"王子叫道，"这下我完啦！"

忠心的仆人们开始抱怨，那耳朵特灵的一位却说："别吵，我想听听。"他倾听了一会儿，然后讲："公主坐在一个离这儿三百小时路程的岩洞里，正为自己的不幸哭泣呢。只有你一个人能帮助她，高个子。你只要伸直腿，几步就到了那儿。"

"好，"高个子回答，"只是目光异常厉害的老兄得一块儿去，好使岩石崩开。"说着，高个子背起那个戴着眼罩的人，一翻掌之间就到了被施过魔法的岩洞前。高个子帮伙伴解下了遮眼布，这位只用目光一扫，山岩便崩裂成了无数小块。高个子抱起姑娘，眨眼间就送回了王子房里，随后以同样的速度把他的伙伴也接了回来。不等钟敲十二点，大伙儿又像先前一样坐好了，个个精神振作、情绪高昂。

钟敲十二点时，老巫婆偷偷来了，她面带讥讽，好像在说："这下他可别想活啦！"一直以为她女儿已坐在三百小时路程之外的岩洞中。可当她看见女儿仍然搂在王子怀里时，才吓坏了，说："这是一个比我能耐更大的人呵！"她再没什么可挑剔的，只得把女儿许配给了王子。

临走她还咬着女儿的耳朵说："你不能按自己心愿挑选一位丈夫，必须受一个普通老百姓支配，真丢人！"

这一来，姑娘骄傲的心中充满了怨恨，想方设法要报复。第二天早上，她叫人用车运来三百担柴，对王子说，母亲的三个难题虽然解决了，但要她做妻子，还得先有一个人自愿坐在大柴堆中，忍受烈火的焚烧。她心想，他的仆人没谁为了他愿意被烧死。他在爱情的驱使下，会自己坐在柴堆里去，这样她不就自由了吗？谁知仆人们却说："我们全都出过点力了，只有这位怕冷的老兄还什么没干，现在该看他的啦！"说着便把他抬到了柴堆上，点着了火。大火熊熊燃烧，烧了整整三天，才烧光所有的柴，火渐渐熄灭了。这时却见在灰烬中间，那老兄站在那儿，冻得浑身哆嗦，嘴里说："我一辈子也没忍受过这样的严寒，再延长一会儿，不冻僵我才怪！"

再没什么办法了，美丽的姑娘只好接受陌生青年做丈夫。可在他们乘车去教堂时，老巫婆说："我受不了这种羞辱！"

于是派她的军队去追赶他们，下令把他们都杀掉，一定要抢回她的女儿来。谁料听觉灵敏的仆人竖起耳朵，听见了她在背后说的话。"咱们怎么办？"他问大胖子。

大胖子自有办法，他只是往车后吐了一两口口水，他喝下去的大海的一部分便吐出来了，变成了一片大湖，老巫婆的军队全部困在湖中。巫婆听见报告，又派来铁甲骑兵。然而耳朵灵敏的仆人听见他们身上盔甲的撞击声，立刻解下他那个伙计的遮眼布。这位狠狠瞪了敌人两眼，他们的铁盔铁甲都像玻璃一般粉碎了。王子一行这下才不受干扰地往前走去。等两位新人在教堂里举行了结婚仪式，六个仆人便向他告别说："您的心愿已得到满足，不再需要我们。我们打算继续漫游，碰一碰自己的运气。"

在离王子的宫殿半小时路程的地方，有一座村子，村外正好有个牧人在放一群猪。到了村中，新郎便对新娘说："你知道我是谁吗？我不是什么王子，而是一个牧猪人。那儿放猪那位是我父亲，咱俩也必须干这个，必须当他的帮手。"

随后，他带她住进旅店，并悄悄吩咐店主，在夜里拿走他们王室的华丽衣服。第二天早上公主醒来，不再有衣服穿。这当儿老板娘送来一件旧长袍和几双旧羊毛袜，还做出一付慷慨施舍的样子，说："不是看在你男人份上，我才不给你呐！"

这一来，她真相信丈夫是个牧猪人了，只好和他一起放牧猪群，心里想："我以前太傲慢自大了，真是活该！"

这样过了八天，她再也受不了啦，因为双脚已经磨伤。这时走来几个人，问她知不知道她丈夫是谁。"知道，"她回答，"他是个猪倌呗，刚刚出门做小买卖去了。"

那几个人说："跟我走吧，我们领你见他去。"说罢带她进了王宫。

她一跨进大厅，便见她的丈夫浑身华服地出现在面前，她却没认出来，直到他搂住她、吻她，对她说："我为你受了许多苦，所以也让你体会体会苦的滋味。"这时候，才举行了隆重的婚礼。

（格林兄弟）

忠实的仆人

很久以前，有个老国王生了重病，当他意识到自己剩下的时间已经不多了时，就对身边的人说："给我把忠实的约翰内斯叫来。"

忠实的约翰是国王最心爱的一个仆人，他侍候国王很久了，而且对国王忠心耿耿，也最受老国王喜爱。当约翰来到床边时，国王说道："忠实的约翰，我知道自己不行了，现在最放不下的就是小王子，他现在还小，需要良师益友的辅助，除了你，我没有什么好托付的朋友了。如果你不发誓把他应该懂得的东西教给他，我死也不能瞑（míng）目啊。"

听到这些话，约翰说道："我决不会离小王子而去，一定忠实地辅助他，即使献出我的生命也在所不惜。"

国王欣然说道："我死后，你领着小王子把整座王宫的所有房间和库房，包括房子里的所有财宝看一遍。但要注意，有一间房子不能让他进去，就是那间有金屋公主画像的房间。如果他进去看了，他就会深深地爱上她，并会因此而陷入万劫不复的险境。"当忠实的约翰再一次向老国王发誓以后，老国王平静地躺在枕头上，闭上了眼睛。

老国王被安葬之后，忠实的约翰把老国王临终前的一切嘱托和自己的誓言都告诉了年轻的国王，并说道："我一定会忠实地履行自己的诺言，对你就像对老国王一样忠贞不二，即使献出自己的生命也在所不辞。"年轻的国王哭泣着说："我永远也不会忘记你的忠心。"

悲哀的日子慢慢地过去，忠实的约翰对他的年轻的国王说："现在你应该看看你所继承的财产了，我带你去你父亲的宫殿里看看吧。"接着年轻的国王在王宫上上下下的各个地方都巡视了一遍，让他看过了所有的财富和豪华的房厅，唯独里面有金屋公主画像的那间房子没有打开。年轻的国王发现忠实的约翰总是直接走过这间房子，却并不打开房门，就问道："你为什么不打开这间房子呢？"

忠实的仆人回答说："里面有会使你感到恐惧的东西。"

年轻的国王说："我已把整个王宫看完了，也想知道这里面是什么。"说着，他走上去要用力打开那扇房门，可忠实的仆人拉着他的后背说："在你父亲临终前我发过誓，无论如何也不能让你走进这间房子，否则我们会大难临头的。"

年轻的国王固执地说道："对我来说，最大的不幸就是不能进去看看，只要没有进去看，我就会日夜不得安宁的。"

无论忠实的仆人再怎么劝说，年轻的国王就是不肯离去。仆人心里有了不祥的预感，重重地叹了叹气，从一大串钥匙中找出了那把钥匙，打开了这个房子的门。门一打开，年轻的国王就看到了金屋公主的肖像。目睹画上穿金戴银的少女如此美丽动人、娇艳妩媚的容貌，他心情激动极了，立刻昏了过去。仆人赶紧将他扶起，把他抱到床上，心里一个劲地想："唉！不幸已经降临了，上帝啊！这可怎么办呢？"

经过努力，年轻的国王才好不容易被救醒，但他说的第一句话就是："那美丽画像上的少女是谁呀？"

忠实的仆人回答说："那是金屋国王女儿的画像。"

国王说道："我太爱她了，就是树上的叶子全部变成我的舌头也难以诉说我对她的爱恋。我要去找她！哪怕是冒着生命危险我也要去找她！你是我忠实的朋友，你必须帮助我。"

13

对于如何来满足年轻的国王的愿望，约翰思考了很久，最后他对国王说："据传说，金屋公主周围的一切用具都是金子做的：桌子、凳子、杯子、碟子和屋子里的所有东西都是金质的，并且她还在不停地寻求新的财宝。现在我们国家有许多金子，找一些工匠把这些金子做成各种容器和珍禽异兽，然后我们带着这些财宝去碰碰运气吧。"

于是，国王下令找来了所有技艺高超的金匠，让他们把金子都做成了最漂亮的工艺品。忠实的约翰把它们都装上一条大船，他和国王都换上商人的服饰，这样别人也就不可能认出他们了。

一切准备停当后，他们扬帆出海了。经过昼夜不停地航行，他们终于找到了金屋国王管辖（xiá）的领地。船靠岸后，忠实的约翰要国王待在船上等着他回来，接着他拿了一些金器放进篮子里，上岸向王宫走去。

当他来到王宫大院时，看见一口井边站着一个漂亮的少女，她正提着两只金桶在井里打水。就在少女提着金光闪闪的水桶转过身时，她也看到了这个陌生人，她问他是谁。约翰走上前去说道："我是一个商人。"说罢打开篮子，让她来看篮子里的东西。少女一看，惊奇地叫道："嗬（hē）！多么漂亮的东西呀！"她放下水桶，把一件又一件金器看过之后说道："我们公主最喜欢这些东西了，应该让她看看，她会把这些全都买下的。"说完，她把约翰带进了王宫，因为她是金屋公主的一名侍女，她向卫兵说明情况之后，他们就放行了。

公主看过这些金器后，非常高兴，说道："太漂亮了，我要把它们全买下。"忠实的约翰说道："我只是一位富商的仆人，我给你看的这些东西，比起我主人放在船上的根本算不了什么，他那儿还有你从来没有见过的最精致、最昂贵的金制工艺品哩！"

公主听了之后，要他把所有的东西都拿来，但约翰说道："要拿的话得要花费好几天的时间，因为太多了，就是把它们放在这儿最大的房间里也放不下呀。"他这一说，公主的好奇心和欲望越发大了，忍不住说道："带我到你们的船上去吧，我要亲自看看你主人的那些珍宝。"

忠实的约翰非常高兴，引着她来到岸边。当国王看见她时，他觉得自己的心都要跳出嗓子眼了，情不自禁地马上迎了上去。公主一上船他就引她进船舱去了。忠实的约翰找到舵手，令他马上起航。

年轻的国王把船上的金制品一件一件地拿给公主过目，其中有各种各样的碟子、杯子、盆子和珍禽异兽等等。公主满心欢喜地欣赏着每一件艺术珍品，一点儿也没有察觉船离岸起航。几个小时过去了，在看完所有的东西后，她很有礼貌地对这个商人表示了谢意，说她应该回家了。可当她走出船舱、来到船头时，才发现船早已离岸，此刻船正张满风帆在茫茫大海上飞速航行。公主吓得尖声叫道："上帝啊！我被诱骗了，被拐走了，落进了一个流动商贩 (fàn) 的掌握之中，我宁可去死。"但国王却拉着她的手说道："我不是一个商人，我是一个国王，和你一样出身于王室。用这种蒙骗你的方法把你带出来，是因为我非常非常爱你。"金屋公主听完后，这才放下心来。经过交谈了解，她很快对他产生了倾慕之情，答应嫁给年轻的国王做妻子。

但就在他们在茫茫大海上航行之时，却发生了这样一件怪事。这天，忠实的约翰正坐在船头弹琴，突然看见三只渡鸦在天空中飞来，嘴里不停地叽叽喳喳。约翰懂得鸟语，所以，他马上停止弹琴，留心听着渡鸦之间的对话。第一只渡鸦说："他把金屋公主带走了！他赢得了金屋公主的爱，让他们去吧！"

第二只渡鸦说："不！他还没有得到公主。"

第三只渡鸦说:"他已经得手了,你们看他俩在船上手拉手、肩并肩在一起的亲热样子吧!"

接着第一只渡鸦又开口说道:"那对他有什么用?不信你就看吧,当他们登上岸后,会有一匹红棕色的马向他跑来。看到那匹马,他肯定会骑上去。只要他骑上那匹马,那马就会载着他飞到空中去,他就再也别想看到他心爱的人了。"

第二只渡鸦接着说道:"难道没有什么办法解救吗?"

第一只渡鸦说:"有,有的!如果有人先于国王骑上那匹马,抽出插在马鞍里的匕首把马刺死,年轻的国王才能得救,可有谁知道呢?就是有人知道,谁又会告诉他呢?因为只要他将此事告诉国王,并因此而救了国王的命,那么他的腿从脚趾到膝部整个都会变成石头。"

第二只渡鸦说:"正是这样,正是这样!但我还知道别的哩!尽管那马死了,国王还是娶不到新娘。因为当他们一起走进王宫时,就会看到睡椅上有一套新婚礼服,那套礼服看起来就像用金子和银子编织而成的,其实那都是一些硫黄和沥青。只要他穿上那套礼服,礼服就会把他烧死,一直烧到骨髓里面去。"

第三只渡鸦说道:"哎呀呀!难道就没救了吗?"

第二只渡鸦说:"哦!有,有的!如果有人抢上前去,抓起礼服把它们扔进火盆里去,年轻的国王就得救了。但那有什么用呢?要是有谁知道,并告诉了这个人,他按这种办法救了国王,那他的身体从膝盖到胸部都会变成石头,谁又会这样干呢?"

第三只渡鸦又说道:"还有,还有!我知道的还要多一些哩!即使礼服被烧掉了,但国王仍然娶不成新娘。因为,在结婚典礼之后,当舞会开始时,只要年轻的王后上去跳舞,她马上会倒在地上,脸色苍白得像死人一样。不过,这时要是有人上前扶起她,从她的右乳房中吸出三滴血，她才不会死去。但要是有谁知道这些，又将这个方法告诉某个人，这个人按这个方法救了新娘，那他的身体从脚尖到头顶都会变成石头。"

接着，三只渡鸦拍着翅膀飞走了。忠实的约翰已听懂了一切，可他并没有把他听到的事情告诉他的主人。他自言自语地说："我一定要忠实地执行我的诺言，哪怕付出自己的生命也要救我的主人。"

在他们上岸后，渡鸦的预言应验了，岸边突然跳出一匹红棕色的马来，国王喊道："快看，他一定会把我们送到王宫去的。"说完就要去上马。说时迟，那时快，忠实的约翰抢在他之前骑上马，抽出匕首把马杀死了。国王的其他仆人原来就对他很嫉妒，这一来，他们都叫道："他杀死了送国王回宫的骏马，太不像话了！"但国王却说道："让他去做吧，他是我最忠实的仆人，谁知道他这样做不是为了有好的结果呢？"

当他们来到王宫时，看见有间房子的靠椅上放着一套漂亮的礼服，礼服闪烁（shuò）着金色和银色的光芒。年轻的国王走上前去准备把礼服拿起来穿上。但忠实的约翰却一把抓过礼服，扔进火里烧掉了。其他的仆人又咕哝着说："看吧，现在他又把结婚礼服给烧掉了。"但国王还是说道："谁知道他这么做是为了什么呢？让他做吧！他是我最最忠实的仆人约翰。"

结婚盛典举行后，舞会开始了，新娘一走进舞场，约翰就全神贯注地盯着她的脸，突然间，新娘脸色苍白，就像死了一样倒在地上。约翰迅速地弹身向她跃去，将她挟起，抱着她来到内室一张靠椅上，从她的右乳房中吸出了三滴血。新娘又开始呼吸，并活了过来。但年轻的国王看到了全部过程，他不知道忠实的约翰为什么要这样做，只是对他的胆大妄为非常气愤，便下令说道："把他关到牢房里去。"

第二天上午，忠实的约翰被押出牢房，推到了绞刑架前，面对绞刑架，他说道："在我死之前，我可以说件事吗？"国王回答说："准许你的请求。"于是，约翰将在海上听到渡鸦的对话以及他如何决心救自己主子的全部经过都说了出来。

听完约翰的叙述后，国王大声呼喊道："哎呀！我最忠实的约翰！请原谅我！请原谅我！快把他放下来！"但就在忠实的约翰说完最后一句话之后，他倒下去变成了一块没有生命的石头。国王和王后悲痛万分，国王说道："天哪！我竟然以这种忘恩负义的方法来对待你的忠诚呀！"他令人将约翰的石像扶起，抬到了他的卧室，安放在床边，以便能经常看到约翰。他对石像说："唉，我忠实的约翰，但愿我能让你复活！"

过了一年，王后生下了一对双胞胎儿子，看着他们慢慢长大，她心里高兴极了。有一天，她去了教堂，两个儿子和国王待在王宫里。小家伙到处玩耍，国王对着石像唉声叹气，哭泣着说道："唉，我忠实的约翰，但愿我能够让你复活！"

这一次，石像竟开始说话了："国王啊！要是你为我能舍弃你最亲爱的人儿，就能让我复活。"

国王一听，坚定地说道："为了你，我愿付出世界上的任何东西。""既然这样，"石像说道，"只要你砍下你两个孩子的头，将他们的血洒在我身上，我就会复活了。"

听到这里，国王马上震惊起来，但他想到忠实的约翰是为他而死去的，想到他对自己忠心耿耿、视死如归的高尚品行，便站直身来，拔出佩剑，砍下他两个孩子的头，将他们的血洒在石像上，石像立刻恢复了生命，忠实的约翰复活了。约翰说道："你的真心诚意应该得到报答。"

约翰立即捡起两个孩子的头接在两个孩子的脖子上，两个孩子马上欢蹦乱跳、喧闹嬉戏起来，就像什么事也没有发生过一样。

国王见状，欣喜异常。当他看到王后回来了，就想试一试她。他把忠实的约翰和两个儿子藏进了一个大衣橱里面。当她走进房子后，他对她说："你去教堂祈祷了吗？"

王后回答："是的，我总是思念着忠实的约翰，想着他对我们的忠诚。"

国王说道："亲爱的夫人，我们能够使约翰复活，但必须以我们儿子的死作代价，要救他就得舍去他们。"

王后听了大吃一惊，脸刷地一下变得毫无血色，但她仍坚定地说道："只好这样了，没有他无私的忠心与真诚，就没有我们的今天，也就没有我们的小孩。"

国王欣喜若狂地欢呼起来，因为妻子和自己的想法完全一样。他马上跑去打开衣橱，把两个孩子和忠实的约翰放了出来，说道："上帝也会为此而感到骄傲！他又和我们在一起了，我们的儿子也安然无恙。"接着他把全部经过告诉了她，大家高高兴兴地欢聚一堂，生活又充满了幸福和快乐。

（格林兄弟）

老头子办事准没错

  乡下有这么一个农舍：这里面住着一对年老的夫妇—— 一个庄稼人和他的妻子。尽管他们的财产少得可怜，但他们仍然觉得有那么一件可以不要，比如他们的一匹马。这匹马在路旁沟里找青草吃。老农到城里去就骑着它，他的邻居借它去用，偶尔帮这对老夫妇做点儿活，作为报酬。不过他们觉得最好还是把这匹马卖掉，或者用它交换些对他们更有用的东西。但是应该换些什么东西呢？

  "老头子，你最在行了。"老太婆说，"今天是赶集的日子，你骑马到城里去，把这匹马卖点儿钱回来，或者交换一点儿什么好东西：你做的事总不会错的。快骑上马赶集去吧。"

  于是她替他裹好围巾，因为她做这件事比他在行些：把它打成一个双蝴蝶结，看起来非常漂亮。她用她的手掌心把他的帽子擦了几下，然后亲了亲他。这样，他就骑着这匹马儿走了。他要去把马卖掉，或者用它换一件什么东西。

  太阳照得像火一样，天上见不到一块乌云。路上尘土飞扬，去赶集的人多极了，有的赶着车，有的骑着马，还有步行的。

  这时有一个人拖着步子，赶着一头母牛走来。这头母牛很漂亮，看起来也很壮，不比任何母牛差。

  "它一定能产出最好的奶！"老农想，"把马儿换一头牛吧——这一定很合算。"

  "喂，牵牛的！"他叫道，"我们可不可以谈一谈？听我讲吧——我想一匹马要比一头牛值钱，不过这点我倒不在乎。因为一头牛对于我更有用。你愿意跟我交换吗？"

"我当然愿意！"牵牛的人说。

于是他们就交换了。这桩 (zhuāng) 生意就做成了。

老农本可以回家去，因为他所要做的事情已经做了。不过他既然计划去赶集，他就非去不可。因此，他就牵牛继续向城里走去。

他继续向前走，不一会儿他赶上了一个牵羊的人。那是一只很漂亮的羊，非常健壮，毛也好看。

"我要有这么一只羊就好了，"老农心里想，"它可以在我们的篱笆旁找草吃。冬天它可以跟我们一起待在屋子里。有一只羊可能比有一头牛更实惠些吧。"

"我们交换好吗？"老农问牵羊的人。

牵羊的人当然很愿意和他交换，所以这笔生意马上就成交了。

于是，老农就牵着羊继续往前走。

他又赶上一个人，这人臂下夹着一只大鹅。

"你的这只鹅倒是很壮实！"老农说，"它羽毛丰满，而且又很肥！不论是用绳子拴住，还是放养在池子里，都是蛮气派的。我的老婆子可以收集些菜叶、果皮给它吃。她说过不知多少次：'我真希望有一只鹅！'现在她可以有一只了。——它应该属于她才是。你愿不愿交换？我用我的羊换你的鹅，而且我还要感谢你。"

对方当然非常高兴。所以他们就交换了。这个老农得到了一只鹅。

这时他已经快到城里了。路上的人越来越多，人和牲口挤作一团。大家在路上走，一直挤到土豆地的栅栏边。那里有一只母鸡，被绳子系着腿，母鸡本来在田边散步，因为人多，吓得它乱飞，差点跑掉。这是一只秃尾巴鸡，它不停地眨着眼睛，看起来倒是蛮漂亮的。母鸡咕咕地叫着。老农一看见这只鸡就喜欢上了，心中就想："这是我一生中所看到的最好的鸡！它甚至比我们牧师的那只抱窝的母鸡还要好。

我倒很想要这只鸡！母鸡自己会找到一些麦粒、谷子吃，自己能养活自己的。我拿这只鹅来换这只鸡，一定不会吃亏。"

"我们交换好吗？"老农问。

"交换！"对方回答说，"好吧，这笔买卖我愿意做！"

于是，他们就交换了。老农留下了鹅，抱走了鸡。

他这一路上已经做了不少的生意。天气很热，他也感到又饿又累，他想吃点儿东西、喝杯酒。于是他来到了一个酒店门口，他正想走进去，从店里走出来一个伙计，他们正好在门口碰见。这伙计背着满满一袋子的东西。

"你袋子里装的是什么东西？"老农问。

"烂苹果，"伙计说，"用来喂猪的烂苹果。"

"用来喂猪太可惜了！我倒希望带回家给我的老婆看看。去年，我们家的那棵老苹果树只结了一个苹果，我们把它一直放在碗柜上，直到它干瘪 (biě) 烂掉。'那总算是一笔财产呀。'我的老婆说。现在她可以看到一大堆财产了！是的，我希望她能看看。"

"你打算拿什么交换呢？"伙计问。

"拿什么换？我想拿我的鸡来交换。"

所以他就用那只鸡换了一袋子烂苹果。他走进酒店，一直来到酒吧间。他把这袋子苹果放在炉子旁边靠着，一点儿也没有想到炉子里正烧得旺旺的。房间里有许多客人——有贩马的，有赶车的，还有两个英国商人。两个商人非常有钱，他们的腰包都是满满的。

咝——咝——咝！咝——咝——咝！炉子旁边发出的是什么声音呢？这是苹果开始在烤熟的声音。

"那里面是什么呢？"有人问道。

"噢，你们想知道？"他就把怎样用一匹马换得了一头牛，以及随后一连串的交换，一直到换得烂苹果为止的这整个过程，都讲出来了。

"乖乖！你回到家里去时，保管你的老婆会结结实实地打你一顿！"其中一个英国商人说。

"她一定会跟你大吵大闹一场。"另一个英国商人说。

"我将会得到一个吻，而不是一顿痛打，"老农说，"我的女人将会说：老头子做事准没错。"

"我们打一个赌好吗？"他们说，"我们可以用满桶的金币来打赌—— 一百磅重的金币！"

"一斗金币就够了，"老农回答说，"我只能拿出一斗苹果来打赌，而且我还要押上我自己和我的老婆子——我想这加起来可以抵得上吧。"

"好极了！好极了！"他们说。于是赌注就这么确定了。

店老板的车子开出来了。那两个英国商人坐上去，老农也坐上去，一袋子烂苹果也带上了车。不一会儿他们就来到了老农的家。

"晚上好，老婆子。"

"晚上好，老头子。"

"我已经把换东西的事办完了！"

"好啊，你可真在行。"老太婆说着，就拥抱老头子，她根本没有注意到那袋东西和客人。

"我用那匹马换了一头母牛。"老头子说。

"感谢老天爷，我们有牛奶吃了。"老太婆说，"以后我们桌上可以有奶做的食物、黄油和干奶酪了！这真是一桩最好的交易！"

"是的，不过我用那头牛换了一只羊。"

"啊，那更好！"老太婆说，"你真想得周到，我们院子里的草足够一只羊吃的。这下子我们可以有羊奶、羊奶酪、羊毛衣服和羊毛袜子了！是的，还可以有羊毛睡衣！一头母牛可产不出这么多的东西！她的毛只会白白地落掉。你想得真周到！"

"不过，我拿羊又换了一只鹅！"

"亲爱的老头子，这么说我们今年过节的时候真的可以吃烤鹅了。你总是想种种办法来使我快乐。这真是一个美好的想法！我们可以把这鹅拴起来，到过节的时候它就可以长肥了。"

"不过我把这只鹅又换了一只母鸡。"

"一只母鸡？换得太好了！"老太婆说，"鸡会下蛋，蛋可以孵(fū)小鸡，那么我们将要有一大群小鸡，将可以养一大院子的鸡了！啊，这正是我所希望的一件事情。"

"是的，不过我已经把那只鸡换了一袋子烂苹果。"

"现在我非得给你一个吻不可，"老太婆欢呼道，"谢谢你，我的好丈夫！现在我要告诉你一件事情。你知道，今天你离开以后，我就想今晚要做一点好东西给你吃。我想最好是鸡蛋饼加点香菜。我有鸡蛋，不过我没有香菜。所以我到学校老师那儿去——我知道他们种的有香菜。不过老师的太太，那个宝贝婆娘，是一个吝啬(lìn·sè)的女人。我请求她借给我一点。'借？'她对我说，'我们的菜园里什么也不长，连一个烂苹果都不结。我甚至连一个苹果都没法借给你。'不过现在我可以借给她十个烂苹果，甚至一整袋子烂苹果呢。老头子，这真叫人好笑！"

她说完这话后就在他的嘴上接了一个响亮的吻。

"我喜欢看这幅情景！"那两个英国商人齐声说，"总是走下坡路，但总是那么乐观。这件事本身就值钱。"

所以，他们就付给这个老农一百磅重的金币，因为他没有挨打，而是得到了吻。

是的，如果一个妻子坚信自己丈夫是最能干的、最正确的，那么，她一定会得到报偿的。

（安徒生）

快乐王子

　　快乐王子的雕像高高地耸立在城市上空一根高大的石柱上面。他浑身上下镶 (xiāng) 满了薄薄的黄金叶片，明亮的蓝宝石做成他的双眼，剑柄上还嵌 (qiàn) 着一颗硕大的灿灿发光的红色宝石。

　　有天夜里，一只小燕子从城市上空飞过。他的朋友们早在六个星期前就飞往埃及去了，可他却因为贪玩落在了后面。

　　他飞了整整一天，夜晚时才来到这座城市。"我去哪儿过夜呢？"他说，"我希望城里已做好了准备。"

　　这时，他看见了高大圆柱上的雕像。

　　"我就在那儿过夜，"他高声说，"这是个好地方，充满了新鲜空气。"于是，他就在快乐王子两脚之间落了窝。

　　"我有黄金做的卧室，"他朝四周看看后轻声地对自己说，随之准备入睡了。但就在他把头放在羽翅下面的时候，一颗大大的水珠落在他的身上。"真是不可思议！"他叫了起来，"天上没有一丝云彩，繁星清晰又明亮，却偏偏下起了雨。北欧的天气真是可怕。芦苇是喜欢雨水的，可那只是她自私罢了。"

　　紧接着又落下来一滴。

　　"一座雕像连雨都遮挡不住，还有什么用处？"他说，"我得去找一个好烟囱做窝。"他决定飞离此处。

　　可是还没等他张开羽翼，第三滴水又掉了下来，他抬头望去，看见了——啊！他看见了什么呢？

　　快乐王子的双眼充满了泪水，泪珠顺着他金黄的脸颊淌了下来。王子的脸在月光下美丽无比，小燕子顿生怜悯（mǐn）之心。

"你是谁？"他问对方。

"我是快乐王子。"

"那么你为什么哭呢？"燕子又问，"你把我的身体都打湿了。"

"以前在我有颗人心而活着的时候，"雕像开口说道，"我并不知道眼泪是什么东西，因为那时我住在逍（xiāo）遥自在的王宫里，那是个哀愁无法进去的地方。白天人们伴着我在花园里玩，晚上我在大厅里领头跳舞。沿着花园有一堵高高的围墙，可我从没想到去围墙那边看看有什么东西，我身边的一切太美好了。我的臣仆们都叫我快乐王子，的确，如果欢愉就是快乐的话，那我真是快乐无比。我就这么活着，也这么死去。而眼下我死了，他们把我这么高高地立在这儿，使我能看见自己城市中所有的丑恶和贫苦，尽管我的心是铅做的，可我还是忍不住要哭。"

"啊！难道他不是铁石心肠的金像？"燕子对自己说。他很讲礼貌，不愿大声议论别人的私事。

"远处，"雕像用低缓而悦耳的声音继续说，"远处的一条小街上住着一户穷人。一扇窗户开着，透过窗户我能看见一个女人坐在桌旁。她那瘦削的脸上布满了倦意，一双粗糙发红的手上到处是针眼，因为她是一个裁缝。她正在给缎（duàn）子衣服绣上西番莲花，这是皇后最喜爱的宫女准备在下一次宫廷舞会上穿的。在房间角落里的一张床上躺着她生病的孩子。孩子在发烧，嚷着要吃橘子。他的妈妈除给他喂几口河水外什么也没有，因此孩子老是哭个不停。燕子，燕子，小燕子，你愿意把我剑柄上的红宝石取下来送给她吗？我的双脚被固定在这基座上，不能动弹。"

"伙伴们在埃及等我，"燕子说，"他们正在尼罗河上飞来飞去，同朵朵大莲花说着话儿，不久就要到伟大法老的墓穴里去过夜。法老本人就睡在自己彩色的棺材中。他的身体被裹在黄色的亚麻布里，还填满了防腐的香料。他的脖子上系着一圈浅绿色翡翠项链，他的双手像是枯萎的树叶。"

"燕子，燕子，小燕子，"王子又说，"你不肯陪我过一夜，做我的信使吗? 那个孩子太饥渴了，他的母亲伤心极了。"

"我觉得自己不喜欢小孩，"燕子回答说，"去年夏天，我到过一条河边，有两个顽皮的孩子，是磨坊主的儿子，他们老是扔石头打我。当然，他们永远也别想打中我，我们燕子飞得多快呀，再说，我出身于一个以快捷出了名的家庭；可不管怎么说，这是不礼貌的行为。"

可是快乐王子的满脸愁容叫小燕子的心里很不好受。"这儿太冷了，"他说，"不过我愿意陪你过上一夜，并做你的信使。"

"谢谢你，小燕子，"王子说。

于是燕子从王子的宝剑上取下那颗硕大的红宝石，用嘴衔着，越过城里一座连一座的屋顶，朝远方飞去。

他飞过了河流，看见了高挂在船桅上的无数灯笼。他飞过了犹太区，看见犹太老人们在彼此讨价还价地做生意，还把钱币放在铜制的天平上称重量。最后他来到了那个穷人的屋舍，朝里面望去。发烧的孩子在床上辗转反侧，母亲已经睡熟了，因为她太疲倦了。他跳进屋里，将硕大的红宝石放在那女人顶针旁的桌子上。随后他又轻轻地绕着床飞了一圈，用羽翅扇着孩子的前额。"我觉得好凉爽，"孩子说，"我一定是好起来了。"说完就沉沉地进入了甜蜜的梦乡。

然后，燕子回到快乐王子的身边，告诉他自己做过的一切。"你说怪不怪，"他接着说，"虽然天气很冷，可我现在觉得好暖和。"

"那是因为你做了一件好事，"王子说。于是小燕子开始想王子的话，不过没多久便睡着了。对他来说，一思考问题就老想睡觉。

黎明时分他飞下河去洗了个澡。"今晚我要到埃及去，"燕子说，一想到远方，他就精神百倍。他走访了城里所有的公共纪念物，还在教堂的顶端上坐了好一阵子。每到一处，麻雀们就叽叽喳喳地相互说，"多么难得的贵客啊！"所以他玩得很开心。

月亮升起的时候，他飞回到了快乐王子的身边。"你在埃及有什么事要办吗？"他高声问道，"我就要动身了。"

"燕子，燕子，小燕子，"王子说，"远处在城市的那一头，我看见住在阁楼中的一个年轻男子。他在一张铺满纸张的书桌上埋头用功，旁边的玻璃杯中放着一束干枯的紫罗兰。他有一头棕色的卷发，嘴唇红得像石榴，他还有一双睡意蒙眬的大眼睛。他正力争为剧院经理写出一个剧本，但是他已经冻得写不下去了。壁炉里没有柴火，饥饿又弄得他头昏眼花。"

"我愿意陪你再过一夜，"燕子说，他的确有颗善良的心，"我是不是再送他一块红宝石？"

"唉！我现在没有红宝石了。"王子说，"所剩的只有我的双眼。它们由稀有的蓝宝石做成，是一千多年前从印度出产的。取出一颗给他送去。他会将它卖给珠宝商，好买回食物和木柴，完成他写的剧本。"

"亲爱的王子，"燕子说，"我不能这样做！"说完就哭了起来。

"燕子，燕子，小燕子，"王子说，"就照我说的话去做吧。"

燕子取下了王子的一只眼睛，朝学生住的阁楼飞去了。由于屋顶上有一个洞，燕子很容易进去。就这样燕子穿过洞来到屋里。年轻人双手捂着脸，没有听见燕子翅膀的扇动声，等他抬起头时，正看见那颗美丽的蓝宝石放在干枯的紫罗兰上面。

"我开始受人欣赏了，"他叫道，"这准是某个极其钦佩我的人送来的。现在我可以完成我的剧本了。"他脸上露出了幸福的笑容。

第二天燕子飞到下面的海港，他坐在一艘大船的桅杆上，望着水手们用绳索把大箱子拖出船舱。随着他们"嘿哟！嘿哟！"的声声号子，一个个大箱子给拖了上来。"我要去埃及了！"燕子说道，但是没有人理会他。等月亮升起后，他又飞回到快乐王子的身边。

"我是来向你道别的。"他叫着说。

"燕子，燕子，小燕子，"王子说，"你不愿再陪我过一夜吗？"

"在下面的广场上，"快乐王子说，"站着一个卖火柴的小女孩。她的火柴都掉到阴沟里了，它们都不能用了。如果她不带钱回家，她的父亲会打她的，她正在哭着呢。她既没穿鞋，也没有穿袜子，头上什么也没戴。请把我的另一只眼睛取下来，给她送去，这样她父亲就不会揍她了。"

"我愿意陪你再过一夜，"燕子说，"但我不能取下你的眼睛，否则你就变成瞎子了。"

"燕子，燕子，小燕子，"王子说，"就照我说的话去做吧。"

于是他又取下了王子的另一只眼珠，带着它朝下飞去。他一下子落在小女孩的面前，把宝石悄悄地放在她的手掌心上。"一块多么美丽的玻璃呀！"小女孩高声叫着，她笑着朝家里跑去。

这时，燕子回到王子身旁。"你现在瞎了，"燕子说，"我要永远陪着你。"

"不，小燕子，"可怜的王子说，"你得到埃及去。"

"我要一直陪着你。"燕子说着就睡在了王子的脚下。

第二天他整日坐在王子的肩头上，给他讲自己在异国他乡的所见所闻和种种经历。

"亲爱的小燕子，"王子说，"你为我讲了好多稀奇的事情，可是更稀奇的还要算那些男男女女们所遭受的苦难。没有什么比苦难更不可思议的了。小燕子，你就到我城市的上空去飞一圈吧，告诉我你在上面都看见了些什么。"

于是燕子飞过了城市上空，看见富人们在自己漂亮的洋楼里寻欢作乐，而乞丐们却坐在大门口忍饥挨饿。他飞进阴暗的小巷，看见饥饿的孩子们露出苍白的小脸、没精打采地望着昏暗的街道，就在一座桥的桥洞里面两个孩子相互搂抱着想使彼此温暖一些。"我们好饿呀！"他俩说。"你们不准躺在这儿，"看守高声叹道，两个孩子又蹒跚（pán·shān）着朝雨中走去。

随后他飞了回来，把所见的一切告诉给了王子。

"我浑身贴满了上好的黄金片，"王子说，"你把它们一片片地取下来，给我的穷人们送去。活着的人都相信黄金会使他们幸福的。"

燕子将足赤的黄金叶子一片一片地啄了下来，直到快乐王子变得灰暗无光。他又把这些纯金叶片一一送给了穷人，孩子们的脸上泛起了红晕，他们在大街上无比欢欣地玩着游戏。"我们现在有面包了！"孩子们喊叫着。

随后下起了雪，白雪过后又迎来了严寒。可怜的小燕子觉得越来越冷了，但是他却不愿离开王子，他太爱这位王子了。

然而最后他也知道自己快要死去了。他剩下的力气只够再飞到王子的肩上一回。"再见了，亲爱的王子！"他喃喃地说，"你愿重让我亲吻你的手吗？"

"我真高兴你终于要飞往埃及去了，小燕子，"王子说，"你在这儿呆得太长了。不过你得亲我的嘴唇，因为我爱你。"

"我要去的地方不是埃及，"燕子说，"我要去死亡之家。死亡是长眠的兄弟，不是吗？"

接着他亲吻了快乐王子的嘴唇，然后就跌落在王子的脚下，死去了。

就在此刻，雕像体内传出一声奇特的爆裂声，好像有什么东西破碎了。其实是王子的那颗铅做的心已裂成了两半。

（王尔德）

公主的生日

　　这一天是公主的生日，她刚满十二岁。灿烂的阳光照在王宫的花园中。

　　虽说她是一个真正的公主，一位西班牙公主，但是她就像穷人家的孩子们一样，每年只能过一次生日，因此举国上下自然而然地就把这当做是一件重大的事情，那就是她过生日这天应该是个晴朗的天气。那一天的确是个晴朗的好天。高高的带条纹的郁金香直挺挺地立在花茎上，像一排列队立正的士兵，并傲慢地望着草地那边的玫瑰花，一边说："我们跟你们一样美丽无比。"紫色的蝴蝶伴着翅膀上的金粉翩翩起舞，轮流走访着每一朵鲜花；小蜥蜴们从墙上的裂缝中爬出来，躺在白日的阳光下；石榴在火热的阳光下纷纷裂开了嘴，露出了它们血红的心；玉兰花树也张开了它们那重叠着的象牙色的巨大球状花朵，使空气中充满了浓浓的芳香。

　　小公主本人同她的小伙伴们在阳台上来回地走动着，并绕着石花瓶和布满青苔的古雕像在玩捉迷藏的游戏。在平日里她只被允许同她身份相同的小孩子们玩，因此她总是一个人玩，不过生日这天可以例外。国王已经下了命令，她可邀请任何她喜欢的小朋友来宫中同她一起玩。这些瘦小的西班牙孩子跑动起来的动作还挺优雅的。男孩们头戴大羽毛帽子，身穿飘动的短外套，女孩们手里提着缎子长裙的后摆，并用黑色和银灰色的大扇子护住眼睛遮挡阳光。然而小公主却是他们当中最优雅的一个，打扮得也是最入时的，依照的是当时相当繁杂的款式。她的裙子是用灰色锦缎做的，裙摆和宽大的袖口上绣满了银线，挺直的胸衣上缝着几排名贵的珍珠。两只配着粉红色大玫瑰花的小拖鞋随着她的走动从衣服下边显露出来。那把大纱扇是粉红色和珍珠色的，她的头发像一圈褪色的金黄光环包围着她那张苍白的小脸蛋，上面戴着一朵美丽的白玫瑰。

满面愁容的国王透过宫中的窗户望着他们。站在他身后的是他所憎恨的人，那是他的兄弟，来自阿拉贡省的唐·彼德罗，还有他的忏悔师，来自格兰那达的大宗教裁判官坐在他的身边。国王此时比以往更忧伤，因为他看见小公主一副孩子般严肃的模样向宫中群臣们行礼，另外还看见她甩扇子掩着嘴偷笑那总是陪着她的一脸严肃的阿尔布奎尔基公爵夫人，国王突然想起了年轻的王后，就是小公主的母亲，这在他看来就像是前不久的事情。那时王后从欢乐的国度法兰西来到西班牙，在西班牙宫廷优裕、华丽的生活中不幸去世了，死时孩子才六个月大，她连园子中杏花的第二次开放也没有看到，也没赶上采集院子中央那棵多节老无花果树上第二年的果子，此刻那儿已是杂草丛生。他爱她爱得太深了，他不能忍受把她埋在自己看不见的墓穴中。一位摩尔人医生为她的尸体做了香料处理，为了回报医生的工作，国王保住了他的生命，因为由于信邪教和行巫术的嫌疑，这位医生已被宗教裁判所判了极刑。她的尸体仍然安放在宫中黑色大理石礼拜堂中铺着织锦的尸架上，还跟十二年前在一个狂风大作的三月天里僧侣们把她抬放到那儿时的模样一个样。国王每月一次，身上裹着黑袍，手里提着一个不透光的灯笼，走进礼拜堂跪在她的身旁，呼唤着："我的王后，我的王后！"有时他会不顾应有的礼节（在西班牙生活中的任何行为都受到礼节的约束，就连国王的悲痛也不例外），万分悲痛地抓住她戴着珠宝的苍白的手，并狂吻着她那冰凉的化了妆的脸，试图把她唤醒。

今天他好像又看见她了，就跟他头一次在巴黎的枫丹白露宫中见到她时一样，当时他仅有十五岁，而她更年轻。他俩就是在那个时候正式订婚的，出席仪式的有罗马教皇的使节还有法国国王和全体朝臣，那之后他就带着一小束金黄头发返回到西班牙王宫中去了。自打踏上自己的马车那时起，他就一直想着两片孩子气的嘴唇弯下来吻他手的情景。接下来的婚礼是在蒲尔哥斯匆匆举行的，那是两国边境的一座小城市。进入马德里的公开庆典是盛大的，照惯例在拉·阿托卡大教堂里举行了一次大弥撒，并且还搞了一次比平日更庄严的判处异教徒火刑的仪式。将近三百名异教徒，其中不少是英国人，被交给刽子手烧死在火刑柱上。

他爱她真是发了狂，很多人都认为是他把国家给毁了，因为当时他们正与英国为争夺新世界的帝国而进行战争。他甚至连一刻钟也不能离开她；为了她，他已经忘记了，或似乎是忘记了国家的一切重大事项；在这种激情的驱使下他达到了如此盲目的可怕地步，以至于他没有发现，那些他为取悦于她而想出来的繁杂礼节，反而加重了她所犯的奇怪的忧郁病。她死后有那么一段时间，他仿佛发了疯似的。要不是他担心自己离去后小公主会受到自己兄弟的残害的话，说真的，他定会正式退位并隐居到格兰那达的特拉卜教大寺院去，他已经是该院的名誉院长了。他兄弟的残酷无情在西班牙是出了名的，不少人怀疑是他害死了王后，传说王后到他所在的阿拉贡的城堡去走访的时候，他送了一双有毒的手套给王后。甚至在国王以皇家法令宣布举国上下公开哀悼三年之后，他仍旧无法忍受他的大臣们跟他提起续弦的事，当神圣的罗马帝国皇帝本人亲自来向他提出把自己的侄女、一位美丽可爱的波西米亚郡主嫁给他时，他仍吩咐自己的大臣去告诉皇帝，说西班牙国王已经和悲伤结了婚，尽管她只是一个不能生育的新娘，可他却爱她超过任何美人；这个回答的代价是使他的王国失去了富饶的尼德兰诸省，这些省份不久后便在皇帝的鼓动下，由一些改革教派的狂热信徒领导着，向他发动了叛乱。

今天他望着小公主在阳台上玩耍的时候，似乎又回想起了他整个的婚姻生活，那是一场强烈而火热的欢愉，同时也因其突然的完结而导致了可怕的痛苦。小公主具备了王后一切可爱的傲慢举止，完全一样的任性的摆头动作，同样弯曲而骄傲的美丽嘴唇，一样漂亮可人的笑容——的确是非常法国式的微笑——小公主不时地抬头望望窗户，或伸出小手让显贵的西班牙绅士吻着。不过孩子们高声的笑声刺痛了他的耳朵，明亮而无情的阳光嘲讽着他的哀伤，一股奇怪香料的单调气味，就似是处理尸体用的香料，好像把早晨清新的空气给弄脏了——这或许是他的幻想吧？他把脸埋在双手中，等小公主再次举头望窗户的时候，窗帘已经垂下，国王也离开了。

小公主有些失望地撅撅小嘴，并耸了耸肩膀。说实在的，他本应该跟她呆在一起过生日的。那些国家事务有什么要紧的？或许他又去了那个阴森森的礼拜堂了吧？那儿一直点着蜡烛，而且从未让她进去过。如此好的阳光，大家又这么开心，他可真是太傻了。再说，他会错过看一场人扮的斗牛比赛，比赛的号角已经吹响了，更不用说那些木偶戏和其它精彩的表演了。她的叔父和大宗教裁判官倒是更体谅人。他们已经走到阳台上了，并向她道了贺词。所以她又摆起了她那可爱的头，还拉着唐·彼德罗的手，缓缓走下石阶，朝着耸立在花园尽头的紫绸编织的长长亭廊走去，其他孩子严格地依照次序紧跟在她的身后，即谁的名字最长，谁就走在前头。

一行由贵族男孩子化装成斗牛士的队伍走出来欢迎她。年轻的新地伯爵，一位十四岁的美少年，用西班牙下级贵族世家的全部优雅举止向她脱帽致敬，并庄重地把她引到竞技场内搭起的看台上安放着的一把镶金的象牙小椅子上坐下。孩子们在她的四周围成一圈，他们一面挥动着手中的大扇子，一面相互交谈着。唐·彼德罗和大宗教裁判官面带笑容地站在入口处。就连那位女公爵——人称侍从女市长的人—— 一个瘦小而性格不定的女人，带着黄色的翎颌，也一改往日那板起的面孔，一丝像是冷冷的笑容掠过她那皱巴巴的脸，她那没有血色而干瘦的嘴唇也抽动了一下。

这真是一场令人叫绝的斗牛赛，在小公主看来，比真的斗牛比赛还要好看。那是在帕尔马公爵来看望她父亲时，她被人带去塞维尔看过一场斗牛赛。一群男孩子穿着装饰华丽的马皮衣服在场子内来回跑着，他们挥舞着长矛，上面绑着色彩艳丽的丝带；另一些男孩徒步走着，并在假牛面前舞动着猩红色的毯子，当牛冲来时他们就轻松地跳过栅栏；至于牛呢，尽管它只是由柳枝和张开的牛皮做成的，可却跟真牛一样生龙活虎，不过有时它坚持着用后腿绕着场子跑，这却是真牛连做梦也不敢想的事。这牛斗得也不错，孩子们兴奋极了，他们纷纷起身站在了长凳子上，并挥动着手中的带边手绢，大声嚷着：太好了，太好了! 那种劲头就跟成年人一样。就这样战斗持续了下去，最后，好几匹人扮的马被戳倒，那位年轻的新地伯爵把牛也压在了地上，他请求小公主允许他给予致命的一击，然后他就用木剑朝那动物猛刺下去。他用力太大，一下子把牛头给刺掉了，这使小罗南先生高兴地大笑起来，他是法国驻马德里大使的儿子。

在大家的掌声中，竞技场被收拾干净了，两个身着黄黑制服的摩尔人侍从把倒地的木马庄严地拖走了，接着是一段小小的插曲，由一位法国的走绳索大师在一根绷紧的绳子上完成了一次表演。一些意大利木偶戏表演者在特意建来演木偶戏的一个小戏院中上演了半古典的悲剧《索福尼西巴》。他们的演出非常出色，木偶的动作也十分自然，演出结束时小公主的眼中已充满了泪水。当时真的有好多孩子都哭了，只好拿糖块去安慰他们，就是大宗教裁判官也深受感动，他忍不住对唐·彼德罗说，这些用简单的木头和彩色蜡做成的，并由丝线机械地牵动的东西，竟能表演得如此悲伤和那么不幸，他似乎觉得难以接受。

接下来是一个非洲人表演戏法。他提来一只又大又平的篮子，上面盖着一块红布。他把篮子放在场地中央，然后从他的包头帕下面拿出一根奇异的芦管，并吹了起来。不一会儿，红布开始动了，随着芦管声愈吹愈尖，两条金绿色的蛇伸出了它们那古怪的楔形头，并越伸越高，还随着音乐声摇来摆去，就跟水中浮动的植物一样。孩子们看见它们那有斑点的头部和快速吐出的舌头，反而害怕起来，直到看见变戏法者在沙地上变出一棵小橘子树，开出美丽白色的花朵且长出一串串真实的果实后，才又开心起来；后来变戏法者从拉斯·托里斯侯爵的小女儿手中拿起一把扇子，把它变成了一只蓝色的小鸟在亭廊里飞来飞去，还不停地唱着歌，这时他们的兴奋和惊讶真是难以形容。由纽斯特拉丝母院礼拜堂跳舞班的男孩们表演的庄严舞曲，也同样引人入胜。小公主以前从没有见过如此盛大的庆典，这种庆典每年五月在圣母大祭坛前面举办一次，是专为庆祝圣母而举行的。其实，自从一位疯教士（据许多人说他是英国伊丽莎白女王收买了的）想用一块有毒的圣饼谋害西班牙太子阿斯图里亚斯以后，就没有一位西班牙皇室的成员走进过萨拉哥萨大教堂。因此，小公主仅仅是听人说过这种"我们之圣母"的舞蹈，看上去也确实很精彩。男孩们穿着白色天鹅绒做的老式宫廷服装，他们那滑稽的三角帽上缀着银饰物，顶上插着很大的鸵鸟毛。他们在阳光下起舞的时候，那身耀眼的白色服饰在他们黑色面容和长长黑发的衬托下显得更加绚丽夺目。所有的人都被他们的一举一动给迷住了，只见他们在繁杂的舞蹈动作中一直显得很庄重，缓缓的舞姿得体而优雅，还气派不凡地鞠着躬。等舞曲一结束，他们就脱下大羽毛帽子向小公主致敬，她很有礼貌地接受了，并许诺送一只大蜡烛给比拉尔圣母的神坛，以回报圣母给她带来的快乐。

这时一队漂亮的埃及人——当时也被称为吉卜赛人——走到场子中来，他们盘腿席地而坐，围成一个圈子，开始轻轻地弹奏起他们的弦琴，另一些人伴着曲调舞动起腰身，并用他们尽可能低的声音哼着歌儿，那声音低得如同梦中的微风掠过。他们一看见唐·彼德罗，便朝他皱起了眉头，有的人还露出了恐惧的表情，因为就在数周之前，唐说他们的两个族人被行妖术而给绞死在塞维尔的市场上了。不过美丽的小公主使他们入了迷，这时她朝后靠着身子，一对蓝色的大眼睛从扇子上边望着他们，他们相信像她这样可爱的人绝不会残忍地对待别人的。于是，他们很安静地弹着琴，他们那长长的尖指甲刚好挨到琴弦，他们的头开始朝前点着，仿佛要入睡似的。突然传来一声尖厉的大叫，孩子们全都大吃了一惊，唐·彼德罗的手赶紧抓住了他短剑的玛瑙剑柄。只见弹琴者们跳起身来，围着场地疯狂地转起圈来，并不停地敲打手鼓，同时用他们那奇特的带喉音的语言唱起了狂放的情歌。随着一声信号的传来，他们又都扑倒在地上，静静地躺着不动了，全场一派寂静，只能听到单调的弦琴声。就这样他们做了几个来回以后，又一下子消失了，等他们再回来时已用链条牵来了一头毛乎乎的棕色大熊，他们肩头上还坐着几只巴巴利的小猴子。大熊十分认真地倒立起身子，干瘦的猴子跟着两个像是它们主人的吉卜赛小男孩在表演着各种各样逗笑的把戏，它们还会挥动小剑和放枪，并且会像国王的卫队那样完成一整套正规军的操练。吉卜赛人的表演的确大获成功。

然而整个早上的娱乐活动中最有趣的还要数小矮人的舞蹈。他蹒跚地移动着自己那双弯曲的腿，他那颗畸形的大脑袋左右摇摆着，就这样他跌跌撞撞地冲进到场子中。孩子们见到此情此景都一下子兴奋地大声叫了起来，小公主本人更是大笑不止，以致那位女侍从市长不得不提醒她说，虽然过去西班牙国王的女儿在同等人面前哭过几回，可却从没有皇室家族的公主在比她低下的人跟前如此开怀大笑过呢。不过，小矮人的举动真是让人无法抗拒，即使是西班牙宫廷，这样一个以培养恐怖而著称的地方，也从未见过一个如此吸引人的小怪物。这还是他头一回出场演出。人们仅是在昨天才找到了他，当时他正在树林里疯颠颠地跑着，两个贵族刚好在环城一带的栓皮储树林中偏僻的区域打猎，于是就把他带进宫中，作为献给小公主的一个惊喜。小矮人的父亲是个穷苦的烧炭人，能够摆脱这个又丑又无用的孩子对他来说真是求之不得。或许真正最有趣的倒是小矮人一点也不知道自己那丑陋的相貌。的确他看上去好开心且精神饱满。孩子们笑了，他也跟他们一样笑得无拘无束。每支舞曲结束时，他便要向他们每一个人鞠一个最滑稽的躬，他对他们点头高兴的样子就好像他的的确确是他们中的一员，并非是上帝以滑稽的方式刻意创造出来让别人戏弄的一个不幸的小怪物。至于小公主，她简直让小矮人给迷住了，她不能够把眼睛从他身上移开，他好像是专为小公主一人跳舞似的。演出结束时，小公主记起了自己曾见过宫廷贵妇们向意大利著名男高音加法奈里抛掷花束的情形，当时罗马教皇把加法奈里从自己的礼拜堂派往马德里，打算用他那最甜美的歌声去医治国王的忧闷；于是小公主便从自己的头发上取下那朵美丽的白玫瑰，一半是开玩笑，一半是为了戏弄那位女侍从市长，把花向场中的小矮人掷了过去，脸上带着最甜蜜的微笑。小矮人把整个事情看得十分认真，他一只手将花朵压在他粗糙的嘴唇下，另一只手按住胸膛跪在她的面前，咧着大嘴笑着，那双明亮的小眼睛放射出欣喜的光芒。

这使小公主忘记了尊严，等小矮人跑出场子好长一阵子她还在一个劲儿地笑，并对她的叔父表示想立即让这种舞蹈再表演一次。然而那位女侍从市长却恳求说太阳已经老高了，太热了，她的小公主殿下应该马上回到宫里去，那里已经为她备好了丰盛的宴席，有一个地道的生日蛋糕，上面有用彩糖做出的她名字的大写字母，还有一面飘舞的小银旗。小公主非常庄重地站起身来，并宣布说让小矮人在她午睡时间之后再表演一次，还要求把她的谢意转告给新地伯爵，感谢他那番殷勤的款待，接着她就回自己的房间去了，其他孩子们又依照原先进来时的次序跟着她出去了。

当听说小公主叫他去她面前再表演一次、而且还是她亲自下的命令的时候，小怪人真是得意万分。他跑到花园中去，欣喜若狂地亲吻着那朵白玫瑰，得意忘形地做出了许多笨拙而难看的动作。

花儿们对他如此胆大地闯进他们美丽的家园里来非常愤怒，他们看见他在花廊里奔来奔去的，还十分可笑地举着双手挥舞着，他们再也忍受不下去了。

"他真是太难看了，根本不该让他到我们呆的地方来，"郁金香大声喊道。

"他应该去喝鸦片汤，然后睡上一千年，"红色的大百合花说。这时他们真的怒火万丈了。

"他是个十足的可怕人物！"仙人掌尖叫着说，"啊，他扭得又丑，人又长得矮小，他的头跟腿长得不成比例。他的确使我浑身上下觉得不舒服，如果他走近我身边，我会用我的刺去刺他。"

"而他却真的弄到了我最美的一朵花，"白玫瑰树惊叹道，"那朵花是我今天早上亲自送给小公主的，作为生日礼物，他却从她那儿把花偷走了。"然后她大叫起来，"小偷，小偷，小偷！"

甚至连不爱抛头露面的红色风露草们，这些大家都知道本身就有很多穷亲戚的草们，在看见小矮人时也都厌恶地卷起身子。紫罗兰却温和地说小矮人的确是其貌不扬，可他也没有办法去压他一把。风露草也非常公正地反驳说，那是他主要的缺陷，而人们不该因为他的不治之症而嘲弄他。其实，也有好些紫罗兰觉得小矮人的丑陋是他本人装出来的，假如他面带些愁容，或至少表现出沉思的样子，而不是欢乐地跳上跳下，做出古怪而又傻乎乎的神态，那么他会让人觉得好受许多。

至于老日晷仪，他是一位非常了不起的人物，他曾经只向查理五世陛下本人汇报每天的时刻，小矮人的模样让他吃惊不小，几乎忘记用他那长长的有影子的指头标出时间达两分之久。他忍不住对在栏栅上晒太阳的乳白色的大孔雀说，人人都知道，国王的孩子就是国王，烧炭夫的孩子还是烧炭夫，要想事情并非如此，那是不可能的。这种见解得到了孔雀的完全赞同，而且她真的叫起好来："是的，是的。"声音又大又粗，连住在凉爽的喷水池中的金鱼们也从水中露出头来，询问巨大的石雕海神特里通斯究竟发生了什么事。

不过，鸟儿们却喜欢小矮人。他们常在树林中见到他，像个精灵似地追赶着空中的落叶，或者蹲在一棵老橡树的洞子里，与松鼠们一起分享他的坚果。他们一点也不在乎他的相貌丑。是啊，夜莺在夜晚去林子里放声歌唱时，月亮有时也会俯下身子聆听她甜美的歌声，其实她也没有什么耐看的；再说，小矮人过去对他们一直都很好。在那可怕的严冬里，树上已经没有坚果了，地面被冻得跟铁块似的，狼群也下山来到城门口寻找食物，就在这种时候，小矮人也不曾忘记他们，他总是把自己的小块的黑面包揉成屑给他们吃，不管他的早餐多么少，他总会分一些给他们吃。

所以他们绕着他飞了一圈又一圈，他们飞过他身边的时候用翅膀轻轻抚摸着他的脸，并相互交谈着。小矮人高兴得不得了，他忍不住把那朵美丽的白玫瑰拿出来给他们看，还告诉他们这是小公主本人亲自给他的, 因为她爱他。

对他讲的话他们一个字也听不懂, 不过这倒没什么关系, 因为他们把头偏在一旁, 看上去也是很精明的样子。

蜥蜴也非常喜欢他, 每当他跑累了以后躺在草地上休息的时候, 蜥蜴就会在他身上爬来爬去地玩着, 拿出浑身的本事去逗他开心。"不是每个人都可以像蜥蜴那样漂亮的," 他们大声说道, "不过这种要求太过分了。而且说起来也有些荒唐, 其实他一点也不难看, 当然, 只要人们闭上眼睛, 不要去看他。" 蜥蜴们天生就是十足的哲学家派头, 在没有什么事情可做或碰上雨天不能外出的时候, 他们会一坐就是好几个钟头地思考问题。

然而, 花儿对他们的举止倒是十分地担心, 同时对鸟儿的举动也很不安。"这只能表明," 花儿们说, "这种不停地蹦蹦跳跳会产生多么粗俗的影响。像我们这样有教养的人, 总是老老实实地呆在同一个地方。从没有人看见我们在花廊中跳来跳去的, 或者在草丛中发疯似的追赶蜻蜓, 只要我们想换换空气, 我们就会叫园丁来, 他会把我们搬到另一个花坛上去。这是很神圣的事, 而且也应该如此。可是鸟儿和蜥蜴没有休息的意识, 的确鸟儿连一个固定的住址都不曾有。他们只不过是一群像吉卜赛人那样的流浪汉, 而且也真该受到同样的待遇。" 于是花儿们露出趾高气扬的样子, 一副了不起的神态, 并且很得意地望着小矮人从草地上爬起身来, 跨过阳台朝宫廷走去。

"他应该一辈子都关在房子里不出门," 他们说, "看看他的驼背, 还有他那双拐腿," 说着他们哧哧地笑了起来。

不过小矮人对此是一无所知。他好喜欢这些小鸟和蜥蜴, 并且认为花儿是世界上最美丽的东西了, 当然要除了小公主。而小公主已经把美丽的白玫瑰给了他, 她是爱他的, 这就大不一样了。他多么希望自己能跟她一起回到树林中去! 她会让他坐在她的右手边, 还对他微笑，他永远也不愿从她身边离去，他要她跟自己一块儿玩，并教她各种逗人的把戏。因为尽管他以前从未进过王宫，可他却知道好多了不起的事情。他可以用灯芯草编出小笼子，好把蚱蜢关在里面唱歌，他还会把竹节细长的竹子做成笛子，用它吹出牧神最爱听的曲子。他了解每只鸟儿的叫声，还能把欧椋鸟从树梢上唤下来，或从池塘中唤弧苍鹭。他认识每一种动物的足迹，可以凭着轻微的脚印寻觅到野兔，靠被践踏过的树叶找到狗熊。他知道各种风的轻舞，有秋天里穿着红衣的狂舞，有穿着蓝色草鞋在稻谷上掠过的轻舞，有冬季戴着雪冠的舞蹈，还有春天里吹过果园的曼舞。他知道斑鸠在什么地方做窝，曾有一次一对老斑鸠给捕鸟者抓走了，他就亲自来哺育那些幼鸟，并在一棵砍去了树梢的榆树裂缝中为他们筑起了一个小小的鸠窝。他们都很听话，并习惯了在他的手上找东西吃。小公主会喜欢他们的，还有那些在长长的凤尾草中乱窜的兔子们，和有着硬羽毛和黑嘴的鹖鸟，以及能够弯曲成带刺圆球的刺猬，和会摇头、轻轻地咬嫩叶、慢慢爬行的大智龟。是的，她一定会到林子里来和他一起玩的。他会把自己的小床让给她睡，他在窗外看守着直到天亮，不让带角的野兽伤了她，更不能让饥饿的狼群靠近小茅屋。天亮时他会轻轻地敲着窗板把她唤醒，他们会一起到外面去，跳上一整天的舞。

在树林里真是一点也不寂寞。有时主教会骑着他的白骡子从这里走过，一边走一边还读着本带图画的书。有时候那些养猎鹰的人戴着他们的绿绒帽子，穿着硝过的鹿皮短上衣从这儿经过，手腕上站着蒙着头的鹰。每到葡萄熟透的季节，采葡萄的人们连手和脚都是紫色的，头上戴着常青藤编的花冠，手里拿着滴着葡萄酒的皮袋子。烧炭人晚上围坐在大火盆的边上，望着干柴在火中慢慢地燃烧，把栗子埋在灰中烘烤。强盗们也从山洞里窜出来跟他们一块儿玩乐。还有一回，他看见一些人排成好看的队伍在长长的尘土飞扬的大路上蜿蜒地朝托列多而去。僧侣们走在队伍的前头，唱着甜甜的歌曲，手里拿着鲜艳的旗子和金十字架，随后跟着披银枣甲、执火绳枪和长矛的士兵，在这些人当中走着三个赤脚的人，身着奇怪的黄袍，上面绘满了奇妙的画像，他们的手中拿着点燃的蜡烛。说真的，树林中有非常多值得看的东西。她疲倦了的时候，他便会找一个长满青苔的软海滩让她休息，要不就扶着她走，因为他很结实，尽管他深知自己的个头不算高。他会用红色的蔓草果为她做一串项链，它会跟她衣服上戴的白色珍珠一样美丽，一旦她不喜欢这种项链了，就把它给扔掉，他还会为她做别的。他会给她找来一些皂角和露水浸泡过的秋牡丹，而且小小的萤火虫还可以做她浅黄色头发上的小星星。

可是她又在什么地方呢？他问着白玫瑰，白玫瑰回答不了他的问题。整个王宫像是睡着了似的，甚至连那些百叶窗没有关闭的地方，也垂下了厚重的窗帘挡去了投入窗户的光线。他到处转悠着想寻到一处可以进入的地方，最后他瞧了一扇开着的小门。他溜了进去，发现自己来到了一个辉煌的大厅中，他感到要比那树林气派得多，处处金光灿烂，就连地板都是用五颜六色的大石头铺成的，可是小公主并不在那儿，只有几个美丽异常的白石像从他们的绿宝石座上朝下望着他，眼神中满是忧伤和茫然，嘴角上还挂着一丝奇怪的微笑。

在大厅的尽头垂挂着绣工精致的黑天鹅绒帷幔，上面绣着太阳和繁星，都是国王最中意的设计，而且绣的又是他最喜爱的颜色。也许她就躲在那后面？他无论怎样也要去看看。

于是他悄悄地走过去，把帷幔拉开。没有人，那儿只不过是另一间房子，可他觉得这间房子比他刚才走过的那间更漂亮。墙上挂着绣着许多人物像的绿色挂毯。那是一幅狩猎图，是几位弗来米西艺术家花了七年时间完成的。这儿曾经是被称为傻约翰的国王的房间，那个疯子国王太喜欢打猎了，在他精神失常的时候，总是幻想着骑上那些画中蹬起后蹄的大马，拖开那只由一群大猎狗攻击的公鹿，吹响他那打猎的号角，用他的短剑刺一只奔跑的母鹿。现在这儿改作会议厅了，在屋中央的桌子上放着大臣们的红色文件夹，上面盖着西班牙金色郁金香的印花，以及哈普斯堡皇室的纹章和标志。

小矮人吃惊地朝四周看着，他真有点不敢往前走了。画中那些陌生而沉默的骑马人敏捷地跨越过一片长长的草地，连一点声音也听不见，在他看来这些人就像烧炭夫们讲过的那些可怕的鬼影——康普拉克斯，他们只在夜里外出打猎，要是遇上人，就会把此人变成一只赤鹿，然后去猎取他。但是小矮人想起了美丽的小公主，于是又壮起了胆子。他希望她是一个人呆在那儿，好让他告诉她，他也是爱她的。也许她就在隔壁的那间屋子里。

他从柔软的莫尔人地毯上跑过去，打开了门。没有！她也不在这儿。房间里空空的。

这是一间御室，是用来接待外国使节的，只要国王同意亲自接见他们，这种事近来不常有了。多年以前，就是在这间屋子里，英国的特使到这儿来安排他们的女王——当时她是欧洲天主教君主之一，与皇帝的长子联姻的。屋子里的帷幔都是用镀金的皮革做成的，黑白两色相间的开花板下面垂挂着沉重的镀金烛架，上面可以架起三百支蜡烛。一个巨大的金光闪闪的华盖上面用小粒珍珠绣出了狮子和卡斯特尔城堡图，华盖下面就是国王的宝座，宝座上盖着昂贵的黑色天鹅绒罩布，罩布上镶着银色的郁金香并且还配着精致的银饰和珍珠穗子。在宝座第二级上面放着小公主用的跪凳，垫子是用银丝线布做成的；就在跪凳下面，靠华盖外面的地方，立着教皇使节的椅子，只有这位使节大人才有权在任何公开的庆典仪式上与国王坐在一起。他那顶主教的帽子，帽上缠着深红色的帽缨，就放在一个靠前边的紫色绣框上。正对着宝座的墙上，挂着一幅查理五世猎装服的画像，像跟真人一样大小，身边还站着一只大猎犬。另一面墙的中央处挂着一幅脉力普二世接受尼德兰诸省朝贡时的画像。在两扇窗户的中间放着一个乌木柜子，里面放着象牙盘子，盘子上刻着霍尔彭"死亡舞蹈"中的人物，据说，这是这位大师亲自动手刻的。

可是小矮人对眼前豪华的盛景却没有留意。他不愿用自己的玫瑰花来换华盖上的珍珠，更不肯用哪怕一片玫瑰花瓣来换宝座。他所要做的就是在小公主去亭廊之前见上她一面，并要求在他的舞蹈结束之后就跟他一块儿离去。此时在宫中，空气是郁闷而沉重的，然而在树林里风儿却能自由自在地刮着，阳光挥舞着那双金灿灿的双手拨开抖动的树叶。树林中也有鲜花，也许赶不上花园里的花那么鲜艳，但却更加芳香怡人；早春中的风信子花在清凉的山谷和长满青草的小丘上荡起层层紫色的浪潮；一簇簇黄色的樱草爬满了橡树根的四周；色彩鲜明的白屈莱，蓝幽幽的威灵仙，深红且金黄的萄尾随处可见。榛树上有灰色的茅黄花，顶针花上挂吊着斑迹点点的蜜蜂小屋。栗树的顶部如同白色的星星，而山楂却透着它那苍白的美丽月色。是的，只要他能够找到她，她一定会来的！她会跟他一块儿到美妙的树林中去的，他还会给她跳一整天的舞，逗她开心。想到这儿，他的眼睛中露出灿烂的微笑，然后他就走进了另一间房子。

在所有的房屋中这一间是最明亮和最漂亮的。屋里的四壁上布满了印着浅红色花朵的意大利缎子，缎子上面还点缀着鸟图和可爱的银花；家具是用大块的银子做成的，上面镶着鲜艳的花环和转动的小爱神；在两个大壁炉的前面立着绣有鹏踏和孔雀的大屏风；地板是海绿色的玛瑙，仿佛延伸至遥遥的远方。这里并非他一个人，房间的另一头，在门道的阴影下还有一个小小的人影，正望着他。他心中一颤，从口中迸发出一声喜悦的叫声，接着他一下子跑进了屋外的阳光中。他这么做的时候，那个人影也跟着这么做，他完全看清楚那是什么了。

小公主！不，那只是个怪物，是他所见过的最难看的怪物。奇形怪状的样子，非常人一般，驼着背，拐着腿，还有一个摇来摇去的大脑袋和一头鬃毛般的乌发。小矮人皱起了眉头。他笑了，而它也跟着笑，而且还把两只手放在腰间，就跟他的做法是一样的。他嘲笑着向它鞠了一躬，它也对他还了一个礼。他朝它走去，它也走上来迎他，跟他迈着同样的步伐，他停下来，对方也站住了脚步。他惊奇地叫了起来，跑上前去，伸出一只手，而怪物的手也朝他的手伸来，那只手冷冰冰的。他觉得好害怕，又把手挥舞了过去，怪物的手也很快地伸了过来。他再试着往前压去，但有什么光滑而坚硬的东西挡住了他。怪物的脸此时此刻正好贴近了他的脸，脸上似乎充满了恐惧。他把头发从眼睛上抹开，它也模仿他。他去打它，可它也报以拳头。他对它做出烦恼的样子，它也朝他做鬼脸。他向后退去，它也跟着退去了。

它是什么东西呀？他想了一会儿，并朝房屋的四周看了看。真是怪了，不管什么东西在这堵看不见的清水墙上都会重复出现它们原有的模样，是的，墙上有屋里一样的图画，一样的睡椅。门口壁龛中那个躺着的睡牧神，竟也有一个模样相同的孪生兄弟酣睡在那儿，那位站立在阳光中伸出双臂的银维纳斯像也正朝着另一个一样可爱的维纳斯对视着。

这是回音吗？他曾经在山谷中呼唤过她，她一个字一个字地回应着。难道她也能模仿眼睛就像她模仿声音那样？难道她能制造出一个与真实世界一样的假世界？难道物体的影子有颜色、生命和动作吗？难道这会是——

他吃了一惊，便从怀里拿出那朵美丽的白玫瑰，转过身来，吻着花。那个怪物也有自己的玫瑰花，花瓣竟跟他的一模一样！它也在吻花，而且跟他的吻法是一样的，还用它那可怕的动作把花按在自己的胸口上。

等他明白了其中的道理的时候，他发出了绝望的狂叫声，趴在地上痛哭起来。原来那个奇丑无比、弯腰驼背的怪物就是他自己。他正是那个怪物，所有的小孩嘲笑的也是他，那位他原以为爱他的小公主——她也只不过是在嘲笑他的丑态，拿他的拐腿寻开心罢了。他们为什么要把他带出树林？林子里没有镜子告诉他，他是多么的丑陋。为什么他的父亲不杀死他，却要出卖他的丑相呢？热泪从他的脸颊上滚滚而下，他把白玫瑰扯了个粉碎。那个趴在地上的怪物也照他的样子做了，还把花瓣撒在空中。它在地上爬着，他朝它看着，它也用皱着眉头的苦脸望着他。他朝一边爬去，不愿再看见它，并用双手捂住自己的眼睛。他像一只受了伤的动物，向阴暗处爬去，并躺在那儿呻吟起来。

正在这时小公主带着她的小伙伴们从开着的落地窗中走了进来，当他们看见丑陋的小矮人躺在地上，用紧握的拳头捶打地板的时候，他们忍不住为他那极其滑稽夸张的举动哈哈大笑起来，并围着他观赏起来。

"他的舞蹈很有趣的，"小公主说，"而他的演技更加滑稽。的确他差不多跟木偶人一样的好，只是还不够自然而已。"说完她扇起了大扇子，高兴地拍手叫好。

可是小矮人再也没有抬起头来，他的哭泣声越来越弱了，突然他发出一声奇怪的喘息，并在身上抓起来。然后他又倒了下去，一动不动地倒下了。

"这可真精彩，"小公主说，又过了一阵子；"不过现在你必须为我们跳舞了。"

可是小矮人却一声未答。

小公主跺了跺脚,叫起了她的叔父。她叔父此时正和宫廷大臣一起在阳台上散步,读着刚从墨西哥送来的公文,宗教裁判所最近在墨西哥成立了。"我的这个有趣的小矮人生气了,"她大声嚷道,"你一定要把他叫醒,让他为我跳舞。"

他们两人相互笑了笑,慢慢地走了进来。唐·彼德罗弯下腰去,用他那绣花的手套打着小矮人的脸,说道:"你必须得跳舞,小怪物,你一定得跳。西班牙及西印度群岛的小公主要开心快乐才对。"

可是小矮人却一动也不动。

"应该叫个执鞭人来打他一顿,"唐·彼德罗愤愤地说,接着他又回到了阳台上去。不过宫廷大臣却是一副庄重的表情,他跪在小矮人的身旁,把手按在小矮人的胸口上。过了一会儿,他耸了耸肩膀,站起身来,向小公主鞠了个躬,并说道:"我美丽的小公主,您那位滑稽的小矮人再也不能够跳舞了。真遗憾,他长得这么丑,一定会使国王不开心的。"

"可是他为什么不再跳舞了呢?"小公主笑着问道。

"因为他的心碎了,"宫廷大臣说。

公主皱皱眉头,她那可爱的玫瑰叶嘴唇傲气地朝上撅了一下。"那么以后让那些来陪我玩的人都不带心才行,"她大声说,然后就跑进花园里去了。

(王尔德)

夜莺与玫瑰

"她说过只要我送给她一些红玫瑰，她就愿意与我跳舞，"一位年轻的学生大声说道，"可是在我的花园里，连一朵红玫瑰也没有。"

这番话让在圣栎树上的夜莺听见了，她从绿叶丛中探出头来，四处张望着。

"我的花园里哪儿都找不到红玫瑰，"他哭着说，一双美丽的眼睛充满了泪水。"唉，难道幸福竟依赖于这么一个小东西！我读过智者们写的所有文章，知识的一切奥秘也都装在我的头脑中，然而就因缺少一朵红玫瑰我却要过痛苦的生活。"

"这儿总算有一位真正的恋人了，"夜莺对自己说，"虽然我不认识他，但我会每夜每夜地为他歌唱，我还会每夜每夜地把他的故事讲给星星听。现在我总算看见他了，他的头发黑得像风信子花，他的嘴唇就像他想要的玫瑰那样红；但是感情的折磨使他脸色苍白如象牙，忧伤的印迹也爬上了他的眉梢。"

"王子明天晚上要开舞会，"年轻学生喃喃自语地说，"我所爱的人将要前往。假如我送她一朵红玫瑰，她就会同我跳舞到天明；假如我送她一朵红玫瑰，我就能搂着她的腰，她也会把头靠在我的肩上，她的手将捏在我的手心里。可是我的花园里却没有红玫瑰，我只能孤零零地坐在那边，看着她从身旁经过。她不会注意到我，我

49

的心会碎的。"

"这的确是位真正的恋人，"夜莺说，"我所为之歌唱的正是他遭受的痛苦，我所为之快乐的东西，对他却是痛苦。爱情真是一件奇妙无比的事情，它比绿宝石更珍贵，比猫眼石更稀奇。用珍珠和石榴都换不来，是市场上买不到的，是从商人那儿购不来的，更无法用黄金来称出它的重量。"

"乐师们会坐在他们的廊厅中，"年轻的学生说，"弹奏起他们的弦乐器。我心爱的人将在竖琴和小提琴的音乐声中翩翩起舞。她跳得那么轻松欢快，连脚跟都不蹭地板似的。那些身着华丽服装的臣仆们将她围在中间。然而她就是不会同我跳舞，因为我没有红色的玫瑰献给她。"于是他扑倒在草地上，双手捂着脸放声痛哭起来。

"他为什么哭呢？"一条绿色的小蜥蜴高高地翘起尾巴从他身旁跑过时，这样问道。

"是啊，到底为什么？"一只蝴蝶说，她正追着一缕阳光在跳舞。

"是啊，到底为什么？"一朵雏菊用低缓的声音对自己的邻居轻声说道。

"他为一朵红玫瑰而哭泣。"夜莺告诉大家。

"为了一朵红玫瑰？"他们叫了起来。

"真是好笑！"小蜥蜴说，他是个爱嘲讽别人的人，忍不住笑了起来。

可只有夜莺了解学生忧伤的原因，她默默无声地坐在橡树上，想象着爱情的神秘莫测。

突然她伸开自己棕色的翅膀，朝空中飞去。她像个影子似的飞过了小树林，又像个影子似的飞越了花园。

在一块草地的中央长着一棵美丽的玫瑰树，她看见那棵树后就朝它飞过去，落在一根小枝上。

"给我一朵红玫瑰，"她高声喊道，"我会为你唱我最甜美的歌。"

可是树儿摇了摇头。

"我的玫瑰是白色的，"它回答说，"白得就像大海的浪花沫，白得超过山顶上的积雪。但你可以去找我那长在古日晷器旁的兄弟，或许他能满足你的需要。"

于是夜莺就朝那棵生长在古日晷器旁的玫瑰树飞去了。

"我的玫瑰是黄色的，"它回答说，"黄得就像坐在琥珀宝座上的美人鱼的头发，黄得超过拿着镰刀的割草人来之前在草地上盛开的水仙花。但你可以去找我那长在学生窗下的兄弟，或许他能满足你的需要。"

于是夜莺就朝那棵生长在学生窗下的玫瑰树飞去了。

"给我一朵红玫瑰，"她大声说，"我会为你唱最甜美的歌。"

可是树儿摇了摇头。

"我的玫瑰是红色的，"它回答说，"红得就像鸽子的脚，红得超过在海洋洞穴中飘动的红珊瑚。但是冬天已经冻僵了我的血管，霜雪已经摧残了我的花蕾，风暴已经吹折了我的枝叶，今年我不会再有玫瑰花了。"

"我只要一朵玫瑰花，"夜莺大声叫道，"只要一朵红玫瑰！难道就没有办法让我得到它吗？"

"有一个办法，"树回答说，"但就是太可怕了，我都不敢对你说。"

"告诉我，"夜莺说，"我不怕。"

"如果你想要一朵红玫瑰，"树儿说，"你就必须借助月光用音乐来造出它，并且要用你胸中的鲜血来染红它。你一定要用你的胸膛顶住我的一根刺来唱歌。你要为我唱上整整一夜，那根刺一定要穿透你的胸膛，你的鲜血一定要流进我的血管，并变成我的血。"

"拿死亡来换一朵玫瑰，这代价实在很高，"夜莺大声叫道，"生命对每一个人来说都是非常宝贵的。坐在绿树上看太阳驾驶着她的金马车，看月亮开着她的珍珠马车，是一件愉快的事情。山楂散发出香味，躲藏在山谷中的风铃草以及盛开在山头的石楠花也是香的。然而爱情胜过生命，再说鸟的心怎么比得过人的心呢？"

于是她便张开自己棕色的翅膀朝天空中飞去了。她像影子似地飞过花园，又像影子似地穿越了小树林。

年轻的学生仍躺在草地上，跟她离开时的情景一样，他那双美丽的眼睛还挂着泪水。

"快乐起来吧，"夜莺大声说，"快乐起来吧，你就要得到你的红玫瑰了。我要在月光下把它用音乐造成，献出我胸膛中的鲜血把它染红。我要求你报答我的只有一件事，就是你要做一个真正的恋人，因为尽管哲学很聪明，然而爱情比她更聪明；尽管权力很伟大，可是爱情比他更伟大。火焰映红了爱情的翅膀，使他的身躯像火焰一样火红。他的嘴唇像蜜一样甜；他的气息跟乳香一样芬芳。"

学生从草地上抬头仰望着，并侧耳倾听，但是他不懂夜莺在对他讲什么，因为他只知道那些写在书本上的东西。

可是橡树心里是明白的，他感到很难受，因为他十分喜爱这只在自己树枝上做巢的小夜莺。

"给我唱最后一支歌吧，"他轻声说，"你这一走我会觉得很孤独的。"

于是夜莺给橡树唱起了歌，她的声音就像是银罐子里沸腾的水声。

等她的歌声一停，学生便从草地上站起来，从他的口袋中拿出一个笔记本和一支铅笔。

"她的样子真好看，"他对自己说，说着就穿过小树林走开了——"这是不能否认的；但是她有情感吗？我想她恐怕没有。事实上，她像大多数艺术家一样，只讲究形式，没有任何诚意。她不会为别人做出牺牲的。她只想着音乐，人人都知道艺术是自私的。不过我不得不承认她的歌声中也有些美丽的调子。只可惜它们没有一点意义，也没有任何实际的好处。"他走进屋子，躺在自己那张简陋的小床上，想起他那心爱的人儿，不一会儿就进入了梦乡。

等到月亮挂上了天际的时候，夜莺就朝玫瑰树飞去，用自己的胸膛顶住花刺。她用胸膛顶着刺整整唱了一夜，就连冰凉如水晶的明月也俯下身来倾听。整整一夜她唱个不停，刺在她的胸口上越刺越深，她身上的鲜血也快要流光了。

她开始唱起少男少女心中萌发的爱情。在玫瑰树最高的枝头上开放出一朵异常的玫瑰，歌儿唱了一首又一首，花瓣也一片片地开放了。起初，花儿是乳白色的，如同一朵在水池里照出的玫瑰花影。

然而这时树大声叫夜莺把刺顶得更紧一些。"顶紧些，小夜莺，"树大叫着，"不然玫瑰的颜色还没有变完天就要亮了。"

于是夜莺把刺顶得更紧了，她的歌声也越来越响亮了，因为她歌唱着一对成年男女心中诞生的激情。

一层淡淡的红晕爬上了玫瑰花瓣，就跟新郎亲吻新娘时脸上泛起的红晕一样。但是花刺还没有达到夜莺的心脏，所以玫瑰的心还是白色的，因为只有夜莺心里的血才能染红玫瑰的花心。

这时树又大声叫夜莺顶得更紧些，"再紧些，小夜莺，"树儿高声喊着，"不然，玫瑰的颜色还没有变完天就要亮了。"

于是夜莺就把玫瑰刺顶得更紧了，刺着了自己的心脏，一阵剧烈的疼痛袭遍了她的全身。痛得越来越厉害，歌声也越来越激烈，因为她歌唱着由死亡完成的爱情，歌唱着在坟墓中也不朽的爱情。

最后这朵非凡的玫瑰变成了深红色，就像东方天际的红霞，花瓣的外环是深红色的，花心更红得好似一块红宝石。

不过夜莺的歌声却越来越弱了，她的一双小翅膀开始扑打起来，一层雾膜爬上了她的双目。她的歌声变得更弱了，她觉得喉咙给什么东西堵住了。

这时她唱出了最后一曲。明月听着歌声，竟然忘记了黎明，只顾在天空中徘徊。红玫瑰听到歌声，更是欣喜若狂，张开了所有的花瓣去迎接凉凉的晨风。回声把歌声带回自己山中的紫色洞穴中，把酣睡的牧童从梦乡中唤醒。歌声飘越过河中的芦苇，芦苇又把声音传给了大海。

"快看，快看！"树叫了起来，"玫瑰已长好了。"可是夜莺没有回答，因为她已经躺在草丛中死去了，心口上还扎着那根刺。

中午时分，学生打开窗户朝外看去。

"啊，多好的运气呀！"他大声嚷道，"这儿竟有一朵红玫瑰！这样的玫瑰我一生也不曾见过。它太美了，我敢说它有一个好长的拉丁名字。"他俯下身去把它摘了下来。

随即他戴上帽子，拿起玫瑰，朝教授的家跑去。

教授的女儿正坐在门口，在纺车上纺着蓝色的丝线，她的小狗躺在她的脚旁。

"你说过只要我送你一朵红玫瑰，你就会同我跳舞，"学生高声说道，"这是全世界最红的一朵玫瑰。你今晚就把它戴在你的胸口上，我们一起跳舞的时候，它会告诉你我是多么爱你。"

　　然而少女却皱起了眉头。

　　"我担心它与我的衣服不相配，"她回答说，"再说，宫廷大臣的侄儿已经送给我一些珍贵的珠宝，人人都知道珠宝比花更加值钱。"

　　"噢，我要说，你是个忘恩负义的人，"学生愤怒地说。一下把玫瑰扔到了大街上，一辆马车从它身上碾了过去。

　　"忘恩负义？"少女说，"我告诉你吧，你太无礼；再说，你是什么？只是个学生。啊，我敢说你不会像宫廷大臣侄儿那样，鞋上钉有银扣子。"说完她就从椅子上站起来朝屋里走去。

　　"爱情是多么愚昧啊！"学生一边走一边说，"它不及逻辑一半管用，因为它什么都证明不了，而它总是告诉人们一些不会发生的事，并且还让人相信一些不真实的事。说实话，它一点也不实用，在那个年代，一切都要讲实际。我要回到哲学中去，去学形而上学的东西。"

　　于是他便回到自己的屋子里，拿出满是尘土的大书，读了起来。

　　　　　　　　　　　　　　　　　　　　　　　（王尔德）

忠实的朋友

一天早晨，老河鼠从自己的洞中探出头来。他长着明亮的小眼睛和坚硬的灰色胡须，尾巴长得像一条长长的黑色橡胶。小鸭子们在池塘里游着水，看上去就像是一大群金丝雀。他们的母亲浑身纯白如雪，一对红色的腿，正尽力教他们如何头朝下在水中倒立。

"除非你们学会倒立，否则你们永远不会进入上流社会。"她老爱这么对小鸭子们说，并不停地做给他们看。但是她的话并没有引起小鸭子们的重视。他们太年轻了，一点也不知道上流社会有什么好。

"多么顽皮的孩子呀！"老河鼠高声喊道，"他们真该被淹死。"

"不是那么回事，"鸭妈妈回答说，"万事开头难嘛，对谁都是一样，做父母的要多一点耐心。"

"啊！我完全不了解做父母的情感，"河鼠说，"我不是个有家室的人。其实，我从未结过婚，也不打算结婚。爱情本身倒是挺好的，但友情比它的价值更高。说实在的，我不知道在这世上还有什么比忠实的友谊更崇高和更珍贵的了。"

"那么，请问，你认为一个忠实的朋友的责任是什么呢？"一只绿色的梅花雀开口问道，此时他正坐在旁边一枝柳树上，偷听到他们的谈话。

"是啊，这正是我想知道的，"鸭妈妈说。接着她就游到了池塘的另一头，头朝下倒立起来，为的是给孩子们做一个好榜样。

"这问题问得多傻！"河鼠大声说，"当然，我肯定我忠实的朋友对我是忠实的。"

"那么你又怎样报答呢？"小鸟说着，并扑打着他的小翅膀，跳上了一根银色的枝头。

"我不明白你的意思，"河鼠回答说。

"那就让我给你讲一个这方面的故事吧，"梅花雀说。

"这故事和我有关吗？"河鼠问道，"如果是这样的话，我很愿意听，因为我特别喜欢听故事。"

"它也适合你，"梅花雀回答说。他飞了下来，站立在河岸边，讲述起那个《忠实的朋友》的故事。

"很久很久以前，"梅花雀说，"有一个诚实的小伙子名叫汉斯。"

"他是非常出色的吗？"河鼠问道。

"不，"梅花雀答道，"我认为他一点也不出色，只是心肠好罢了，还长着一张滑稽而友善的圆脸。他独自一人住在茅草屋里，每天都在自己的花园里干活。整个乡下没有谁家的花园像他的花园那样可爱。里面长着美国石竹，还有紫罗兰，以及法国的松雪草。有粉红色的玫瑰、金黄色的玫瑰，还有番红花，紫罗兰有金色的、紫色的和白色的。随着季节的更迭，耧斗菜和碎米荠，牛膝草和野兰香，莲香花和鸢尾草，水仙和丁香都争相开放。一种花刚谢了，另一种便开放，花园中一直都有美丽的花朵供人观赏，始终都有怡人的芳香可闻。

"小汉斯有许多朋友，但是最忠实的朋友只有磨坊主大休。的确，有钱的磨坊主对小汉斯是非常忠实的，每次他从小汉斯的花园经过时总要从围墙上俯过身去摘上一大束鲜花，或者摘上一把香草。

遇到有果实的季节，他就会往口袋里装满李子和樱桃。

"磨坊主时常对小汉斯说，'真正的朋友应该共享一切。'小汉斯微笑着点点头，他为自己有一位高尚的朋友而深感骄傲。

"的确，有时候邻居们也感到奇怪，有钱的磨坊主从来没有给过小汉斯任何东西作为回报，尽管他在自己的磨坊里存放了一百袋面粉，还有六头奶牛和一大群绵羊。不过，小汉斯从没有想过这些事，再说经常听磨坊主对他谈起那些不自私的真正友谊的美妙故事，对小汉斯来说，没有比听到这些更让他高兴的了。

"就这样小汉斯一直在花园中干着活。在春、夏、秋三季里，他都很快乐，可是冬天一到，他没有水果和鲜花拿到市场上去卖，就要过饥寒交迫的日子，还常常吃不上晚饭，只吃点干梨和核桃就上床睡觉了。在冬天的日子里，他觉得特别的孤单，因为这时磨坊主从来不会去看望他的。

"磨坊主常常对自己的妻子说，'只要雪还没融化，就没有必要去看小汉斯，因为人在困难的时候，就应该让他们独处，不要让外人去打搅他们。这至少是我对友谊的看法，我相信自己是对的，所以我要等到春天到来，那时我会去看望他，他还会送我一大篮樱草，这会使他非常愉快的。'

"'你的确为别人想得很周到，'他的妻子答道。她此刻正安坐在舒适的沙发椅上，旁边燃着一大炉柴火，'的确很周到。你谈论起友谊可真有一套，我敢说就是牧师本人也说不出这么美丽的话语，尽管他能住在三层楼的房子里，小手指头上还戴着金戒指。'

"'不过我们就不能请小汉斯来这里吗？'磨坊主的小儿子说，'如果可怜的汉斯遇到困难的话，我会把我的粥分一半给他，还会把我那些小白兔给他看。'

"'你真是个傻孩子！'磨坊主大声嚷嚷起来，'我真不知道送你上学有什么用处。你好像什么也没有学会。假如小汉斯来这里的话，看见我们暖和的炉火，看见我们丰盛的晚餐，以及大桶的红酒，他可能会妒忌的，而妒忌是一件非常可怕的事情，它会毁了一个人的品性。我当然不愿意把小汉斯的品性给毁了，我是他最要好的朋友，我要一直照顾他，并留心他不受任何诱惑。再说，如果小汉斯来到我家，他也许会要求我赊点面粉给他，这我可办不到。面粉是一件事，友谊又是另一件事，两者不能混为一谈。对呀，这两个词拼写起来差别很大，意思也大不一样。每个人都清楚这一点。'

"'你讲得真好'！磨坊主的妻子说，给自己倒了一大杯温暖的淡啤酒，'我真的感到很困了，就像是坐在教堂里听讲道一样。'

"'很多人都做得不错，'磨坊主回答说，'可说得好的人却寥寥无几，可见在两件事中讲话更难一些，也更加迷人一些。'他用严厉的目光望着桌子另一头的小儿子，小儿子感到很不好意思，低下了头，涨红着脸，泪水也忍不住地掉进了茶杯中。不过，他年纪这么小，你们还是要原谅他。"

"故事就这么完了吗？"河鼠问。

"当然没有，"梅花雀回答说，"这只是个开头。"

"那么你就太落后了，"河鼠说，"当今那些故事高手们都是从结尾讲起，然后到开头，最后才讲到中间。这是新方法。这些话是我那天从一位评论家那儿听来的，当时他正同一位年轻人在池塘边散步。对这个问题他作了好一番高谈阔论，我相信他是正确的，因他戴着一副蓝色的眼镜，头也全秃了，而且只要年轻人一开口讲话，他就总回答说，'呸！'不过，还是请你把故事讲下去吧。我尤其喜欢那个磨坊主。我自己也有各种美丽的情感，所以我与他是同病相怜的。"

"呵，"梅花雀说，他时而用这一只脚跳，时而又用另一只脚跳。

"冬天刚一过去，樱草开始开放它们的浅黄色星花的时候，磨坊主便对他的妻子说，他准备下山去看望一下小汉斯。

　　"'啊，你的心肠真好！'他的妻子大声喊道，'你总是想着别人。别忘了带上装花朵的大篮子。'

　　"于是磨坊主用一根坚实的铁链把风车的翼板固定在一起，随后挎上篮子就下山去了。

　　"'早上好，小汉斯。'磨坊主说。

　　"'早上好。'汉斯回答道，把身体靠在铁铲上，满脸堆着笑容。

　　"'整个冬天你都过得好吗？'磨坊主又开口问道。

　　"'啊，是啊，'汉斯大声说，'蒙你相问，你真是太好了，太好了。我要说我过得是有些困难，不过现在春天已经到了，我好快活呀，我的花都长得很好。'

　　"'这个冬天我们常提起你，'磨坊主说，'还关心你过得怎么样了。'

　　"'太感谢你了，'汉斯说，'我真有点担心你会把我给忘了。'

　　"'汉斯，你说的话让我吃惊，'磨坊主说，'友谊从不会让人忘记，这就是友谊的非凡所在，但是只恐怕你还不懂得生活的诗意。啊，对了，你的樱草长得多可爱呀！'

　　"'它们长得确实可爱，'汉斯说，'我的运气太好了，会有这么多的樱草。我要把它们拿到市场上去卖，卖给市长的女儿，有了钱就去赎回我的小推车。'

　　"'赎回你的小推车？你的意思是说你卖掉了它？这事你做得有多么傻呀！'

　　"'噢，事实上，'汉斯说，'我不得不那样做。你知道冬天对我来说是困难时期，我没有一个钱买面包。所以我先是卖掉礼拜天穿的制服上的银纽扣，然后又卖掉银链子，接着卖掉了我的大烟斗，最后才卖掉了我的小推车。不过，我现在要把它们都再买回来。'

"'汉斯,'磨坊主说,'我愿意把我的小推车送给你。它还没有完全修好,其实,它的一边已掉了,轮子也有些毛病,但不管怎么说,我还是要把它送给你。我知道我这个人非常慷慨,而且很多人会认为我送掉小车是很愚蠢的举动,但是我是与众不同的人。我认为慷慨是友谊的核心。再说,我还给自己弄了一辆新的小推车。好了,你就放宽心吧,我要把我的小推车给你的。'

"'啊,你太慷慨了,'小汉斯说着,那张滑稽有趣的圆脸上洋溢着喜色,'我会毫不费力地把它修好,因为我屋里就有一块木板。'

"'一块木板!'磨坊主说,'对了,我正好想找一块木板来修补我的仓顶。仓顶上有一个大洞,如果我不堵住它,麦子就会被淋湿。多亏你提到这事:一件好事总会引出另一件好事,这真是不可思议。我既然把我的小推车给了你,现在你要把木板给我了。其实,小车比木板要值钱得多,不过真正的友谊从来不会在意的。请快把木板拿来,我今天就动手去修我的仓房。'

"'我马上去。'小汉斯大声说着,随即跑进他的小屋,把木板拖了出来。

"'这木板不太大,'磨坊主望着木板说,'恐怕等我修完仓顶后就剩不下给你修补小推车的了,不过这可不是我的错。而且现在我既然把我的小推车给了你,我相信你一定乐意给我一些花作回报。给你篮子,注意请给我的篮子装满了。'

"'要装满吗?'小汉斯问着,脸上显得很不安,因为这可真是一个大篮子,他心里明白,要是把这只篮子装满的话,他就不会有鲜花剩下来拿到集市上去卖了,再说他又非常想把银纽扣赎回来。

"'噢,对了,'磨坊主回答说,'既然我已经把自己的小推车给了你,我觉得向你要一些花也算不了什么。也许我是错了,但是我认为友谊、真正的友谊,是不会夹带任何私心的。'

"'我亲爱的朋友，我最好的朋友，'小汉斯喊了起来，'我这花园里所有的花都供你享用。我宁愿早一点听到你的美言，至于银纽扣哪一天去赎都可以。'说完他就跑去把花园里所有的美丽樱草都摘了下来，装满了磨坊主的篮子。

"'再见了，小汉斯，'磨坊主说。他肩上扛着木板，手里提着大篮子朝山上走去了。

"'再见，'小汉斯说，然后他又开始高高兴兴地挖起土来，那辆小推车使他兴奋不已。

"第二天，小汉斯正忙着干活，忽然听见磨坊主在马路上喊叫他的声音。他一下子从梯子上跳下来，跑到花园里，朝墙外望去。

"只见磨坊主扛着一大袋面粉站在外面。

"'亲爱的小汉斯，'磨坊主说，'你愿意帮我把这袋面粉背到集市上去吗？'

"'实在对不起，'汉斯说，'我今天真的太忙了。我要把所有的藤子全钉好，还得把所有的花浇上水，所有的草都剪平。'

"'啊，不错，'磨坊主说，'我想是的。可你要考虑我将把我的小推车送给你，你要是拒绝我就太不够朋友了。'

"'啊，不要这么说，'小汉斯大声叫道，'无论如何我也不会对不起朋友的。'他跑进小屋去取帽子，然后扛上那大袋面粉，步履艰难地朝集市走去。

"这一天天气炎热，路上尘土飞扬，汉斯走了还不到六英里，就累得不行了，只好坐下来歇歇脚。不过，他又继续勇敢地上路了，最后终于到达了集市。在那儿他没有等多长时间，就把那袋面粉卖掉了，还卖了个好价钱。他立即动身回家，因为他担心在集市上呆得太晚，回去的路上可能会遇上强盗。

"'今天的确太辛苦了，'小汉斯上床睡觉时这样对自己说，'不

过我很高兴没有拒绝磨坊主，因为他是我最好的朋友，再说，他还要把他的小推车送给我.'

"第二天一大早，磨坊主就下山来取他那袋面粉的钱，可是小汉斯太累了，这时还躺在床上睡觉呢。

"'我得说,'磨坊主说,'你实在是太懒了。想一想我就要把我的小推车送给你，你本该工作得更勤奋才对。懒惰是一件大罪，我当然不喜欢我的朋友是个懒汉了。你当然不会怪我直言，假如我不是你的朋友，我自然也不会这么做的。但是如果人们不能坦诚地说出自己的心里话，那么友谊还有什么意思可言。任何人都可以说漂亮话、可以取悦人，也可以讨好人，然而真正的朋友才总是说逆耳的话，而且不怕给人找苦头吃。的确，只要一位真正的忠实的朋友乐意这么做的话，那么原因就在于他知道他正在做好事.'

"'很对不起,'小汉斯一面说，一面揉着自己的眼睛，脱下了他的睡帽,'不过我真是太累了，我想的只是再睡一小会儿，听听鸟儿的歌声。你知道吗，每当我听过鸟儿的歌声我就会干得更起劲的!'

"'好，这让我很高兴,'磨坊主拍拍小汉斯的肩膀说,'我只想让你穿好衣服立即到我的磨房来，给我修补一下仓房顶.'

"可怜的小汉斯当时很想到自己的花园里去干活，因为他的花草已有两天没浇过水了，可他又不想拒绝磨坊主，磨坊主是他的好朋友哇。

"'如果我说我很忙，你会认为我不够朋友吗?'他又害羞又担心地问道。

"'噢，说实在的,'磨坊主回答说,'我觉得我对你的要求并不过分，你想我就要把我的小推车给你，不过当然如果你不想干，我就回去自己动手干.'

"'啊! 那怎么行,'小汉斯嚷着说。他从床上跳下来，穿上衣服，往仓房去了。

"他在那儿干了整整一天，直到夕阳西下，日落时分磨坊主来看他干得怎么样了。

"'小汉斯，你把仓顶上的洞补好了吗？'磨坊主乐不可支地高声问道。

"'全补好了，'小汉斯说着，从梯子上爬了下来。

"'啊！'磨坊主说，'没有什么比替别人干活更让人快乐的了。'

"'听你说话真是莫大的荣幸，'小汉斯坐下来，一边擦去前额的汗水，一边回答说，'莫大的荣幸，不过我担心我永远也不会有你这么美好的想法。'

"'啊！你也会有的，'磨坊主说，'不过你必须得更努力些才行。现在你仅仅完成了友谊的实践，今后有一天你也会具备理论的。'

"'你真的认为我会吗？'小汉斯问。

"'我对此毫不怀疑，'磨坊主回答说，'不过既然你已经修补好了仓顶，你最好还是回去休息，因为我明天还要你帮我赶山羊到山上去。'

"'可怜的小汉斯对这件事什么也不敢说，第二天一大早磨坊主就赶着他的羊群来到了小屋旁，汉斯便赶着它们上山去了。他花了整整一天工夫才走了一个来回。回到家时他已经累坏了，就坐在椅子上睡着了，一觉醒来已经是大天亮了。

"'今天能呆在自己的花园里我会是多么快乐呀。'说着，他就马上去干活了。

"然而他永远也不能够全身心地去照料好自己的花，因为他的朋友磨坊主老是不停地跑来给他派些差事，或叫他到磨坊去帮忙。有时小汉斯也很苦恼，他担心自己的花会认为他已经把它们给忘了，但是他却用磨坊主是自己最好的朋友这种想法来安慰自己。'再

说，'他经常对自己说，'他还要把自己的小推车送给我，那是真正慷慨大方的举动。'

　　"就这样小汉斯不停地为磨坊主干事，而磨坊主也讲了各种各样关于友谊的美妙语句，汉斯把这些话都记在笔记本上，晚上经常拿出来阅读，因为他还是个爱读书的人。

　　"有一天晚上，小汉斯正坐在炉旁烤火，忽然传来了响亮的敲门声。这是个气候恶劣的夜晚，风一个劲地在小屋周围狂吹、怒吼。起初他还以为听到的只是风暴声呢，可是又传来了第二次敲门声，接着是第三次，而且比前两次更响亮。

　　"'这是个可怜的行路人，'小汉斯对自己说，而且朝门口跑去。

　　"原来门口站着的是磨坊主，他一只手里提着一个马灯，另一只手中拿着一根大拐杖。

　　"'亲爱的小汉斯，'磨坊主大声叫道，'我遇到大麻烦了。我的小儿子从梯子上掉下来了，受了伤，我准备去请医生。可是医生住的地方太远，今晚的天气又如此恶劣，我刚才突然觉得要是你替我去请医生，会好得多。你知道我将要把我的小推车送给你，所以你应该为我做些事来作为回报，才算是公平的。'

　　"'当然罗，'小汉斯大声说道，'我觉得你能来找我是我的荣幸，我这就动身。不过你得把马灯借给我，今夜太黑了，我担心自己跌到水沟里去。'

　　"'很对不起，'磨坊主回答说，'这可是我的新马灯，如果它出了什么毛病，那对我的损失可就大了。'

　　"'噢，没关系，我不用它也行。'小汉斯高声说，他取下自己的皮大衣和暖和的红礼帽，又在自己的脖子上围上一条围巾，就动身了。

　　"那可真是个可怕的风暴之夜，黑得伸手不见五指，小汉斯什么也看不见。风刮得很猛，他连站都站不稳。不过，小汉斯非常勇敢，他走了大约三个钟头，来到了医生的屋前，敲响了门。

"'是谁呀？'医生从卧室里伸出头来大声问道。

"'医生，我是小汉斯。'

"'什么事，小汉斯。'

"'磨坊主的儿子从梯子上跌下来摔伤了，磨坊主请你马上去。'

"'好的！'医生说，并且叫人去备马。他取来大靴子，提上马灯，从楼上走了下来，骑上马朝磨坊主的家奔去，而小汉斯却步履蹒跚地跟在后头。

"然而风暴却越来越大，雨下得像河流一样，小汉斯看不清他面前的路面，也赶不上马了。最后他迷了路，在一片沼泽地上徘徊着。这是一块非常危险的地方，到处有深深的水坑，可怜的小汉斯就在那里给淹死了。第二天几位牧羊人发现了他的尸体，漂浮在一个大池塘的水面上。这几位牧羊人把尸体抬回到他的小屋中。小汉斯下葬的时候，街坊都去了，因为他平时很得人心。磨坊主是哀悼仪式的主持人。

"'既然我是他最好的朋友，'磨坊主说，'那么就应该让我站最好的位置。'所以他穿一身黑色的长袍走在送葬队伍的最前边，还时不时地用一块大手帕抹着眼泪。

"'小汉斯的死的确对每一个人都是个大损失，'铁匠开口说。这时葬礼已经结束，大家都舒适地坐在小酒店里，喝着香料酒，吃着甜点心。

"'无论如何对我是个大损失，'磨坊主回答说，'对了，我都快把我的小推车送给他了，现在我真不知怎么处理它了。放在我家里很碍事，它已经破烂不堪，就是卖也卖不掉。我今后一定当心不再把任何东西送人。大方总让人吃亏。'"

"后来呢?"过了好一会儿河鼠说。

"什么,我讲完了,"梅花雀说。

"可是磨坊主后来又怎样了呢?"河鼠问道。

"噢!我真的不清楚,"梅花雀回答说,"我觉得我不关心这个。"

"很显然你的本性中没有同情的成分,"河鼠说。

"我恐怕你还没有弄明白这故事中的教益,"梅花雀反驳说。

"什么?"河鼠大声问道。

"教益。"

"你的意思是说这故事里还有一个教益?"

"当然了。"梅花雀说。

"噢,说真的,"河鼠气呼呼地说,"我认为你在讲故事之前就该告诉我那个。如果你那样做了,我肯定不会听你的了。其实,我该像批评家那样说一声'呸!'不过,我现在还可以这么说。"于是他就大喊了一声"呸!",并挥舞了一下自己的尾巴,回到山洞中去了。

"你觉得河鼠怎么样?"过了好几分钟母鸭拍打着水走上岸来,开口问道,"他也有不少优点,不过就我而言,我有一个母亲的情怀,只要看见那些铁了心不结婚的单身汉总忍不住要掉下眼泪来。"

"我担心我把他给得罪了,"梅花雀回答说,"因为我给他讲了一个带教益的故事。"

"啊,这倒常常是一件很危险的事,"母鸭说。

我完全同意她的话。

(王尔德)

67

野天鹅

　　当我们的冬天到来的时候，燕子就向一个遥远的地方飞去。在那遥远的地方住着一个国王。他有十一个儿子和一个女儿艾丽莎。这十一个弟兄都是王子。他们上学校的时候，胸前佩戴着心形的徽章，身边挂着宝剑。他们用钻石笔在金板上写字。他们能够把书从头背到尾，从尾背到头。人们一听就知道他们是王子。他们的妹妹艾丽莎坐在一个镜子做的小凳上。她有一本画册，那需要半个王国的代价才能买到。

　　啊，这些孩子是非常幸福的，然而他们并不是永远这样。

　　他们的母亲去世后，父亲又娶了一个恶毒的巫婆做王后。她对这些可怜的孩子非常不好。他们在继母进门的第一天就已经看得出来：那天整个宫殿里在举行盛大的庆祝宴会，孩子们都在做招待客人的游戏。可是他们却没有得到那些多余的点心和烤苹果吃，她只给他们一茶杯的沙子；而且对他们说，这就算是好吃的东西。

　　一个星期以后，她把艾丽莎送到一个乡下农人家里去寄住。过了不久，她在国王面前说了许多关于那些可怜的王子的坏话，弄得国王再也不愿意理他们了。

　　"你们飞到野外去吧，你们自己去谋生吧，"恶毒的王后对王子们说，"你们像那些没有声音的巨鸟一样飞走吧。"可是她想做的坏事情并没有完全实现。他们变成了十一只美丽的野天鹅。他们发出了一阵奇异的叫声，便从宫殿的窗子飞出去了，远远地飞过公园，飞向森林里去了。

他们的妹妹还没有起来，正睡在农人的屋子里面。当他们在这儿经过的时候，天还没有亮。他们在屋顶上盘旋着，拍着翅膀。可是谁也没有听到或看到他们。他们得继续向前飞，高高地飞进云层，远远地飞向茫茫的世界。他们一直飞进伸向海岸的一个大黑森林里去。

可怜的小艾丽莎呆在农人的屋子里，玩着一片绿叶，因为她没有别的玩具。她在叶子上穿了一个小洞，通过这个小洞她可以朝着太阳望，这时她似乎看到了她哥哥们明亮的眼睛。每当太阳照在她脸上的时候，她就想起哥哥们给她的吻。

日子一天一天地过去了。风儿吹过屋外玫瑰花组成的篱笆，对这些玫瑰花儿低声说："还有谁比你们更美丽呢？"

玫瑰花回答说："还有艾丽莎！"

星期天，当老农妇在门里坐着、正在读《圣诗集》的时候，风儿就吹起书页，对这书说："还有谁比你更好呢？"

《圣诗集》就说："还有艾丽莎！"

玫瑰花和《圣诗集》所说的话都是真理。

当艾丽莎到了15岁的时候，她得回家去。王后一眼看到她那样美丽，心中不禁恼怒起来，充满了憎恨。王后很想把她变成一只野天鹅，像她的哥哥们一样，但是王后还不敢马上这样做，因为国王想要看看自己的女儿。

一天大清早，王后走到浴室里去。浴室是用白色大理石砌的，里面陈设着柔软的坐垫和最华丽的地毡。她拿起三只癞蛤蟆，把每只都吻了一下，对第一只说："当艾丽莎走进浴池的时候，你就坐在她的头发上，好使她变得像你一样呆笨。"她对第二只说："请你坐在她的前额上，好使她变得像你一样丑恶，叫她的父亲认不出来她。"她对第三只低声地说："请你躺在她的胸口上，好使她有一颗罪恶的心，叫她因此而感到痛苦。"

王后把这几只癞蛤蟆放进清水里，它们马上就变成了绿色。王后把艾丽莎喊进来，替她脱了衣服，叫她走进水里。当她一跳进水里去的时候，头一只癞蛤蟆就坐到她的头发上，第二只就坐到她的前额上，第三只就坐到她的胸口上。可是艾丽莎一点也没有注意到这些事儿。当她一站起来的时候，水上漂浮了三朵罂粟花。如果这几只动物不是有毒的话，如果它们没有被这巫婆吻过的话，它们就会变成几朵红色的玫瑰。但是无论怎样，它们都得变成花，因为它们在她的头上和心上躺过。她是太善良、太天真了，魔力没有办法在她身上发生效力。

当这恶毒的王后看到这情景时，就把艾丽莎全身都擦了核桃汁，使这女孩子变得棕黑。她又在这女孩子美丽的脸上涂上一层发臭的油膏，并且使她漂亮的头发乱糟糟地揉做一团。美丽的艾丽莎，现在谁也没有办法认出来了。

当她的父亲看到她的时候，不禁大吃一惊，说这不是他的女儿。除了看家狗和燕子以外，谁也不认识她了。但是他们都是可怜的动物，什么话也说不出来。

可怜的艾丽莎哭起来了。她想起了她的十一个哥哥。她悲哀地偷偷地走出宫殿，在田野和沼泽地上走了一整天，一直走到一个大黑森林里去。她不知道自己要到什么地方去，只是觉得非常悲哀。她想念她的哥哥们：他们一定也会像自己一样，被赶进这个茫茫的世界里来了。她得寻找他们，找到他们。

她到这个森林不久，夜幕就降临了。她迷失了方向，就在柔软的青苔上躺了下来。她做完了晚祷以后，就把头枕在一个树根上休息。周围非常寂静，空气是温和的；在花丛中，在青苔里，闪着无数萤火虫的亮光，像绿色的火星一样。当她把第一根树枝轻轻地用手摇动一下的时候，这些闪着亮光的小虫就向她身上聚来，像落下来的星星。

她一整夜梦着她的几个哥哥：他们又是在一起玩耍的一群孩子了，他们用钻石笔在金板上写着字，读着那价值半个王国的、美丽的画册。不过，跟往时不一样，他们在金板上写的，是他们做过的一些勇敢的事迹——他们亲身体验过和看过的事迹。于是那本画册里面的一切东西也都有了生命——鸟儿在唱，人从画册里走出来，跟艾丽莎和她的哥哥们谈着话。不过，当她一翻开书页的时候，他们马上就又跳进去了，为的是怕把图画的位置弄混乱了。

　　当她醒来的时候，太阳已经升得很高了。事实上她看不见它，因为高大的树儿展开浓密的枝叶。不过太阳光在那上面摇晃着，像一朵金子做的花。这些青枝绿叶散发出一阵香气，鸟儿几乎要落到她的肩上。她听到了一阵潺潺的水声。这是几股很大的泉水奔向一个湖泊时发出来的。这湖有非常美丽的沙底。它的周围长着一圈浓密的灌木林，不过有一处被一些雄鹿打开了一个很宽的缺口——艾丽莎就从这个缺口向湖水那儿走去。水非常地清凉。假如风儿没有把这些树枝和灌木林吹得摇动起来的话，她就会以为它们是绘在湖底的东西，因为每片叶子，不管被太阳照着的还是深藏在荫处的，全都很清楚地映在湖上。

　　当她一看到自己的面孔的时候，马上就感到非常惊恐：她是那么棕黑和丑陋。不过当她把小手儿打湿了、把眼睛和前额揉了一会以后，她雪白的皮肤就又显露出来了。于是她脱下衣服，走到清凉的水里去：人们在这个世界上再也找不到比她更美丽的公主了。

　　当她重新穿好衣服、扎好了长头发以后，就走到一股奔流的泉水那儿去，用手捧着水喝。随后她继续向森林的深处前进，但是她不知道自己究竟会到什么地方去。她想念亲爱的哥哥们，她想着仁慈的上帝——他决不会遗弃她的。上帝叫野苹果生长出来，使饥饿的人有得吃。他现在就指引她到这样的一株树旁去。它的枝丫全被果子压弯了。她就在这儿吃午饭。她在这些枝子下面安放了一些支柱，然后就朝森林深处走去。

四周那么静寂，她可以听出自己的脚步声，听出她脚下每一片干枯的叶子碎裂的声音。这儿一只鸟儿也看不见，一丝阳光也透不进这些浓密的树枝。那些高大的树干排得那么紧密，当她向前一望的时候，就觉得好像看见一排木栅栏，密密地围在她的四周。啊，她一生都没有体验过这样的孤独！

夜是漆黑的。青苔里连一点萤火虫的亮光都没有。她躺下来睡觉的时候，心情非常沉重。不一会她好像觉得头上的树枝分开了，我们的上帝正在以温柔的眼光凝望着她。许多许多安琪儿，在上帝的头上和臂下偷偷地向下窥看。

当她早晨醒来的时候，她不知道自己是在做梦呢，还是真正看见了这些东西。

她向前走了几步，遇见一个老太婆提着一篮浆果。老太婆给了她几个果子。艾丽莎问老太婆有没有看到十一个王子骑着马儿走过这片森林。

"没有，"老太婆说，"不过昨天我看到十一只戴着金冠的天鹅在附近的河里游过去了。"

她领着艾丽莎向前走了一段路，走上一个山坡。在这山坡的脚下有一条蜿蜒的小河。生长在两岸的树木，把长满绿叶的长树枝伸过去，彼此交叉起来。有些树天生没有办法把枝子伸向对岸；在这种情形下，它们就让树根从土里穿出来，以便伸到水面之上，与它们的枝叶交织在一起。

艾丽莎对这老太婆说了一声再会，然后就沿着河向前走，一直走到这条河流入广阔的大海的那块地方。

现在在这年轻女孩子面前展开来的是美丽的大海，可是海上却见不到一只船。她怎样再向前进呢？她望着海滩上那些数不尽的小石子，海水已经把它们洗圆了；玻璃、铁皮、石块——所有淌到这儿来的东西，都给海水磨出了新的面貌——它们显得比她细嫩的手还要柔和。

水在不倦地流动着，因此坚硬的东西也被它改变成为柔和的东西了。我也应该有这样不倦的精神！多谢您的教训，您——清亮的、流动的水波。我的心告诉我，有一天您会引导我见到我亲爱的哥哥的。

在浪涛上淌来的海草上有十一根白色的天鹅羽毛。她拾起它们，扎成一束。它们上面还带有水滴——究竟这是露珠呢、还是眼泪，谁也说不出来。海滨是孤寂的。但是她一点也不觉得，因为海时时刻刻地在变幻——它在几分钟以内所起的变化，比那些美丽的湖泊在一年中所起的变化还要多。当一大块乌云飘过来的时候，那就好像海在说："我也可以显得很阴暗呢。"随后风也吹起来了，浪也翻起了白花。不过当云块发出了霞光、风儿静下来的时候，海看起来就像一片玫瑰的花瓣：它一会儿变绿，一会儿变白。但是不管它变得怎样地安静，海滨一带还是有轻微的波动。海水这时在轻轻地向上升，像一个睡着了的婴孩的胸脯。

当太阳快要落下来的时候，艾丽莎看见十一只戴着金冠的野天鹅向着陆地飞行。它们一只接着一只地掠过去，看起来像一条长长的白色带子。这时艾丽莎走上山坡，藏到一片灌木的后边去。天鹅们拍着它们白色的大翅膀，徐徐地在她的附近落了下来。

太阳一落，这些天鹅的羽毛就马上脱落了，变成了十一位美貌的王子——艾丽莎的哥哥。她发出一声惊叫。虽然他们已经有了很大的改变，可是她知道这就是他们，一定是他们。所以她倒在他们的怀里，喊出他们的名字。当他们看到、同时认出自己的小妹妹的时候，他们感到非常快乐。她现在长得那么高大，那么美丽。他们一会儿笑、一会儿哭；他们立刻知道了彼此的遭遇，知道了后母对他们是多么不好。

（安徒生）

雪姑娘

从前，有一对老年夫妇相依相伴，日子过得还算安逸富足。唯一遗憾的是，他们没有自己的儿女，总觉得生活中缺少些什么。

一年冬天的一天，外面下起了大雪。老两口闲来无事，站在屋外看孩子们玩耍。孩子们有的滚雪球，有的打雪仗，玩得十分高兴。老公公拣起一个滚过来的雪球，对老伴说："要是我们有一个女儿，像这雪球一样白、一样圆，该有多好啊！"老婆婆瞅（chǒu）了瞅雪球，摇了摇头，叹了口气。

回到屋子后，老公公舍不得将雪球扔掉，便找来一只陶罐，把雪球放在陶罐里，盖上一块布，搁在屋外的窗台上。对老伴的举动，老婆婆既不赞成也不反对。

雪过天晴，太阳出来了，陶罐被晒得暖烘（hōng）烘的，陶罐里的雪球开始融化。突然，老公公和老婆婆听见有声音在叫唤。这声音来自哪里呢？老两口找来找去。他们突然发现，那声音好像是从陶罐里传出来的。老公公揭开陶罐，惊异地发现，陶罐里面躺着一个小姑娘，姑娘像雪球一样白、一样圆。

小姑娘眨着眼睛，调皮地对他们说："我是雪姑娘，用冬天的雪滚成的，被春天的太阳晒暖了，还涂上了胭（yān）脂。"

看到这个小姑娘，老两口别提有多高兴了。老婆婆赶紧找出布料，给雪姑娘缝衣裳，老公公则兴奋地用毛巾把她包了起来，抱在怀里摇晃着，轻轻地哼着童谣。

在老两口的精心呵护下，雪姑娘渐渐长大了，长成了一个既美丽又聪明的女孩。

自从雪姑娘来到家里后，老两口心情愉快，干什么都顺心。看到雪姑娘，家里那条叫朱奇卡的看家狗也十分高兴，经常和雪姑娘一起玩耍。

老两口还养着一些家禽。一年，在这些家禽平平安安地过完了冬天后，老婆婆把家禽从屋里赶出来，移到了畜栏里。当天快黑的时候，林中一只狡猾的狐狸来找朱奇卡。它假装有病，哼哼唧唧，央求朱奇卡让它到畜栏里暖和暖和。朱奇卡同情它，就答应了。可没想到，狐狸一进畜栏，就咬死了两只鸡，还把鸡给拖走了。

老公公十分愤怒，把朱奇卡打了一顿，骂它不配给自己看家，并把它赶出了院子。老婆婆和雪姑娘十分心疼朱奇卡，可老公公正在气头上，她们也不敢上去劝阻。

很快，夏天来临了，林里的浆（jiāng）果成熟了。村子里的女孩们邀雪姑娘一起去采浆果。老公公和老婆婆不放心雪姑娘出去，可雪姑娘嚷着一定要到树林里看看。考虑到雪姑娘成天呆在家里闷得慌，再说也该让她见识见识大自然的美好景色了，后来老公公和老婆婆终于同意了。

雪姑娘和女孩们手挽着手，跑进了树林。看到那些熟透的浆果，她们高兴极了，松开手，在树林里跑着、闹着，发出"啊呜！啊呜！"的声音。

最后，女孩子们各自采到了好多好多的浆果。可返家时，雪姑娘一个人却在树林里迷路了。她哭着寻找同伴，但一个也找不到。她想凭着记忆寻找回家的路，还是没有成功。无奈之下，雪姑娘只好爬到一棵树上，高声喊道："啊呜！啊呜！"

这时，一只熊赶过来了，把干树枝踩得噼啪直响。熊对雪姑娘说："美丽的姑娘，你下来吧，我来送你回家！"雪姑娘回答："我不跟你去，你会把我吃掉的！"见雪姑娘识破了它的诡（guǐ）计，熊只好灰溜溜地走了。

很快，一只大灰狼也跑过来了。它对雪姑娘说："美丽的姑娘，你下来吧，我送你回家去！"雪姑娘也没有上当："我不跟你去，你也会把我吃掉的！"无奈，大灰狼也只好走了。

最后，一只狐狸走过来了。它对雪姑娘说："美丽的姑娘，你下来吧，我来送你回家去！"雪姑娘还是没相信它的话，她认识这只狡猾的狐狸。狐狸开始绕着那棵树走，甜言蜜语地哄她，想把雪姑娘从树上引诱下来。可雪姑娘怎么也不肯下来。

这时，一只狗在树林里叫了起来。雪姑娘听出这声音十分熟悉，好像是朱奇卡的，便高声喊道："朱奇卡，我是雪姑娘，快到这儿来救我吧！"

一听见朱奇卡的叫声，狐狸立刻将蓬松的大尾巴一晃，赶紧溜走了。

见到朱奇卡，雪姑娘从树上爬了下来。朱奇卡跑近她，亲热地舔着她的小脸蛋，然后把她带回了家。

雪姑娘被朱奇卡带回家时，熊正躲在树桩后面，狼正藏在树木间，狐狸则伏在灌木丛里。它们都害怕朱奇卡，不敢过来伤害雪姑娘。

看见朱奇卡把雪姑娘带回了家，老两口激动得哭了。他们原谅了朱奇卡，盛牛奶给它喝，并把它放在老地方，让它继续看管院子。

（达利）

灰脖儿

一

初秋时分，天气一天天冷了。草木枯黄，鸟儿惶恐不安。它们就要远涉重洋去过冬了，显得有些忧心忡（chōng）忡。因为，它们要在辽阔的天空飞行几千公里是很不容易的……在这期间，有些可怜的鸟儿将在路上累垮（kuǎ）；有些鸟儿还可能死于非命——总之，它们不得不认真考虑这些问题。

黑沉沉的森林显得特别寂静，因为主要的歌唱家们等不到严冬降临就远走高飞了。

"这些小东西忙个什么劲呀？"不爱着急的老公鸭嚷道，"反正到时候我们都要飞走的……我不明白，它们为什么这样慌里慌张！"

"你生来就是个懒鬼，看见人家忙活就觉得不舒坦。"它的老伴老母鸭说。

"我是个懒鬼？你就会冤枉人，别的啥也不会。或许我比大家还操心呢，只是我不表露出来罢了。一天到晚在岸上满世界跑，吵吵嚷嚷，搅得四邻不安，让大伙都讨厌，又有什么好处？"

母鸭对老伴本来就不太满意，这下真生气了：

"懒鬼！你看看人家，看看咱们的邻居天鹅和大雁，人家过得多么和美。人家整天厮守着自己的家，精心地生儿育女。可你却不管孩子们的死活，只顾自己混吃闷睡。一句话，你就是懒鬼！我一看见你就心烦！"

"别吵吵啦，老婆子！我还没说两句话，你就唠叨了一篓 (lǒu) 子，你这脾气可真叫人讨厌。谁都有缺点……可我并没有错，依我看，天鹅是笨蛋，所以它才厮守着自己的孩子。总之，我有我的章程，那就是不管别人的闲事，图个什么呀？谁爱怎么过就怎么过，管它呢。"

"你算什么爸爸！"母鸭冲着老伴喊道，"爸爸应该关心自己的孩子，而你却不管孩子们的痛痒！"

"你是指灰脖儿吗？它不会飞，可我有什么办法？我有什么不是……"

老两口管它们的残废女儿叫灰脖儿。春天的时候，有一只狐狸偷偷窜到鸭群里，叼住了灰脖儿。幸亏老母鸭拼着老命扑向敌人把它救了回来，可是它的一只翅膀却被咬断了。

"我一想到我们得把灰脖儿单独抛在这儿就感到担忧"，母鸭含着眼泪絮 (xù) 絮叨叨地说，"我们都远走高飞了，而它却要孤孤单单地留在这里。是的，就剩下它一个……我们都飞到温暖的南方去了，而它，可怜的孩子，却得在这儿冻死。要知道，它毕竟是咱们的女儿呀，我多么喜欢我的小灰脖儿呀！告诉你，老头子，我要留在这儿和它一块过冬……"

"那么别的孩子们呢？"

"它们都身强力壮，离开我也可以生活。"

一说起灰脖儿，老公鸭总是把话头岔 (chà) 开。当然，它也爱自己的女儿，但是为什么要无谓地自寻烦恼呢？灰脖儿得留下，冻死在这儿，这当然叫人伤心，可这又有什么法子呢，终归还得为别的孩子们着想呀。老太婆太爱激动，但认真地合计一下倒是必要的。老公鸭心里很怜惜自己的老伴，却不能充分理解做妈妈的痛苦。还不如当初狐狸把灰脖儿一口吞掉了呢，省得让它在这儿活活冻死。

二

　　分手的日子已经临近了，老母鸭更加爱怜受伤的女儿。可怜的孩子还不懂得离别和孤独是什么滋味，它正像一个没有见过世面的幼雏 (chú) 一样瞪着好奇的眼睛望着准备出发的鸭群。当然，它有时也羡慕哥哥、姐姐们，它们将成群结队、高高兴兴地飞到没有冬天的遥远的地方。

　　老母鸭安慰女儿说："我的心肝，不管怎么样，你是会熬过去的。起初你也许觉着有点孤单，过些日子就会习惯了。如果能把你送到有温泉的地方，那就好了。那儿冬天不结冰，离这儿也不太远……得啦，说这些有什么用呢，反正我们也没有办法把你送到那儿去！"

　　"我会天天想念你们的，我会想：你们在哪儿呀？在干什么呀？你们高兴不高兴呀？……不管怎样，我还像跟你们在一块的时候一样。"可怜的灰脖儿反复地说着。

　　时间飞逝而去，不幸的时刻终于来到了。水鸟们在河面上汇集成一大群。这是初秋的早晨，河面上笼罩着一层浓雾。鸭群是由三百只野鸭组成的。在鸟群里现在只有那些头鸟们嘎嘎地叫着。老母鸭昨夜通宵没有合眼，因为那是它同灰脖儿团聚的最后一夜。

　　"你要呆在泉水注入河流的地方，那儿的水一冬天都不会结冰。"它告诉灰脖儿说。

　　灰脖儿站在鸭群一旁，就像外人一样。野鸭都忙着远走高飞了，谁也顾不上它。

　　老母鸭看着可怜的灰脖儿，心都碎了。它下了几次决心要留下来，可是怎么能够留下呢？还有别的孩子呢，它们必须随鸭群飞走啊。

　　"大家注意，出发！"头鸟扯着嗓子喊了一声，鸭群唰 (shuā) 啦一声腾空而起。

灰脖儿独自留在河上,对着远去的鸭群望了好久。鸭群起初挤成一团,继而排成一个规规矩矩的"人"字形,后来就在天空消失了。

"难道就剩下我自个儿了?要是那时狐狸把我吃掉反倒好啦……"灰脖儿寻思着,眼泪像断线的珠子似地流下来。

三

灰脖儿居住的那条河流,在浓荫(yīn)覆盖的山间哗哗地流过。两岸十分荒凉,没有什么人家。早晨,紧挨着河岸的水已经开始结冰,但到中午,玻璃似的薄冰就融化了。

"莫非河水要全部封冻?"灰脖儿害怕地想。

它感到有些孤单,因而无时无刻不在想着已经远走高飞的哥哥、姐姐们。

有一天,灰脖儿实在闷得慌,就来到森林里。忽然从灌木丛里窜出一只兔子,把灰脖儿吓得浑身直打哆嗦。

"啊,你可把我吓死啦,真坏!"兔子稳住了神,对灰脖儿说,"你把我吓得魂都掉啦。你怎么上这儿蹓跶(liū·da)来啦,鸭子不是早就飞走了吗?"

"我不能飞,我小时候被狐狸咬断了翅膀。"

"哟,又是这只狐狸!世界上再也没有比它更坏的了。以前我也差点儿让它吃了。你要提防它,特别是在河水结冰之后,那正是它抓你的好时机。"

它们互相认识了。兔子也像灰脖儿一样,没有自卫能力,只靠东跑西窜保全性命。

"如果我像鸟儿一样,有一双翅膀,我在世界上就无所畏惧了!你虽然没了翅膀,但还会游泳,要不就钻到水里。而我却整天提心吊胆。我周围有很多敌人,夏天我还可以藏在草里,可一到冬天我就没有地方可藏了。"兔子说。

不幸的事情终于发生了。

在一个满天星斗的夜晚，这条白天还在山间曲回奔腾的河流变得安静了，严寒悄悄地凑到它身边，紧紧抱住这个桀骜 (jié·ào) 不驯的美人，好像用一层晶莹的玻璃，把它严严实实地罩住了。

灰脖儿绝望了。因为除了河中间一片不大的地方之外，整个河流都结冰了，可以自由自在游泳的地方还不到三十多米长。恰好在这个时候，咬断灰脖儿翅膀的那只狐狸又在河岸上出现了。灰脖儿丧气到了极点。

"喂，老朋友，你好！"狐狸站在河岸上甜言蜜语地说，"好久不见了……冬天来了，我祝贺你。"

"请你走开！我压根儿就不想答理你！"灰脖儿回答。

"你就这样报答我的美意呀？你倒挺不错，没什么可说的！对了，有人说了我许多闲话。他们自己做了坏事，却推到我身上……回头见。"

狐狸跑走了。兔子一瘸 (qué) 一拐地走过来，对灰脖儿说：

"要当心，灰脖儿，它还会来的。"

灰脖儿像兔子一样，也害怕起来了。可怜的灰脖儿甚至没有心思去欣赏周围的美景了。真正的冬天已经来临。大地盖上了雪白的绒毯，干净得一个黑点也没有。

以后，狐狸天天到这里来，看河心封冻没有。河中间那片没有结冰的地方，原来像个大水池，现在变成方圆两米多的冰窟窿 (kū·long)。这时候，冰也结得厚了，狐狸可以一直走到冰窟窿的边缘。可怜的灰脖儿吓得钻到水里，狐狸蹲在冰窟窿边上，恶狠狠地取笑灰脖儿：

"没关系，你往水里钻吧，反正我要吃掉你……你最好还是乖乖地钻出来。"

兔子在河岸上看到狐狸的蛮横行为，肺都气炸了。

"啊，这狐狸多么狠毒！灰脖儿多么不幸呀！狐狸会吃掉它的……"

一旦河心完全结冻，狐狸就会把灰脖儿吃掉，这是完全可能的。然而，这样的事情却没有发生。兔子亲眼目睹了发生的一切。一天早晨，兔子从窝里出来找食，和同伴们在一块玩。

"弟兄们，你们要当心啊！"有只兔子大喊一声。

这真是千钧一发的时刻。森林边上站着一个驼（tuó）背老猎人，他蹬着雪橇（qiāo）悄悄走过来，正琢磨着打死哪一只兔子呢。

"哈，这一下我老伴可以做一件暖和的皮袄啦！"

他看准了一只最大的兔子寻思着。

他刚一瞄准，兔子就发现了，嗖的一声窜到森林里，简直像疯了一样。

"啊，狡猾的家伙！你们等着吧……蠢家伙，为什么不明白，我老伴不能没有皮袄呀。为了不让她受冻，你们不要耍弄我，不要满世界乱跑。要是我说话不算数，我老伴会责备我的。她会对我说：'你当心，老头子，搞不到皮袄就别回来！'而你们却逃走啦……"老猎人气呼呼地唠叨着。

老猎人跟着兔子的脚印搜索了一会儿，但是兔子却像撒出去的一把豌豆似地窜到森林里去了。老猎人累得精疲力竭，一边骂着狡猾的兔子，一边坐在河岸上喘气。

老猎人正坐着犯愁，忽然看见一只狐狸在冰上爬着，姿势和猫一模一样。

"哈哈，原来是只狐狸！"老猎人又高兴起来，"我老伴的皮袄领子自己跑来啦。……大概它是要喝水，要不就是想逮鱼。"

狐狸真的跑到灰脖儿栖身的河流中间，在冰上趴着呢。

老猎人两眼已经昏花，加上狐狸挡住了视线，所以他没有发现水里还有一只鸭子。

"为了不把领子糟践了，应当这样打。"老猎人一边瞄着狐狸，一边想，"要是老婆子发现皮袄领子上净是窟窿，她又该骂我了。这可得好枪法，枪法不好是打不死狐狸的。"

老猎人看准了狐狸身上的一个地方瞄了很久，终于砰的一声开枪了。透过烟雾，他看见一个什么东西在冰上跑动，飞快地跳进冰窟窿里。他跌跌撞撞地跑上前去，在冰上还摔了两跤 (jiāo)。可是当他跑到冰窟窿那里时，只好两手一摊：皮袄领子不见了，而在冰窟窿里游动着惊魂未定的灰脖儿。

"原来是只鸭子！"老猎人摊开双手长叹一声，"我活了一辈子头一回看见狐狸会变成鸭子。多狡猾的野兽啊！"

"老爷爷，狐狸跑啦。"灰脖儿告诉老猎人。

"跑啦？唉！老婆子，皮袄领子跑啦！……现在我可怎么办哪？唉，我的运气可真糟，可你这小傻瓜为什么在这儿游泳呀？"

"老爷爷，我不能和别的鸭子一起飞走，因为我有一只翅膀被咬伤了。"

"唉，傻瓜呀，傻瓜！你知道吗，你在这儿不是被冻死就得被狐狸吃掉！啊，有了……"

老猎人想了一想，点了点头做出这样一个决定：

"那么，我们这么办吧：我把你交给我孙女，她会高兴的。到了春天，你给我老伴下蛋，还给她孵小鸭子。听见了吗，我的小傻瓜？"

老猎人从冰窟窿里把灰脖儿救上来，抱到怀里。

兔子看到这一切，笑得合不拢嘴。有什么关系呢，反正老太婆没有皮袄也行，守着火炉不是也冻不着吗？

（马明·西比利亚克）

小仙女

从前，国王和王后有个独生儿子。小王子长大成人后，国王和王后为他举行盛大的洗礼仪式，并且按照民族习惯替他剪短头发。他们邀请全国最显贵的人们来参加宴会。窗上映射出千百点烛光，金银珠宝使得雪白的帐篷闪耀异彩。

傍晚，姑娘们在花园里跳舞，优美的舞姿令人目不暇接。美丽的少女们跳着舞，温柔的视线都离不开王子，简直要用眼光把他吞吃掉。午夜时分，宾客们纷纷告辞回家，王子毫无倦意，信步走进一座小树林里。

树林显得神秘莫测——老菩提树的粗干投下了黑黝(yǒu)黝的阴影；月光透过枝叶的缝隙，又在地上描绘出稀奇古怪的花纹；菩提花散发出阵阵芳香，仿佛教堂的神香。王子恍恍惚惚，在松软的草地上漫步，不知不觉走进另一片林中草地。他看见草地上、月光下，站着一个挺小的、神奇的仙女。仙女身穿雪白的衣裙，金线绣的花朵闪闪发亮。她长长的头发披散在双肩上，头戴镶满玉石的光彩夺目的金冠。

这个仙女实在太小了，只相当于一个小木偶！王子站住后，目不转睛地凝视着她。忽然，小仙女开口说话了，清脆的声音赛过银铃：

"善良的王子！我也接到了邀请，但是没有勇气去赴宴，因为我太小了。此刻的月色，对我来说就是阳光，我要在这月色中向你祝贺！"

这奇怪姑娘的突然光临并没有使王子畏惧，他喜爱这个小巧玲珑（líng·lóng）的仙女。王子走到小仙女面前，拉住她的手。但冷不防，她挣脱开去，隐身不见了。王子手中光剩下仙女的一只小手套，竟然小到这种程度：王子好不容易才把它戴到自己的小手指头上。他闷闷不乐，回进宫里，在任何人面前都缄（jiān）口不提自己在老菩提树底下的奇遇。

第二天夜晚，王子又走进树林，在皎（jiǎo）洁的月光下徘徊、寻觅娇小的仙女。可是哪儿也没有她的踪迹。

王子满腹愁闷，从怀里取出小手套吻了一下。就在这刹（chà）那间，小仙女已经出现在他的面前。王子惊喜得说不出话来！他胸膛里的那颗心，怦（pēng）怦乱跳！

他俩在月光下长时间地散步，欢悦地互诉衷肠。说也奇怪，当他俩情话绵绵的时候，在王子的眼中，娇小的仙女明显地长大起来。等到分手的时刻，仙女已经比隔夜长大了两倍。这样一来，她戴不进那只小手套了。她把小手套赠给王子，并且说：

"你收下小手套，作为定情之物，好好保存吧。"

话音刚落，她又立即隐去了。

"我要把你的小手套珍藏怀中！"王子高声喊道。

从此以后，王子和仙女每晚在林子里的老菩提树下相会。白天，阳光普照的时候，王子失魂落魄，他每天思念、时刻牵挂着心爱的仙女；等到暮色苍茫、月上中天时，又总是猜测着：我的仙女今晚会来吗？

王子对娇小的仙女爱得日益热烈，仙女也一夜比一夜长大。到第九夜，月亮圆得如同银盘时，仙女也长得和王子一般高了。

"今后，只要月上中天，我就每夜都来到你的身边。"仙女欢欣地、温柔地说。

"不, 亲爱的! 没有你, 我活不下去! 你应该是我的妻子, 我要让你做王后!"

"我的心上人!"小仙女回答, "我将成为你的妻子, 不过你要向我保证, 一辈子只爱我一个人!"

"我保证, 我保证!"王子不假思索, 脱口喊道, "我保证爱你, 始终如一, 对别人看也不看一眼。"

"好, 但是切记莫忘——什么时候你违背自己的诺言, 我就不再是你的妻子了。"

三天以后, 他俩举行了婚礼。宾客们都为小仙女的美貌惊叹不已。

王子和年轻的妻子幸福地生活着。七年以后, 年迈的国王突然死去, 许许多多人参加了葬礼。国内最美丽、最显贵的一些妇女, 在灵柩 (jiù) 旁痛哭流涕。

其中有个美女, 眼珠乌黑、头发棕黄, 她既不向上帝祈祷, 也不为亡故的国王哀哭, 却目不转睛地凝视着年轻的王子。王子发觉有个棕黄色头发的美女, 目光始终盯在自己的身上, 心中也感到异常愉快。

出殡 (bìn) 的行列来到陵墓的时候, 和妻子挽手并行的王子向黑眼珠美女看了三次。蓦(mù) 地, 他的妻子被自己的衣裙绊了一下, 差点儿跌倒。

"哦, 你瞧, 我这衣裙太长了。"她惊呼一声。

真的, 王子也诧异地发现, 他的妻子变矮了一些。

安葬了病故的国王以后, 人们返回王宫。棕黄色头发的美女尾随着王子, 总是离得很近; 王子也偷偷地再三回顾。就这样, 王子没有觉察到, 他的妻子重又变成了小小的仙女。当他们走到菩提树底下时, 小仙女就消失了踪影……

王子娶了棕黄色头发的黑眼珠美女。然而他和新的妻子在一道，甚至没能幸福地过上三天。起先，美女要求买一张镶满钻石的床。这还不过是开个头罢了。一种要求刚刚得到满足，她马上提出另一种，而且都是任何人也想不出来的、刁钻古怪的要求。万一王子不能使她如愿以偿，她便顿时眼泪鼻涕地，又哭又闹、咒骂丈夫。这个美女如此贪得无厌，王子被纠缠得实在没法忍受，终于把她逐出了宫门。

直到这时候，王子才懊悔自己铸成了大错。他长吁 (xū) 短叹，深深怀念娇小的仙女。每逢月上中天之时，王子依旧走进小树林，在菩提树底下呼唤着心爱的、善良的仙女。

王子寻觅自己的小仙女，呼唤着，期待着，直到白发苍苍。但是，娇小的仙女再也没有回到他的身边……

（佚名）

打火匣

公路上有一个士兵在开步走—— 一, 二! 一, 二! 他背着一个行军袋, 腰间挂着一把长剑, 因为他已经参加过好几次战争, 现在要回家去。他在路上碰见一个老巫婆, 她是一个非常丑陋的人, 她的下嘴唇垂到她的胸前。她说:"你看见那棵大树了吗? 那里面是空的。如果你爬到它的顶上去, 就可以看到一个洞口。你从那儿下去, 就可以钻进树身里去。我在你腰上系一根绳子, 这样, 你一喊, 我便可以把你拉上来。"

"我到树底下去干什么呢?"士兵问。

"取钱呀。"巫婆回答说, "你听我说。你一钻进树底下去, 就会看到一条宽大的走廊。那儿很亮, 因为那里点着一百多盏明灯。你会看到三个门, 都可以打开, 因为钥匙就在门锁里。你走进第一个房间时, 可以看到当中有一只大箱子, 上面坐着一条狗, 它的眼睛非常大, 像一对茶杯。可是你不要管它! 我把我蓝布围裙给你。你把它铺在地上, 然后把那只狗抱起来, 放在我的围裙上。接着你把箱子打开, 你想要多少钱就取出多少钱。这些钱都是铜币。但是如果你想取得银币, 就得走进第二个房间里去。不过那儿坐着一只狗, 它的眼睛有水车轮那么大。可是你不要去理它。你把它放在我的围裙上, 然后把钱取出来。如果你想得到金币, 也可以达到目的。不过, 你必须到第三个房间里去。坐在这钱箱上的那只狗的一对眼睛, 可有'圆塔'('圆塔'是一个天文台) 那么大。可是你一点也不必害怕。你只要把它放在我的围裙上，它就不会伤害你了。"

"这倒不很坏，"士兵说，"不过我拿什么东西来酬谢你呢。"

"不要，"巫婆说，"我一个铜板也不要。我只要你替我把那个旧打火匣取出来，那是我祖母上次忘在那里的。"

"好吧！请你把绳子系到我腰上吧。"士兵说。

"好吧，"巫婆说，"把我的蓝布围裙拿去吧。"

士兵爬上树，一下子就溜进那个洞口里去了。正如老巫婆说得那样，他现在来到了一条点着一百多盏灯的大走廊里。他打开第一道门。哎呀！果然有一条狗坐在那儿，眼睛有茶杯那么大，直瞪着他。

"你这个家伙！"士兵说。于是他就把它抱到巫婆的围裙上。然后他就取出了许多铜币，他的衣袋能装多少就装多少。他把箱子锁好，把狗又放到上面。他又走进第二个房间里去。哎呀！这儿坐着一条狗，眼睛大得简直像一对水车轮。

他把狗抱到女巫的围裙上。当他看到箱子里有那么多的银币的时候，他就把他所有的铜币都扔掉，把自己的衣袋和行军袋全装满了银币。随后他走进第三个房间——乖乖，这可真有点吓人！这儿的一条狗，两只眼睛真正有"圆塔"那么大！

"晚安！"士兵说。他把手举到帽子边上行了个礼，因为他以前从来没有看见过这样的狗。他把它抱下来放到围裙上，接着他打开了箱子。老天爷呀！那里面的金币真够多！士兵把他衣袋和行军袋里满装着的银币全都倒出来，把金币装进去。是的，他的衣袋、他的行军袋、他的帽子、他的皮靴里全都装满了，他几乎连走也走不动了。他把狗又放到箱子上去，锁好了门，在树里朝上面喊一声："把我拉上来呀，老巫婆！"

"你取到打火匣没有？"巫婆问。

"我倒把它忘了。"士兵说，"我这就去拿。"于是他又走回去，把打火匣取了来。巫婆把他拉了出来。

"你要这打火匣有什么用呢？"士兵问。

"这与你没有什么相干，"巫婆说，"你已经得到钱——你只需要把打火匣交给我就好了。"

"废话！"士兵说，"你要它有什么用，请你马上告诉我。不然我就抽出剑来，把你的头砍掉。"

"我可不能告诉你！"巫婆说。说着，巫婆开始施展邪恶的法术。

士兵一下子就把她的头砍掉了。他把所有的钱都包在她的围裙里，像一捆东西似地背在背上；然后把那个打火匣放在衣袋里，一直向城里走去。

这是一个很漂亮的城市！他住进一个最好的旅馆里，开了最舒服的房间，叫了他最喜欢的酒菜，因为他现在有的是钱。第二天他买到了合适的靴子和漂亮的衣服。现在我们的这位士兵成了一个焕然一新的绅士了。大家把城里所有的一切事情都告诉他，告诉他关于国王的事情，告诉他这国王的女儿是一位非常美丽的公主。

"在什么地方可以看到她呢？"士兵问。

"谁也不能见到她，"大家齐声说，"她住在一幢宽大的铜宫里，周围有好几道墙和好几座塔。只有国王本人才能在那儿自由进出，因为从前曾经有过一个预言家说她将会嫁给一个普通的士兵，这可叫国王忍受不了。"

"我倒想看看她呢，"士兵想。不过他得不到许可。

他现在生活得很愉快，常常到戏院去看戏，到国王的花园里去逛逛，送许多钱给穷苦的人们。这是一种良好的行为，因为他自己早已体会到，没有钱是多么可怕的事！现在他有钱了，有华美的衣服穿，交了很多朋友。这些朋友都说他是一个稀有的人物、一位豪爽之士。

这类话使这个士兵听起来非常舒服。不过他每天只是把钱花出去，却赚不进一个来。所以，最后他只剩下两个金币了。因此，他不得不从那些漂亮房间里搬出来，住到顶层的一间阁楼里去。他的朋友谁也不来看他了。

有一天晚上天很黑。他连一根蜡烛也买不起了，这时他忽然记起自己还有一根蜡烛头装在那个打火匣里。他把那个打火匣和蜡烛头取出来。当他在火石上擦了一下，火星一冒出来的时候，房门忽然自动地开了，他在树底下所看到的那条眼睛有茶杯大的狗就在他面前出现了。它说：

"我的主人，有什么吩咐？"

"这是怎么一回事儿？"士兵说。

"这真是一个滑稽（jī）的打火匣。如果我能这样得到我想要的东西才好呢！替我弄几个钱来吧！"他对狗说。于是"嘘"的一声，狗就不见了。一会儿，又是"嘘"的一声，狗嘴里衔着一大口袋的钱回来了。

现在士兵才知道这是一个多么美妙的打火匣。只要他把它擦一下，坐在盛有铜钱的箱子上的那条狗就来了。要是他擦它两下，那条守银币的狗就来了。要是他擦三下，那条守金币的狗就出现了。现在这个士兵又搬到那几间华美的房间里去住了，又穿起漂亮的衣服来了，他所有的朋友马上又认得他了。

有一次他心中想："人们都说公主很美；不过，假如她老是独居在那有许多塔楼的铜宫里，那有什么意思呢？难道我就看不到她一眼吗？——我的打火匣在什么地方？"他擦出火星，马上"嘘"的一声，那条眼睛像茶杯一样的狗就跳出来了。

"现在是半夜了，"士兵说，"不过我倒很想看一下那位公主哩，哪怕一小会儿也好。"

狗立刻就向门外跑去。出乎这士兵的意料之外，它一会儿就带着公主回来了。她躺在狗的背上，已经睡着了。谁都可以看出她是一个真正的公主，因为她非常好看，这个士兵忍不住吻了她一下。

狗儿又带着公主回去了。但是天亮以后，当国王和王后正在饮茶的时候，公主说她在晚上做了一个很奇怪的梦，梦见一条狗和一个兵，她自己骑在狗身上，那个兵吻了她一下。

因此第二天夜里有一个老宫女就得守在公主的床边，来看看这究竟是梦呢，还是有什么别的东西。

那个士兵非常想再一次看到这位可爱的公主。因此，狗晚上又来了，背起她，飞快地跑走了。那个老宫女立刻穿上鞋，以同样的速度在后面追赶。当她看到他们跑进一幢大房子里去的时候，她想："我现在可知道这个地方了。"她就在这门上用白粉笔画了一个大十字。随后她就回去睡觉了，不久狗就把公主送回来了。不过当它看见士兵住的那幢房子的门上画着一个十字的时候，它也取一支粉笔来，在城里所有的门上都画了一个十字。

早晨，国王、王后、那个老宫女以及所有的官员很早就都来了，要去看看公主到过的地方。

当国王看到第一个画有十字的门的时候，他就说："就在这儿！"

但是王后发现另一个门上也有个十字，所以，她说："亲爱的丈夫，不是在这儿呀？"

这时大家都齐声说："那儿有一个！那儿有一个！"因为他们无论朝什么地方看，都发现门上画有十字。

不过王后是一个非常聪明的女人。她取出一把金剪刀，把一块绸子剪成几片，缝了一个很精致的小袋，在袋里装满了很细的荞（qiáo）麦粉。她把这小袋系在公主的背上。这样布置好了以后，她就在袋子上剪了一个小口,好叫公主走过的路上都撒上细粉。

晚间狗又来了。它把公主背到背上,带着她跑到士兵那儿去。狗完全没有注意到,面粉已经从王宫那儿一直撒到士兵那间屋子的窗上——它就是在这儿背着公主沿着墙爬进去的。早晨,国王和王后已经看得很清楚,知道他们的女儿曾经到什么地方去过。他们把那个士兵抓来,关进牢里去。

他现在坐在牢里了。人们对他说:"明天你就要上绞 (jiǎo) 架了。"这句话听起来可真不是好玩的,而且他把打火匣也忘在了旅馆里。第二天早晨,他从小窗的铁栏杆里望见许多人拥出城来看他上绞架。在这些人中间有一个鞋匠的学徒,他还围着破围裙、穿着一双拖鞋。他跑得那么快,连他的一双拖鞋也飞走了。

"喂,你这个鞋匠的小鬼! 你不要这么急呀!"士兵对他说,"在我没有到场以前,没有什么好看的呀。不过,假如你跑到我住的那个地方去,把我的打火匣取来,我可以给你四块钱。"这个鞋匠的学徒很想得到那四块钱,所以拔腿就跑,把那个打火匣取了来,交给了那个士兵。

在城外面,一架高大的绞架已经竖起来了。它的周围站着许多士兵和成千成万的老百姓。国王和王后,面对着审判官和全部陪审的人员,坐在一个华丽的王座上面。

那个士兵已经站到梯子上来了。不过,当人们正要把绞索套到他脖子上的时候,他说,一个罪人在接受他的裁判以前,可以有一个无罪的要求,人们应该让他得到满足:他非常想抽一口烟,而且这可以说是他在这个世界上抽的最后一口烟了。

对于这个要求,国王不愿意说一个"不"字。所以士兵就取出了他的打火匣,擦了几下火。——二——三! 忽然三条狗都跳出来了——条有茶杯那么大的眼睛,一条有水车轮那么大的眼睛——

还有一条的眼睛简直有"圆塔"那么大。

"请帮助我，不要叫我被绞死吧！"士兵说。

这时这三条狗就向法官和全体审判的人员扑来，拖着这个人的腿，咬着那个人的鼻子，把他们扔向空中有好几丈高，他们落下来后都摔成了肉酱（jiàng）。

"不准这样对付我！"国王说。不过最大的那条狗还是拖住他和他的王后，把他们跟其余的人一起乱扔，所有的士兵都害怕起来，老百姓也都叫起来："小兵，你做我们的国王吧！你跟那位美丽的公主结婚吧！"

就这么着，大家就把这个士兵拥进国王的四轮马车里去。那三条狗儿在他面前跳来跳去，同时高呼："万岁！"小孩子用手指吹起口哨来；士兵们敬起礼来。那位公主走出她的铜宫，做了王后，感到非常满意。那三条狗儿也上到桌子上坐下，把眼睛睁得比什么时候都大。

（安徒生）

金鸟

从前，一个国王的美丽花园里长着一棵结金苹果的树，每当金苹果结果时，他每天都要去数一遍。有一年，在金苹果成熟的时候，他发现每过一个晚上，金苹果都会少一个，国王非常恼怒，令园丁通宵达旦地在树下看守着。

园丁先派了他的大儿子去看守。到了午夜十二点钟，这个大儿子睡着了，第二天早晨发现又少了一个金苹果。当晚，园丁又派了他的二儿子去看守，可到了半夜，二儿子也睡着了，早晨清点时发现还是少了一个。于是第三个儿子请求去看守，园丁开始不想让他去，担心他去会有危险，但最后还是答应了儿子的请求。

晚上，这个年轻人躺在树下小心看守着。时钟敲过十二下后，他听到空中传来沙沙作响的声音，仔细一看，原来树上飞来一只纯金的鸟儿，正在用嘴猛啄着一个苹果。园丁的儿子马上跳了起来，张弓搭箭向金鸟射去，箭并没有射中，只把金鸟尾巴上的金羽毛射落了一根，金鸟飞走了。

第二天早晨，金羽毛被送到了国王面前，国王马上召集群臣进行确认。所有大臣都一致认为，这是一根价值连城的金羽毛，比王国里的所有财富都要值钱。可国王却说："一根羽毛对我来说毫无用处，我要的是整只金鸟。"

园丁的大儿子听到后，认为这是一件很容易的事，于是他出发找金鸟去了。走了不多远，他来到一片树林前，看见林边坐着一只狐狸，便马上取下弓箭准备射杀它。可那狐狸竟开口说话了："不要射我，我将给你一个善意的忠告。我知道你此行的目的是什么，你一定是想去找那只金鸟。今天晚上，你将走到一个村庄，你到达那儿时，会看到两个门对着门的小旅店。其中一间非常热闹，看起来也很富丽堂皇，你千万不要进去。对面一间小旅店尽管门庭萧条、简陋，但你应该到那里面去过夜。"

园丁的大儿子心想："这样一只野兽知道什么事情呢？"因此，他还是张弓搭箭向那只狐狸射去，但却没有射中它，狐狸夹起尾巴跑进了树林。他收起弓箭又继续上路了。

晚上，他来到那个村庄，村子里果然有两个小旅店。其中一间旅店里面，客人们在唱歌跳舞、尽情享受，而另一间小旅店看起来又脏又破旧。看到这一情景，他对自己说："要是我住进这间破旧的房子，而不去那间舒适的旅店享受，我岂不是一个大傻瓜了。"所以，他毫不犹豫 (yù) 地走进了那间热闹非凡的房子，加入了又吃又喝的客人行列，最后还住了下来，过着花天酒地的堕 (duò) 落生活。什么金鸟呀、家庭呀，早让他忘到九霄云外去了。

大儿子一直没有回来，也没有听到他的消息。过了一些时候，园丁只好让二儿子出发去找金鸟。和他哥哥一样，他也遇到了同样的事情：首先是看到那只狐狸，狐狸同样给了他忠告；接着他来到两间小旅店门口，看到他的哥哥正站在那间寻欢作乐的旅店窗口叫他进去，他经不住诱惑，也走进了那间旅店。最后，也和他哥哥一样把金鸟、家庭忘到九霄云外去了。

又过了好些时候，园丁的小儿子同样也想出去寻找金鸟，可父亲怎么也不答应，因为他非常喜爱这个儿子，担心他去了会遭不幸而回不了家。可他的小儿子不想待在家里，在他软磨硬泡之下，父亲最终还是同意让他去了。当他来到树林边时，也遇到了那只狐狸并聆听了狐狸对他的忠告。他没有像他那两个哥哥一样用弓箭射它，而是对狐狸表示了谢意。所以，那只狐狸说道："坐在我的尾巴上来吧，这样你就能走得快一点。"他听从狐狸的话坐了上去，狐狸马上跑了起来。跨过树丛，越过乱石，速度之快，连毛发也在风中嗖(sōu)嗖作响。

当他们来到那个村庄时，年轻人跳了下来。他牢记狐狸的忠告，不假思索地就走进了那间普普通通的简陋旅店，在那里安心地过了一夜。

第二天早上，他正要上路，狐狸又来对他说："一直往前走，你将看到一座城堡。在城堡前，有一大队士兵躺在地上睡觉，你不要惊动他们，进城堡后一直向前走，你会找到一间房子。房子里有一只木鸟笼，笼子里关的正是那只金鸟，木笼旁边还有一只漂亮的金鸟笼，你千万不要将金鸟从那只普通鸟笼里转到漂亮的鸟笼里去！否则你将后悔莫及的。"之后，狐狸又把尾巴伸了出来让年轻人坐了上去。跨过树丛，越过乱石，他们的毛发又在风中嗖嗖作响。

来到城堡门前时，一切都如狐狸所说的那样。这位园丁的儿子于是走进了城堡，找到了那间房子。金鸟就关在悬挂在房子里的那只木鸟笼子里，木鸟笼的下面还放着一只金鸟笼，旁边放的正是丢失的三个金苹果。他想：将如此漂亮的鸟装在这么一只普通的鸟笼里带走真是一件荒唐可笑的事。所以他打开木鸟笼，将金鸟抓出来准备放在金鸟笼里。就在这时，金鸟昂首大叫了一声，所有的士兵都醒了，他们立即把他抓住，并把他带到他们的国王面前。

第二天早晨，法庭开庭审判了他，一切陈述完毕后，他被判了死刑，不过国王让他找到那匹跑起来如风驰电掣(chè)般的金马，要是他办到了，不仅可以免去他的死刑，而且还可以让他带走那只金鸟。

他再次上路了，一路上唉声叹气，显得非常绝望。这时，他的好朋友狐狸又来了，它说："看看，你不听我的忠告，才发生了这些事

97

情。不过，如果你按我的吩咐去做的话，我将告诉你怎么去找那匹金马。要找那匹马，你只要一直向前，就会走进一座城堡，那匹金马就站在城堡里的马厩里，马夫正睡在这马厩的旁边打着鼾（hān）。你悄悄地把马牵走，将马厩旁那付旧皮制马鞍给马套上，千万不要套上那付金马鞍！"说完，年轻人坐在了狐狸的尾巴上。他们跨过树丛，越过乱石，毛发在风中嗖嗖作响。

一切都如狐狸得那样，那马夫躺在那儿正鼾睡着，一只手还搭在金马鞍上。当园丁的小儿子看到金马后，他认为将那副皮制马鞍套在金马上也太委屈马了，心想："我将给金马配那副好的，这样配起来才相称。"当他拿动那付金马鞍时，马夫醒了，立即大声地叫了起来。听到叫声，卫兵们马上冲进来把他抓住了。

第二天早晨，他再次被送上了法庭，审判结果是判处死刑，但如果他能带来一位远方的美丽公主，就可免去死刑，金马也归他所有，他只好同意了。

怀着沉痛的心情，他又上路了。那只熟悉的狐狸再次出现在他面前，说道："你为什么不听我的话呢？如果你听了我的话，你现在就已经拥有金鸟和金马了。这样吧，我再给你一个忠告。一直往前走，到晚上你将到达一座城堡。晚上十二点钟，那位公主要去澡堂，你跳上前去，亲吻她一下，她就会让你带着她离开那里。但要注意，千万不要答应她去向她父母告别！"说完，狐狸伸出尾巴让他坐了上去。跨过树丛，越过乱石，他们的毛发在风中嗖嗖作响。

当他来到那座城堡时，一切都如狐狸所说的那样。晚上十二点钟，这位年轻人等那位姑娘去洗澡时，跳上前去亲吻了她一下，她便马上说愿意跟他走，但却泪水涟（lián）涟地恳求他让她去向父母告别。开始他拒绝了，到后来看到她伤心的样子，还是答应了她。当她来到父母的房间时，卫兵们醒了，这样他又成了囚犯。

他被带到了国王面前，国王说："你根本就不可能得到我女儿，除非你能在八天之内，把我窗前那座挡住我视线的山给挖掉。"那座山真大，即使动用全世界的人来挖，恐怕也挖不掉，他干了七天之后，那座山还像没动过似的。正在他绝望之际，狐狸又来了，它说："你去睡觉吧，我来替你挖。"第二天早晨醒来时，那座山不见了，他高兴地来到了国王面前，告诉他那座山已经挖掉了，要求国王把公主许配给他。

国王不得不实践他的诺言，让这位年轻人和公主离去。路上，狐狸跑来对他说："我们将拥有所有的三件宝贝：公主，金马，金鸟。"年轻人听了说道："真的吗! 这可是一件不容易的事，你怎么办到呢？"

狐狸说道："只要你听我的吩咐，就能办到。当你去见那个国王时，他会向你要美丽的公主，你把公主还给他，他肯定非常高兴。在骑上他给你的金马后，你伸手向他们告别，最后与公主握手，然后趁这个机会迅速把她拉上马来坐在你后面，再猛踢金马、全速离去。"

一切都进行得很顺利，少年骑着马带着公主与狐狸会合了。狐狸又对他说："当你去金鸟所在的那座城堡时，我和公主就留在城门边，你骑着金马进城去，给那个国王交差。他看到确实是他要的马时，就会让你带走金鸟。但你必须坐在马上不动，就说你想看看那只鸟，以便证实是不是那只真正的金鸟。当你将金鸟提到手上时，就立即飞驰离开。"

一切都如狐狸吩咐的那样，他带着金鸟出了城堡，和公主会合后，他们策马来到了一片大树林，这时，狐狸对他说："请杀死我吧，砍下我的头和脚。"

但年轻人拒绝了，他认为这是忘恩负义之举。狐狸又说："你不杀我就算了，但不管怎样，我还是将给你一个忠告：有两件事你要当心，千万不要从绞刑架上赎 (shú) 回任何人，千万不要坐在河岸边。"说完，狐狸就离去了。年轻人想："好吧！要做到这些也不是什么难事。"

他和公主骑着马往回家的路上走。当他们来到两个哥哥居留的村庄时，听到了一片吵闹声和喧哗声，他向一个人打听发生了什么事，那人说："有两个人要被绞死了。"

来到近前一看，那两个人竟是他的哥哥，他俩现在已经沦为强盗了。他马上问："难道就没有办法能救他们了吗？"

那人说："没有办法，除非有人肯为这两个恶棍拿出他全部的钱，才能买得他们的自由。"听到这句话，他不假思索地拿出了所要的赎金，将两个哥哥救了下来，然后与两个哥哥一起走上了回家的路。

当他们来到第一次遇到狐狸的树林时，那里很凉爽，两个哥哥高兴地说："我们到河边去坐坐，休息一会儿，吃点儿东西，喝几口水吧！"他马上说："好吧！"完全忘了狐狸的忠告，来到河边坐了下来，根本没有想到会有什么不幸的事情发生。两个哥哥心怀鬼胎，悄悄地走到他后面，猛地把他推下了河岸，然后带着公主、金马和金鸟回家去了。他们见到国王后，进言说："所有这些都是由我们辛勤劳作挣来的。"这一来，大家高兴极了。但那匹马却不进食了，鸟也不肯唱歌了，公主整天整天地哭泣。

年轻的小儿子落到河床上，幸运的是河床几乎是干的，可是他的骨头几乎都给摔断了，在河床上躺了很久才站起来。河沿非常陡峭，他没能找到上岸的路。狐狸再一次出现了，它责备他不听它的忠告，否则就不会有这场祸患。最后狐狸又说："我不会让你留在这儿，就再从危难中救你一次吧。来！抓住我的尾巴，牢牢地抓住。"接着，将他拉上了河岸。

上岸之后，狐狸对他说："你的哥哥还在提防着你，只要你一露面，被他们发现了，他们就会杀了你。"他只好将自己打扮成一个穷人模样，悄悄地来到国王的院子里。他刚一进门，马儿便开始进食了，鸟儿也开始唱歌了，公主也不再哭泣了。当他见到国王后，将他哥哥的所有欺诈行为都告诉了他，国王马上派人将他们抓了起来，并惩办了他们。公主又回到了他的身边，后来国王去世了，他便成了这个王国的继承人。

很久以后，有一天，他到那片树林里去散步，又遇见了那只狐狸。狐狸声泪俱下地恳求他把它杀死，切下它的头和脚，最后他不得不这样做了。刚做完，狐狸马上变成了一个人，这人竟是公主失踪了多年的哥哥。

（格林兄弟）

熊皮人

从前有个年轻人应征入伍，在战争中他表现得十分英勇，在枪林弹雨中总是冲锋陷阵。可是当和平来到的时候，他就被遣（qiǎn）散了，上尉对他说愿意上哪儿就上哪儿吧。

他的父母都死了，他无家可归，只好投奔他的哥哥们，恳求他们收留他。可是无情无义的哥哥们说："我们要你干什么？你对我们一点用都没有，自己去谋生吧。"

他来到一块广阔的荒原，地上除了一圈树外，就再没有其它东西了。他伤心地坐在树下，开始为他的命运着想。"我身无分文，"他想道，"除了打仗，我没有一技之长，由于现在平和了，他们就不再需要我了。我已经预感到我挨饿的日子就要到了。"

这时他听见一阵声响，便向四周望去，发现在他面前有一个陌生人，身着一件绿色外衣，相貌堂堂，可是却长了一只像马蹄子似的脚。"我知道你需要什么，"那人说道，"你将拥有金子和财产，要多少就有多少，想干什么就干什么，但是首先我得了解你是否毫无畏惧，以保证我的钱不会白花。"

"士兵和懦（nuò）夫怎能相提并论？"他回答，"你可以验证。"

"那太好了，"那人说，"你回头看。"

士兵转过身去，看见一只硕大的熊正吼叫着向他扑来。"噢呵！"士兵大叫一声，"我来给你鼻子挠挠痒，你就会觉得叫唤没多大意思啦。"于是他瞄准熊的鼻头开了一枪，熊轰然倒地，一动不动了。

"我非常清楚，"陌生人说，"你需要的不是勇气，但是你还得满足另外一个条件。"

"只要不是伤天害理的事。"士兵回答，他已经知道身边的人是谁了，"如果是的话，我决不会去做的。"

"你可以自己看着办，"绿衣人说，"在七年中，你不能洗澡，不能修胡子，不能理发，也不能剪指甲，还不许祈祷上帝，一次都不行。我给你一件上衣和一件斗篷，你必须穿七年。如果在七年中，你死啦，那你就归我了；如果你还活着，你就自由了，而且下半辈子会非常富有。"

士兵考虑到自己目前的处境，和他过去出生入死的生活，决定现在再冒一次险，于是就同意了条件。魔鬼脱下了绿衣，递给士兵，说道："如果你穿上这件衣服，把手插进口袋里，你会发现里面总有满满的钱。"然后他把熊皮剥了下来，并说："这就是你的斗篷，而且是你的床，从此你只能睡在这上面，不能睡在其它任何床上。由于你的这件斗篷，以后你的名字就叫熊皮人。"说完，魔鬼就消失了。

士兵穿上那件衣服后，迫不及待地把手伸进口袋里，发现那是真的。接着穿上熊皮，走进人世间，尽情地享受金钱给他带来的快乐。第一年他的相貌尚可说得过去，可是第二年他看起来就像个魔鬼了。他的长发遮面，胡须像一块粗糙的毛毡，手指像兽爪，满脸是厚厚的污垢 (gòu)，仿佛播上芹菜种都能长出来似的。人们一看见他都给吓跑了，他每到一处都赏给别人钱，让人们为自己祈祷别在七年中死去。由于他做任何事都慷慨 (kāng·kǎi) 大方，所以他总能找到住宿的地方。

到了第四年，他进了一家旅店，可是店主不招待他，因为怕他把马给吓着，甚至不让他住在马圈里。这时熊皮人把手插进口袋内，掏出一大把金币，店主马上转变了态度，让他住进外宅的一间屋子里。

　　傍晚，熊皮人孤零零地一个人坐在屋子里，从心底里希望七年已经熬到头。就在这时，他听见从隔壁的屋子里传出一阵悲切的哭声。他怀着一颗同情的心打开了门，看见一位老人在痛苦地哭泣着。熊皮人走上前去，然而老人却跳起来，挣扎着从他身边逃开了。最后老人听出熊皮人说的是人话，方才放下心来，在熊皮人长时间善言善语地劝说下，老人才透露了他悲伤的原因。

　　原来在漫长的生活中，他破产了，他和他的女儿们在挨饿，现在已身无分文，再没有办法付住店的钱，快要被送进监狱了。"这有何难？"熊皮人说，"我有的是钱。"他把店主叫来，交了店钱，并把满满一包金币放进了可怜老人的口袋里。

　　老人这时才明白他已经摆脱了困境，他不知道如何表达自己的感激之情。"跟我来，"他对熊皮人说，"我的女儿都美如天仙，你挑一个作为你的妻子吧。只要她知道你为我所做的一切，她就不会拒绝你。你看上去确实有点儿怪，不过她很快就会让你恢复原来相貌的。"

　　当大女儿看到他时，被他的那张脸吓坏了，尖叫着逃跑了。

　　二女儿站在那里从头到脚地打量着他，然后说道："我怎么能嫁给一个没有一点儿人样的人呢？"

　　可是小女儿却说："亲爱的父亲，他帮助您克服了困难，那么，他一定是个好人，既然您为了报答他，已经答应让他成亲，那么我们就得遵守诺言。"

　　遗憾的是父女们看不到熊皮人在听到这些话语后的兴奋神情，因为他的脸被厚厚的泥垢和长长的头发全遮掩了。他从手指上将（luō）下一枚戒指，掰成两半，给她一半，自己留下另一半。他把自己的名字写在她那一半的戒指上，她的名字写在自己的一半戒指上，请求她认真地保存好她那一半。然后他告别说："我还有三年的时间在外游荡，我必须这么做。如果我届时不归，那么，我就是死了，你不必再等我。请向上帝祈祷，保佑我的生命吧。"

可怜的未婚妻穿了一身黑衣服，一想起未婚夫，泪水就情不自禁地涌入眼眶。她从姐姐们那儿得到的只是嘲笑和讥讽。

此时，熊皮人正在世界各处游荡，从一处到另一处，力所能及地做着善事，慷慨大方地资助穷人，大家都在为他祈祷。

终于，七年的最后一天来临了，这天，他又一次来到了那一片荒原，再次坐到那圈树下。不一会儿，风刮起来了。在风的呼啸 (xiào) 中，魔鬼站到了他的面前，气呼呼地看着他。魔鬼把熊皮人的旧衣服扔还给他，然后向他要他自己的绿外套。熊皮人不慌不忙地答道："这事别着急，你得先把我清洗干净。"魔鬼心里窝着火，极不情愿地打来水，给熊皮人洗干净，理了发，剪了指甲。一切完毕时，他看上去像一名勇敢的士兵，比从前更加英俊了。

等魔鬼一走，熊皮人顿时感到了一身轻松。他进城买了一件丝绒大衣穿在身上，坐上一辆四匹白马拉着的马车，向他的新娘家驶去。当时没有一个人认出他来，父亲把他当做高贵的将军领进女儿们坐着的房间，他被两个姐姐围住，她们殷勤地向他敬酒，请他品尝最好的菜肴 (yáo)，暗想这是她们见到的全世界最英俊、潇洒的男人。可是新娘却坐在他的对面，穿着黑衣服，既不抬头看他一眼，也不说一句话。终于他得空对父亲说他能不能娶他的一个女儿为妻。二个姐姐听后，马上跳起身来，跑进自己的卧室梳妆打扮起来，穿上盛装出来，每个人都想被选中。当屋里只有他和新娘的时候，陌生人掏出他的那半个戒指，扔进一个酒杯里，隔着桌子将酒杯递给她。她把酒喝光后发现在杯底的半个戒指，不禁心跳加快。她把用一条绢带挂在脖子上的另一半戒指掏出来，对在一起，分毫不差。这时他说："我就是你的未婚夫、以前你看到的那个熊皮人。感谢上帝的恩典，我又恢复了人形，还变得干干净净的啦。"

他站了起来，走过去热情地拥抱、亲吻她。这时，打扮得花枝招展的两个姐姐走出来，正好看见小妹妹和那个英俊的男人拥抱在一起，并听到他就是那个熊皮人，她们立刻羞愧难当地跑了出去。

晚上，有人来敲门，新郎打开门一看，外边是穿绿衣服的魔鬼，魔鬼告诉他："你知道吗，我用你的灵魂换了两个灵魂。"

（格林兄弟）

金娃娃

从前有一对贫穷的夫妻，他们除了有一座小棚子外，其它一无所有，他们靠打鱼来维持生计，生活常常捉襟见肘。

有一天傍晚，丈夫坐在水边下网捕鱼，起网的时候，发现网里有一条全身都是纯金的鱼。就在他满心惊诧地打量着这条鱼的时候，鱼开始说话了："听着，渔夫，如果你把我扔回水里，我将把你的小棚子变成豪华的城堡。"

可是渔夫却回答："如果我连肚子都喂不饱，城堡又有什么用呢？"

金鱼接着说："那没关系，到时城堡里会有一个橱柜，你打开柜门，里面就有最精美的饭菜，而且你想要多少就会有多少。"

"如果这是真的，"渔夫说，"那我就帮你这个忙了。"

"是真的，"鱼说，"但得有个条件，当你的好运降临的时候，千万别跟世界上任何人透露此事，一旦你说漏了一个字，那可就全完了。"

于是，渔夫将鱼扔回水里，然后扭头回家了。

在他原来破棚子的地方，现在果真矗(chù)立着一座大城堡。他睁大眼睛走了进去，看见他老婆身着漂亮的衣服，坐在一间豪华的房间里，显得十分高兴。她问："夫君，这些都是怎么来的？对我是再合适不过了。"

"是的，"渔夫说，"对我也一样，我可饿坏了，给拿点吃的来。"

老婆回答："我可没吃的，在这新房子里我什么东西都找不着。"

"你不用管啦，"渔夫说，"那边有个大橱柜，去打开。"

她把柜子打开，里面有蛋糕、肉、水果、酒，简直是一桌丰盛的宴席。老婆高兴地大叫："亲爱的，真是应有尽有。"他们坐下来大吃大喝起来。吃饱后，老婆问："夫君，这些好东西是从哪儿来的？"

"哎呀，"他回答："可别问我这个问题，我可不敢告诉你，因为如果我向别人透露这事，我们所有的财富就会消失。"

"非常好，"她说，"不应知道的还是不知道为好。"

然而，她没说真话，白天黑夜她都不安宁，把她丈夫纠缠得失去了耐心，他只好告诉她实情。就在这秘密泄露的一瞬间，豪宅和橱柜消失了，破旧的渔棚又恢复了原样，丈夫重操旧业去捕鱼了。可是他的运气不错，又一次捕到了那条金鱼。

"听着，"金鱼说，"如果你再把我投入水中，我还会给你城堡和装满肉的橱柜。但是千万别透露这一切，要不然一切可就又没了！"

"我会非常注意的。"渔夫答应着，然后把鱼放回水中。现在家中的一切又重新恢复了往日的辉煌，老婆面对大宗财富大喜过望，可仍是好奇心折磨得她坐卧不安，仅过数日，她又开始问这问那了。丈夫保持着沉默，但是时间不长，他又违背了诺言、泄露了秘密。

转眼间城堡就没了，他们又重新住在了破旧的棚子里。丈夫只得回去捕鱼，可是没想到那金鱼第三次撞入他的网内。"听着，"金鱼说，"看来我是命里注定逃不出你的手掌，那就带我回家，把我切成六片：让你老婆吃两片，你的马吃两片，剩下两片埋在地下，这样他们会赐（cì）福于你。"渔夫带着鱼回了家，并且按鱼所说的做了。时间过得很快，埋鱼肉的地方长出了两朵金荷花，马生了两只金马驹，而渔夫的老婆则生下了两个全身是金的孩子。孩子们长成了魁（kuí）梧英俊的小伙子,荷花和马驹也长大了。这时他们请求道:"父亲,我们想骑上我们的金马出去闯闯世界。"

他忧伤地答道:"要是你们都走了,我怎能放心呢,我怎能知道你们的情况呢?"

他们说:"那两朵金荷花不是在这儿吗。看着它们,你就会知道我们的情况了:如果它们鲜艳美丽,那我们就身体健康;如果它们变蔫(niān)了,那我们就是生病了;如果它们枯萎了,那我们就死了。"

他们骑着马出发了。他们走进一家酒店,发现里面有很多人,人们一看见两个金孩子就开始拿他们取笑。兄弟中的一个受不了众人的嘲讽,打消了闯世界的念头,打道回府去陪伴老父亲。另一位则坚持向前走,到了一片大森林。他正准备进去,旁边有人劝他:"你骑马穿过森林可不安全,林子里全是盗匪,他们可不是善人。"

可是他暗中给自己打气壮胆,然后取出熊皮穿在自己和马的身上,这样他们的金身就不会被别人看见了,他毫无畏惧地进入了林子。走了不远,他听见丛林中有响声,并且有人说话:一边有人喊:"这儿来了一个。"另一边答:"别理这个穿熊皮的,一看就是穷得跟教堂里的耗子一样,他身上能有什么值钱的?"于是金孩子高高兴兴、平平安安地走出了森林。

一天他走进了一个村庄,看到一位非常美丽的姑娘,在他眼里姑娘简直是世界上最最美丽的了。他顿时被爱情巨大的力量所征服,走上前去向姑娘表白:"我爱你,我真心实意地爱你,你肯嫁给我吗?"

姑娘也同样深深地爱慕着他,于是她同意说:"是的,我愿意嫁给你,并同你白头偕(xié)老。"

他们结婚了,新婚的日子无比甜蜜,这时新娘的父亲回到家来,知道女儿已经举行了婚礼,感到非常惊诧,问道:"新郎在哪里?"

旁人给他指点了仍然穿着熊皮的金孩子。父亲一看便勃然大怒：
"一个穿熊皮的决不能娶我的女儿！"说完就准备杀了他。

新娘苦苦央求，父亲终于平静下来了，然而，实在放不下这个念
头，第二天他早早起了床，想看看女婿（xù）是否真的是个衣着褴褛
（lán·lǚ）的乞丐。没想到当他偷偷地往房间里看的时候，却见床上
躺着一个浑身放金光的男人，地上是那张破旧的熊皮。

他暗中感叹道："能及时克制住自己真是万幸！否则我可真是罪
不可恕啦。"此时金孩子正在梦乡中，他梦见自己骑马出去猎到一只
漂亮的牡（mǔ）鹿，早上醒来后便对妻子说："我必须出去打猎。"她
感到不安，求他呆在家里，并且劝他："你会大祸临头的。"可是他回
答："我必须去。"

他站起身来，骑上马进了森林，走了不远，发现有一只漂亮的牡
鹿从他的路前面穿过，那的的确确就是他梦中的那只鹿。他瞄准了
正准备射箭时，那鹿跑开了。他穿灌木、过壕（háo）沟，不知疲倦地
追呀，整整追了一天，到了天黑时分，牡鹿从眼前消失了。金娃娃看了
看四周，发现自己正站在一座小房子前，里面坐着一个巫婆。他敲敲
门，那矮小的老太婆从里面出来问道："这么晚了你还在这大林子里
干什么？"

"您看见一只鹿了吗？"

"是的，"她回答，"我知道这鹿在哪儿。"

就在这时，从房子里奔出一条小狗，冲着他恶狠狠地叫着。"别
叫了，"他说，"再叫我就打死你。"不想这话把巫婆给惹火了，她喊
着："什么，你敢杀我的小狗？"随即把他变成了一块石头。

在家里，他的兄弟站在金荷花前，看到其中一朵突然凋萎了。"天
呐！"他喊道，"我的兄弟一定惨遭不幸了！我必须设法去救他。"

于是他骑着他的金马进入了森林，找到了他那变成石头的兄

弟。老巫婆从房子里出来叫住了他，想让他也中圈套，可是他不让她靠近，并且威胁说："你要是不把我兄弟变活了，我就射死你。"

巫婆虽然极其不乐意，但不得不用食指点了一下石头，让他兄弟马上恢复了人的形状。两个金娃娃又见面了，他们非常高兴。他们一块儿骑马离开了森林，然后一个去见他的新娘，另一个回去见父亲。

一见面老父亲就说道："我已经知道你救活了你的兄弟，因为那朵金荷花忽然间又竖起来了，并且还开了花。"

从此以后，他们的一生都幸福和富裕。

（格林兄弟）

圣母的孩子

　　大森林边住着一位樵夫和他的妻子。他们只有一个孩子，是个三岁的女孩。可是他们非常穷，连每天要吃的面包都没有。

　　一天早晨，樵夫愁眉苦脸地到森林里去砍柴，他的面前突然出现了一位高大、美丽的女人，她的头上还戴着一顶饰满了闪烁的星星的宝冠。她对樵夫说："我是耶稣 (sū) 的母亲，圣母玛利亚。你很穷，需要帮助。把你的孩子给我吧。我愿意把她带走，做她的母亲，好好照料她。"

　　樵夫听从她的话，把孩子带来，交给了圣母玛利亚。圣母玛利亚把孩子带到了天堂。孩子在天堂里过得很舒服，吃的是糖饼，喝的是甜牛奶，穿的是金衣服，陪她玩的是小天使。

　　她长到十四岁时，圣母玛利亚有一天把她叫到面前，对她说："亲爱的孩子，我要出一趟远门。这是天国十三座门的钥匙（yào·shi），由你保管。你可以打开其中十二扇门，看看里面的美景。这把小钥匙是开第十三扇门的，但是你千万不要把那扇门打开。"小女孩答应一定听圣母玛利亚的话。

　　等圣母玛利亚走了之后，她开始参观天国的住房。她每天打开一扇门，直到十二扇门被她一一打开。她看到每一扇门里都坐着一位耶稣的门徒，周围一片光辉灿烂。这辉煌的景象让她万分欢喜，也让昼夜陪伴她的小天使们非常高兴。现在只剩下那扇禁止被打开的门了。她非常想知道这扇门的后面藏的是什么。

一次，天使们全都出去了，她便想："现在只有我一个人，可以进去看一眼。我想谁也不会知道的。"她找出钥匙，一拿在手里就把它插进了锁孔，一插进锁孔就转动了一下，门一下子就开了。她看到里面在火与光之中坐着"三位一体"（基督教认为圣父、圣子、圣灵原为一体，故称"三位一体"——译者注）。

她站在那里，惊讶地望着一切，然后用手指碰了碰火光，她的手指立刻变成了金的。她顿时害怕极了，猛地关上门，逃走了。可是无论她想什么办法，她都无法消除她的恐惧。她的心总是怦怦直跳，而且手指上的金子怎么也去不掉，无论是擦呀还是洗呀，那金子还在那里。

圣母玛利亚不久就旅行回来了。她把小女孩叫到跟前，向她要回天国的钥匙。当她把钥匙递过去时，圣母玛利亚盯着她的眼睛问："你没有打开第十三扇门吧？"

"没有。"小女孩回答。

圣母把手放在小女孩的心口，感觉到她的心跳得很厉害，立刻明白她没有听话，知道她打开过那扇门。于是圣母又问："你真的没有打开过那扇门吗？"

"没有。"小女孩第二次回答。

这时，圣母看到了小女孩因为碰了天火而变成了金子的手指，知道她犯了罪，便第三次问她："你真的没有？"

"没有。"小女孩第三次说。圣母玛利亚说："你没有听我的话，而且你还撒谎。你不配再在天堂里住下去了。"

小姑娘昏昏沉沉地睡着了。当她醒来时，她发现自己躺在人间的一片荒野中。她想喊叫，可是她发不出任何声音。她站起来想逃走，却发现自己无论走哪个方向，总有密密的荆棘丛挡住她的去路，怎么也越不过去。在包围她的荒地上立着一棵空心的老树，这便成了她的家。夜晚来临时，她就爬进树洞，睡在里面。刮风下雨的时候，她也躲在里面。每当她想起天堂里的幸福生活、想起和小天使们玩耍的情景，她都会伤心痛哭。草根和野果是她唯一的食物，而这些她还得努力寻找。秋天到来的时候，她捡起掉在地上的核桃和树叶，把它们搬进树洞。这些核桃是她冬天的食粮；而在雪花纷飞、天寒地冻的日子里，她只能像可怜的小动物一样爬进那些树叶里，免得被冻死。不久，她的衣服就破了，一片一片地掉了下来。她的长头发像一件斗篷，把她全身遮得严严实实。她就这样一年一年地坐在那里，感受着世间的凄苦与不幸。

冬去春来，树木重新换上了新绿。一天，国王在森林里打猎，追赶一头狍 (páo) 子，可狍子钻进了包围着这片树林的灌木丛中。国王下了马，拨开灌木，用剑为自己砍出了一条路。等他终于穿过灌木丛时，他看到树下坐着一位非常美丽的姑娘。国王呆呆地站在那里，无比惊讶地看着她，然后才问她："你是谁？怎么坐在这荒野里？"

可是她无法说话，因为她张不了嘴。

国王又问："你愿意跟我回王宫吗？"她只是稍稍点了点头。国王抱起她，把她放到马背上，带着她骑马回宫。到了王宫后，他让人给她穿上最美的衣服，还给了她各种各样的东西。她虽然不会说话，却非常美丽、温柔，国王真心实意地爱上了她，没过多久就娶她做了妻子。

大约过了一年，这位王后生下了一个儿子。当天夜里，当她一个人躺在床上时，圣母玛利亚出现在她的面前，并且对她说："要是你说实话，承认自己打开过那扇禁止打开的门，我就打开你的嘴，让你能开口说话；可要是你继续否认自己的罪孽 (niè)，我就把你的初生婴儿带走。"

圣母这时允许王后说话，可王后固执地说："不，我没有打开那扇禁止打开的门。"圣母玛利亚便从她怀里夺过婴儿，带着他消失了。

第二天早晨，看到孩子不见了，人们便在私下里议论，说王后是吃人的恶魔，竟然杀死了自己的孩子。这些话她全听到了，却没法说什么。好在国王非常爱她，所以他不相信大家所说的话。

一年过后，王后又生了一个儿子。夜里圣母玛利亚又来到了她的面前，对她说："要是你承认打开过那扇禁止打开的门，我就把你的孩子还给你，并且让你开口说话；可要是你继续否认，我就把你这个初生的孩子也带走。"

王后仍然回答："没有，我没有打开那扇门。"圣母只好又从她怀里夺过孩子，带着他回天国去了。

第二天早晨，人们看到这个孩子又不见了，便公开地说孩子肯定是被王后吞吃掉了。国王的大臣们要求审判她，但国王因为深爱着王后，不但不肯相信别人的话，而且还禁止大臣们谈及这件事。

又过了一年，王后生了一个非常美丽的女儿。圣母玛利亚第三次在夜里出现在她的面前，对她说："跟我来。"她牵着王后的手，带着她来到天国，让她看她的两个儿子。那兄弟俩一面朝她微笑，一面玩着地球仪。这情景让王后很高兴，圣母玛利亚便说："你的心还没有软下来吗？要是你承认你打开过那扇禁止打开的门，我就把他们还给你。"

可是王后第三次回答道："没有，我没有打开那扇门。"于是圣母让她重新回到地面，并且带走了她的第三个孩子。

第二天早晨，当孩子失踪的消息传出去之后，所有的人都吼了起来："王后是个吃人的恶魔！我们必须审判她！"这一次连国王也无法再阻拦大臣们了。大家对她进行了审判。由于她不能说话，无法为自己辩解，她被判处火刑。木柴堆好了，她被紧紧地绑在木桩上，烈火开始在她的四周燃烧。这时，骄傲的坚冰开始融化，她的心中充满了悔恨。她想："我要是能在临死前承认我打开过那扇门就好了！"突然，她的嗓音恢复了，她大声喊道："是的，圣母，我开过那扇门！"话音刚落，大雨从天而降，浇灭了火焰。她的头顶出现了一道亮光，圣母玛利亚怀抱刚刚出生的小公主，带着两个王子落在她的身边。她慈祥地对王后说："一个人只要承认自己的罪过，并且为此而忏悔，他就会得到宽恕。"她把三个孩子交给王后，让她能重新说话，并且让她终身幸福。

（格林兄弟）

魔鬼的三根金发

从前, 有一个穷人, 他只生了一个儿子。儿子在出生时, 天上吉星高照, 看见的人都说他这个儿子有红运, 在十四岁的时候会和国王的女儿结婚。

正巧, 这个王国的国王在孩子出生后不久微服私访, 他从这个村庄经过时, 询问这儿是不是有什么新闻话题。有个人说: "有的, 这儿刚出生了一个孩子, 人们都说这是一个很幸运的孩子, 还说他在十四岁的时候, 命中注定要和国王的女儿结婚。"

国王听了很不高兴, 于是找到这个孩子的父母亲, 问他们是否愿意把他们的儿子卖给他。由于他们穷得几乎连面包也没有吃的了, 所以他们最后同意了。

国王抱着这个孩子, 把他放进一个箱子里面, 然后骑着马带走了。当他走到一条很深的小河边时, 便把箱子扔进了水流中, 自言自语地说: "这个小绅士永远也不会做我女儿的丈夫了。"

然而, 神灵保佑着这个孩子, 箱子并没有沉到水里去, 而是漂浮在水面上, 并且没有一滴水漏进箱子里。最后, 这只箱子漂到离国王一公里远的地方, 停在了一座磨坊的拦水坝上。不久, 磨坊的主人看到这只箱子, 便拿来一根长竿子, 把箱子打捞到岸边。他打开箱子一看, 发现里面竟是一个漂亮的小男孩。因为他和他妻子正好没有小孩, 所以他们非常高兴, 很自豪地说: "这是上帝送给我们的。"他们非常细心地哺养小孩, 又耐心地培养他。

小孩慢慢地长大了，长得真是人见人爱。十三年转眼就过去了。有一次，国王偶然来到磨坊，他看见这个可爱的孩子，就问磨坊主，这个少年是不是他们的儿子，磨坊主回答说："不是的，我是在他还是一个婴儿时，在一只漂在拦河坝上的箱子里面发现的。"

国王一听连忙问道："有多久了？"

磨坊主回答说道："大约有十三年了。"国王马上明白这少年正是他装到箱子里面又扔到河里的那个孩子。回想起以前的传言，他不甘心，又想出了个主意，他说道："他是个多可爱的小伙子，能让他帮我送一封信给王后吗？要是乐意的话，我会给两块金元宝作为他的辛苦费。"

磨坊主回答说："谨遵陛下的吩咐。"

国王写了一封给王后的信，信中说："这个送信的人一到达，就把他立即杀死埋掉，在我返回前，一切都要做完。"

少年带着信出发了，可他却在路上迷失了方向，晚上竟撞进了一座大森林，他不得不在黑暗中摸索着寻找道路。他看到不远处有灯火晃动，循着火光，他来到了一座小村舍。房屋里有一个老太婆，老太婆看到他后很害怕，说道："你怎么到这儿来了？你要去哪里呀？"

"我要去见王后，给她送一封信，但我迷路了，很想在这儿过夜休息一下。"

"你太不幸运了，竟撞进这个强盗窝，要是那帮强盗回来看到你在这儿，他们会杀死你的。"

他回答说："我太疲倦了，管它哩，我已经走不动了，先休息再说。"说完，把信放在桌子上，躺在一条长凳子上睡着了。

强盗们回来后看到他，便问老太婆这个陌生的少年是谁。她回答说："他是给王后送信的人，中途迷路了才走到这儿的。"强盗们拿起信，拆开一看，里面写的是要王后杀掉送信者。不知是出于对这个少年的同情，还是想和国王作对，强盗头将信撕了，另外写了一封信，信中要王后在这个少年到达后，马上让他和公主结婚。他们没有惊动他，一直到第二天早晨他起来后，才由老太婆指给他去王宫的正确道路。

少年到了王宫，将信交给王后。王后看过信后，马上为婚礼做了尽可能周到的准备。看到少年如此英俊，公主非常愿意嫁给他做妻子。过了一段时间，国王回宫了。当他看到这个幸运的孩子不仅没有在他的奸计中丧生、反而和他的女儿结了婚的情况后，气得暴跳如雷，叫道："任何要娶我女儿的人都必须下到地狱去，把魔王头上的三根金头发给我取来。只有这样，我才能同意他做我的女婿。"

少年说道："我一定很快就会办到。"于是，他告别妻子，踏上了冒险之路。他经过第一座城市时，城市卫兵拦住他，问他是干什么活的，他回答说："我什么事都能干！"

他们说道："如果真是这样，你就是我们想要找的人。请告诉我们，在我们的城市里，集市中有一口喷泉为什么干了、再没有泉水冒出来？要是你找出了原因的话，我们将给你两头驮满金子的驴。"

他说道："等我回来的时候，我就全部都知道了。"

不久，他来到了另外一座城市，那儿的卫兵也问他有什手艺、懂得什么。他回答说："我什么事都能干！"

他们说："那就请为我们做一件事情，告诉我们那棵过去为我们结金苹果的树，现在为什么连一片叶子也不生了。"

他说道："我非常愿意为你们效劳，当我回来时，我就知道了。"

最后，他来到一个大湖边，他必须横渡过去。年轻人找到一只渡船后，摆渡的船夫不久就开始问他是干什么的、懂得什么事情。他说："我什么事都懂！"

　　船夫说道："那么，请指教我，为什么我总是在这水上摆渡、始终不能脱开身子去干其它的行当。你要是能告诉我，我将重重地谢你。"

　　年轻人说："当我返回时，我会告诉你的。"

　　渡过湖后，他来到了地狱。地狱看起来既阴森又恐怖，但魔王此刻不在家里，他的奶奶正坐在安乐椅上。看到他后，她问道："你来找什么呀？"

　　他回答道："魔王头上的三根金头发。"接着，他把自己的遭遇告诉了她。

　　"你真是敢冒奇险啦！"她很同情又很赞赏这个年轻人，决定帮助他，就说道："我会尽我所能来帮助你的。"说罢，他把年轻人变成了一只蚂蚁，要他躲藏在她外衣的褶皱里。

　　他很感激地说："太好了，不过我还想知道，为什么那个城里的喷泉干枯了？为什么结金苹果的树现在连叶子也不生了？是什么原因使船夫老在那儿摆渡？"

　　老奶奶听了说道："那的确是三个令人费解的问题，但你在我给魔王拔金头发时，静静地趴着别动。千万留神听魔王所说的话。"

　　天黑不久，魔王回家来了。他一进来就开始用鼻子不停地嗅(xiù)空气，大叫道："这儿不对头，我闻到了人肉的气味。"到处翻弄察看之后，他什么也没找着。老奶奶责骂说："我刚刚才收拾整齐，你为什么又把屋子搞得乱七八糟呢？"经过这一阵折腾之后，他也累了，就把头枕在老奶奶的膝上，很快睡着了，不久就发出了鼾声。

　　这时，老奶奶抓住他头上的一根金头发拔了出来。魔王"哎哟！"叫喊一声惊跳起来，"你在干什么呀？"

　　她回答说："我做了一个噩梦，情急之中，抓了一下你的头发。我梦见有个城市的集市上有一口喷泉干枯了，没有水流出来，不知道是什么原因？"

魔王说道："嗨！其实，那只是喷泉里面的一块石头下蹲着一只癞蛤蟆，只要把癞蛤蟆打死，泉水又会流出来的。"

说完这话，他又睡着了。老奶奶趁机又拔了他一根头发，他惊醒后气冲冲地叫道："你到底要干什么？"

她说道："别发火，我刚刚睡觉时梦见在一个大王国里，有一棵美丽的树，这棵树过去是结金苹果的，但现在树上却一片叶子也不生了，这是什么原因呢？"

魔王说道："嗨！在那棵树的根部，有只老鼠在不停地啃咬树根，只有把它打死，那棵树才能重新结出金苹果来。现在让我安稳地睡觉吧，要是你再把我弄醒，你会后悔的。"

接着，他再次睡了过去，当听到他发出呼噜声后，老奶奶再次拔下了第三根金头发。魔王跳起来厉声喊着就要发作，但她还是使他平静下来了，说道："我又做了一个奇怪的梦，梦见一个船夫似乎命中注定要在一个湖上不停地为人来回摆渡，总是脱不开身，是不是有什么魔力困住了他？"

魔王听了说道："真是一个蠢东西！如果他把船篙 (gāo) 塞到另外一个渡客的手中，他不就脱开身了吗？让我好好地睡吧，再别打扰我了。"

到第二天早上，魔王起来之后出去了。老奶奶将蚂蚁变成年轻人原样后，把三根金发给了他，叮嘱他要记住那三个问题的答案。年轻人在真诚道谢之后，踏上了回家的旅程。

不久，他回到渡口。船夫看到他回来了，询问他应允自己的问题的答案，年轻人说："你先把我渡过去，我再告诉你脱身的办法。"当船到达对岸后，他告诉船夫，只要把手中的船篙塞到其他渡客手中，他就可以脱开身了。

接着，他到了那棵不结金苹果的树所在的城市，他告诉他们说："只要把那只啃咬树根的老鼠打死，你们就又能收获金苹果了。"他们把很多财宝作为礼物送给了他。

最后，他回到喷泉枯竭了的城市，他告诉他们必须杀死石头下的癞蛤蟆，水才会流出来。他们很感激他，给了他两头驮满金子的驴子。

终于，这个幸运儿回到了家里，妻子看到他，又听到他把所有的事都办妥了，高兴极了。年轻人把三根金头发交给了国王，国王再也不能反对他跟自己女儿的婚事了。

当国王看到所有的金银财宝时，激动万分地说道："我亲爱的女婿，你是在哪儿找到这些金子的？"

年轻人说道："在一个湖边，那儿有好多好多的金银财宝。"

贪财的国王急忙起程去了。当他来到湖边时，他唤过船夫说要过湖去，船夫便要他坐上船来。他刚一上船，船夫马上把船篙塞到他手中，然后跳上岸走了，留下老国王在那儿摆渡。这就是对他罪孽的惩罚。

（格林兄弟）

穷人和富人

　　古时候，上帝在那时还习惯于亲自与地球上的凡人打交道。有一次天已经黑了，他还没有找到一家酒店，蒙蒙夜色使他身心憔悴（qiáo·cuì）。这时他发现前面有两栋房子面对面地竖立在路的两边：一栋大而漂亮，另一栋小而破旧；大的属于一个财主，小的属于一个穷人。

　　上帝暗想："如果我住在财主家，是不会给他增加负担的。"

　　当财主听到有人敲门时，他打开窗户问陌生人想要什么，上帝回答："我就想住一晚上。"

　　财主上上下下将来人打量了一番，见上帝衣着平凡，不像兜里有什么钱的人，便摇摇脑袋说道："不行，我不能让你住，如果凡是敲门的人我全接待的话，用不了多久，我就得出门要饭了。"说完，他就关上了窗户。

　　于是上帝转身离开了财主，走到对面的小房子前敲门。刚刚敲了门，那穷人就打开了那扇小门并把来人请了进去。"留下同我一起过夜吧，天已经黑了，"他说，"今晚你不能再赶路了。"

　　上帝被感动了，他走进屋来。穷人的老婆握着他的手表示欢迎，并让他别客气，就像到家一样，有什么就用什么。

　　晚饭后该上床睡觉了，穷人过去邀请这陌生的客人说，如果不嫌弃的话，就请睡在他们的床上好好地休息。可是上帝定然不肯睡在两位老人的床上。无论上帝如何拒绝，他们就是不同意，直到最后，上帝接受了，睡在了床上，他们自己在地上铺了些草躺在了上面。

第二天，天刚亮，他们就起床为客人做了一顿他们所能做的最好的早餐。当阳光穿过了小小的窗户时，上帝起了床，又和他们一起吃了饭，然后准备起程赶路。

他站在门前，回过身去说道："你们是善良的人，请为自己许三个愿吧，我会恩准的。"

于是穷人说："我希望我们两口子一辈子幸福健康、每天都有面包吃，除了这些愿望外，我不知道还需要什么。"

上帝对他说："难道你不想用一座新房子替换你这旧房子吗？"

"噢，对，"穷人道，"我非常高兴，如果我也能有座新房子的话。"

上帝实现了他的愿望，将他们的破旧房子变成一座新房，然后再次向他们表示了祝福，便上了路。

太阳高高升起了，财主起了床，从窗户里探出身子向外望。只见路对面原来破旧小棚子的地方，出现了一栋崭（zhǎn）新的红砖房。他忙把他的老婆叫来问道："跟我说，出了什么事？昨晚上还是那个可怜巴巴的小棚子，今天怎么就成了一栋崭新漂亮的大屋子，赶紧过去看看那是怎么了。"

于是他的老婆过去问穷人，他告诉她："昨晚上，有个过路的来要求住一宿，今天早上走的时候让我们实现了三个愿望。"

富人的老婆听后，赶紧跑回来告诉她丈夫事情的经过。富人叹道："我真恨不得撕了我自己！我怎么早不知道！"

"那你还不快点儿！"他老婆督促道，"骑马去追。你还能赶上他，你必须叫他也让你实现三个愿望。"

富人觉得这主意不错，骑上马飞奔而去，一会儿就追上了上帝。他对上帝轻声细语地道歉，请上帝别因为没让他直接进屋而生气，说他当时是在找前门的钥匙，没想过路人已经走了。

然后富人问他是否也能许三个愿，就像他的邻居一样。

上帝没有办法，只得告诉他："回家去吧，过会儿你许的三个愿会实现的。"

富人的要求得到了满足，在回家的路上，他一边骑着马，一边想他该许什么愿，想着想着，缰绳掉了，这时马便开始不老实走路了，边走边跳。他拍拍马的脖子说："轻点儿，丽萨。"可是那马又开始玩新花样。最后他实在忍不住了，大声吼道："我希望摔断你的脖子！"话音刚落，那马立刻倒地，一动不动地死了。就这样，他的第一个愿望实现了。由于他生性吝啬，舍不得把马鞍子给扔了，所以他把马鞍子卸了下来，扛在肩上。现在他不得不走着回家了。"我还剩下两个愿望。"他自己安慰自己。

他在沙漠上缓慢地走着，中午的太阳跟火炉一样热，他的火气越来越大。马鞍硌（gè）着肩膀疼，他还没想出要许个什么愿。

有好几次他觉得他已经想好了，可是过会儿，他又觉得太少啦。这时他脑子里想的是他老婆过得多舒服，说不定正在吃什么好吃的。这么一想不要紧，自己就别提多恼火啦，糊里糊涂地说出："我真希望她坐在这马鞍子上下不来，省得我一路上老扛着它。"

他话还未说完，肩上的马鞍子就没了，他这才明白第二个愿望也实现了。他立刻感到热得受不了啦。他开始跑了起来，想快点儿回到家中。谁知道等到了家，打开房门，却看见他老婆正骑在房子中间的马鞍上，又哭又闹，怎么也下不来。

他安慰道："忍受一会儿，等会儿我许愿把世间所有的财富都给你，你就呆在那儿别动。"

然而，她却骂他是个傻瓜："如果我老是骑在这马鞍子上不下来，那么世间的所有财富对我又有什么用？是你许愿把我给许上去的，你得给我弄下来。"这样一来，富人没有办法了，无论他愿意还是不愿意，他都不得不许第三个愿让他的老婆从马鞍子上下来。这个愿望也很灵验。最终，富人除了烦恼、劳累和羞辱，并且还损失了他的马外，一无所获；而那一对穷人却快乐、宁静、守本分地生活了一辈子。

（格林兄弟）

少女玛琳

　　从前有个国王，他的一个儿子想向另一个强国的公主求婚。公主的名字叫玛琳，生得国色天姿、相貌迷人，因为公主的父亲准备把她嫁给别人，所以没有答应王子的求婚。可他和公主早就心心相印，彼此不愿分离。玛琳姑娘也对父亲说："今生今世我非他不嫁。"国王一听勃然大怒，下令建造一座高塔，里面一片漆黑，不透丁点儿光线。塔建好后，他对女儿说："你得呆在塔里，七年后我再来，看你固执的念头打消了没有。"七年的饭食和水被带进了塔中，公主和她的侍女也被带进了塔里，墙被封死，从此与外面的世界隔绝。

　　时光在流逝，食物和水一天天地在减少，公主和侍女知道七年的期限就要到了，她们以为自己的出头之日就要到了，可是却听不到锤子的敲击声，也没有墙上石头落地的声音，看来她的父亲已把她忘了。剩下的食物只能维持最后几天了，眼看着她们只能等死，玛琳姑娘说："我们必须最后试一次，看看能否把墙弄穿。"她拿出了切面包的刀子，在石头缝的泥灰中使劲地挖呀、钻呀，累了就让侍女接着干。三天后，第一缕阳光射了进来，照在她们所在的黑暗处；最后口子大了，她们可以看到外面的世界了：天空湛蓝湛蓝的，微风轻抚着她们的面庞，可是周围的一切是多么凄凉啊！她父亲的宫殿早已成为一片废墟，目所能及的城市和村落都已成了焦土，还有大量的土地早已荒废，远近更是看不到人烟。缺口又弄大了，侍女先跳了下去，玛琳公主跟在后面，可是现在她们该往哪里去呢？整个王国已被敌人洗劫一空，他们驱逐了国王，屠杀了他的所有臣民。公主和侍女只得继续往前走，去寻找另一个国家。但无论到哪里都找不到歇脚点，一路上没有人肯给她们施舍半点儿饭，她们只有靠荨（qián）麻来充饥。经过长途跋涉，她们终于来到了另一个国家，她们开始到处找活干，可敲了许多家的门，都被拒绝了，没有人同情她们。最后她们来到了一座大城市，她们直奔皇宫，可那里的人也叫她们走开，最后厨师收留了她们，让她们帮着打扫卫生。

现在这个国家的王子正巧是想向玛琳姑娘求婚的人。王子的父亲给他挑选了另一位新娘，这位新娘不仅奇丑无比，而且心狠手辣。婚期已定，新娘也已到了，可由于她生得实在太丑，她便把自己关在屋里不愿见人。少女玛琳从厨房给她端来饭菜。新郎、新娘上教堂的时间终于到了，新娘也因为自己丑陋而懊悔不已，怕自己在街上一露面，会遭到众人的戏谑（xuè）和嘲笑，于是她对少女玛琳说："你真是有天大的福分！我的脚扭了，不能在街上走，你就穿上我的婚纱替我一回吧！这对你来说该是莫大的荣誉和无上的光荣。"

可是玛琳姑娘却不同意，并说："我不希望得到任何不属于我的荣誉。"

新娘又以金钱来引诱她，可这也是徒劳的。最后新娘火了，说："如果你不听我的话，我就要你的命。只消我说一个字，管叫你人头落地。"

少女玛琳只好服从了，于是她穿上新娘华丽的婚礼服，戴上了首饰。当她踏进皇宫的大厅时，在场的所有人都为她的美丽所震惊。只听国王对王子说："这就是我为你挑的新娘，你就引她去教堂吧。"

新郎惊呆了，心想："她这么像我的玛琳，这真叫我以为她就是玛琳；可是现在她还被囚在高高的塔里，或许已经死了。"

于是他拉着姑娘的手，引她去教堂。她看见了一丛荨麻，就说道：

"噢，荨麻呀荨麻，

小小的荨麻，

你为何孤零零地长在这里？

我还记得那个时候

我没有煮你，

就拿你来生吃。"

"你在说什么？"王子问。

"没什么，"少女玛琳答道，"我只是想到了少女玛琳。"

王子很是诧异她竟会认识少女玛琳，可他什么都没说。当他们来到通往教堂的独木桥时，她又说：

"独木桥呀你莫断，

我可不是真新娘。"

"你在说什么？"王子又问。

"没什么，"她回答说，"我只是想起了少女玛琳。"

"你认识少女玛琳？"

"噢，不，"她答道，"我怎么会认识她呢？我仅仅是听说过她。"

当他们来到教堂门口时，她又一次说：

"教堂的门呀打不破，

我这新娘是冒牌货。"

"你在说什么？"王子又问。

"噢，"她答道，"我只是想起了少女玛琳。"

王子取出了一串珍贵的项链，戴在她的脖子上，替她扣好了链环，于是他们双双走进了教堂。在圣台前，牧师把他们的手拉在一起，为他们主了婚。然后王子领着新娘回去了，可一路上新娘却一言不发。他们一到皇宫，玛琳就匆匆跑进丑新娘的房间，脱下身上华丽的衣服，卸下首饰，重新穿上了自己的灰罩衫，不过脖子上留下了新郎送给她的那串项链。

夜晚来临时，新郎领着新娘进了新房；可新娘的头上蒙着块纱巾，不让新郎发现这场骗局。当众人散去后，新郎对新娘说："你曾对路边长着的荨麻说过什么？"

"对荨麻？"新娘问道，"我没有对荨麻说过什么呀！"

"如果你没有对荨麻说过什么，那你一定是假新娘。"新郎说。

新娘想了想，说道："我得去找我的侍女，她总替我记着这些事儿。"

于是她就出去找到了少女玛琳。"小丫头，你曾对荨麻说过什么？""我只是说：

噢，荨麻呀荨麻，

小小的荨麻，

你为何孤零零地长在这里？

我还记得那个时候

我没有煮你，

就拿你来生吃。"

听到这些话，新娘立刻跑回新房，对新郎说："我知道我对荨麻说过什么了！"于是她就把刚听到的话重复了一遍。

"可是我们过桥时，你又对桥说了什么？"王子问道。

"对桥？"新娘吃惊地问，"我什么都没对桥说呀！"

"那么你就不是真正的新娘。"新娘赶紧又说："我得去问问我的侍女，她替我记着这些事儿。"

说完就跑出去责备少女玛琳："臭丫头，你究竟对桥说了什么？""我只是说：

独木桥呀你莫断,

我可不是真新娘。"

"我会要你的命!"新娘叫道,可她又急忙跑进房间说:"现在我知道我对脚下的桥说过什么了!"说完就重复了少女玛琳的话。

"那么你又对教堂的门说了什么?"

"对教堂的门?"新娘万分惊讶,"我没对教堂门说过什么呀!"

"那么你是假新娘。"

新娘不得不再一次出去训斥少女玛琳:"臭丫头,你对教堂的门说过了些什么?""我只是说:

教堂的门呀打不破,

我这新娘是冒牌货。"

"我会要你的命!"丑新娘喊道,气得她不得了,可人早又飞快地跑回了新房对王子说:"我知道我对教堂的门说过什么了!"

说完就把少女玛琳的话重复了一遍。"可是我在教堂门口给你的项链哪去了?"

"什么项链?"新娘答道,"你并没有给我项链呀!"

"是我亲手给戴上的,而且还是我替你扣好的。如果你连这都不知道,那你就不是真新娘。"

他一把揭开了她脸上的面纱,猛地看到了她那无比丑陋的脸,吓了一大跳,说:"你是谁?你是怎么来这儿的?"

"我是你的新娘呀!因为我害怕大伙笑话我,就让那厨房中的丫头穿上我的衣服,替我去了教堂。"

"那丫头在哪里?"王子问道,"我想见她,快把她带来见我。"

丑新娘赶紧出去告诉仆人,厨房那丫头是个骗子,要他们把她带到院子里杀掉。仆人们拉着少女玛琳就往外拖,她大呼救命,王子听到了呼叫声，匆忙跑出房间，他命令仆人立刻放了玛琳。灯点上后，王子看到了他在教堂前给她的那串项链，"你才是真新娘，"王子说，"你和我一起进了教堂，现在和我回新房吧！"当只剩下他们俩的时候，王子说："在去教堂的路上你提到了少女玛琳，她原是我的未婚妻；如果我的直觉没有错的话，站在我面前的应是她，你真是和她一模一样。"

姑娘回答道："我就是少女玛琳。为了你，我在黑暗中囚禁了七年；为了你，我忍饥又挨饿；为了你，我在期待与贫穷中挣扎了许久。现在阳光终于又重新照在了我的身上。我在教堂中与你结了婚；现在，我就是你的合法妻子。"

于是他们互相亲吻着，从此生活幸福又美满。那假新娘也为她的所作所为付出了代价，最后被砍了头。

（格林兄弟）

生命之水

  很久很久以前，在一个非常遥远的地方，有一个国王生了重病，人们都认为他已经病入膏肓、无药可救了。

  国王有三个儿子，他们对父亲的身体非常担心，每当他们伤心之时就跑到王宫的花园里去哭泣。一次，他们在花园里遇见了一位老人，老人问他们什么使得他们这么伤心。他们就把自己对父亲生病、担心无法医治的事告诉了老人，老人听了之后说道："原来是这么回事，我知道有一种生命之水，只要你们的父亲喝上一口，他的病就会好，并且很快就能恢复健康，但这种水非常难找到。"

  大儿子忙说："我一定要找到这种水。"他来到生病的父亲面前，请求让他去找生命之水，这是救父亲生命的唯一希望。

  但国王说："不！我宁愿死去，也不要你去冒这个险。"大儿子苦苦哀求父亲让他去，他心里是这样想的："如果我给父亲找回了生命之水，我就是父亲最亲爱的人了，他一定会让我继承他的王位。"经过努力，国王终于同意了他的请求。

  大王子出发了，他一路上趾高气扬、不闻不问。一天，他来到一座树木丛生、怪石林立的深山峡谷中，四下一看，他发现上面的怪石上坐着一个小矮人。

  小矮人问他："王子，你走这么快要到哪儿去呀？"

  "关你什么事呢？你这个丑小鬼。"王子轻蔑傲慢地说完，骑着马走了。小矮人对他的行为非常生气，针对他念了一句邪恶的咒语。

这一来，大王子骑马所经过的山峡就变得越来越窄，最后山道狭窄到他一步也不能向前移动了。他想拨马往来路退回去，但后面的山峡也合在一起使他完全卡在了里面，他想下马走路，可连马也下不来了，竟死死地被咒语困在那儿了。

他的父亲老国王在病中一天挨一天地盼望着大儿子，可就是不见他回转。时间不等人，二儿子又向父亲说："爸爸，我要去找生命之水。"他暗想："我哥哥一定是死了，如果我这一去运气好，这个王国今后肯定就归我来继承了。"国王开始不愿意让他去，但最后经不住他苦苦哀求，就同意了他的请求。他沿着哥哥相同的路径，抱着相同的态度，在同一个地方遇上了同一个小矮人。

小矮人和先前一样说道："王子，你走这么快要到哪儿去呀？"

"多管闲事！留意你自己的事情吧。"王子很不屑地回答完，骑着马走了，小矮人气愤之下对他施了同样的魔法，二王子也和他哥哥一样被困在窄窄的山峡中，既不能前进，也不能后退了。这就是那些自以为聪明、不听劝说、不懂礼貌、骄傲而又愚蠢的人的下场。

二王子出去不少时候了，在和他哥哥一样杳无音讯的情况下，小王子也向父亲请求要去寻找生命之水，他自信能很快使父亲恢复健康，最后他征得父亲的同意出发了。他在同一个地方也遇到了小矮人。

小矮人问道："王子，你走这么快要到哪儿去呀？"

小王子回答说："我爸爸生病快要死了，我是去寻找生命之水来救活他的。您能帮助我吗？"

小矮人问道："你知道到哪儿去找吗？"

小王子回答道："不知道。"

小矮人说道："你对我说话挺和气，又真心诚意地请求我的帮助，我就告诉你到哪儿去找，又如何去找这种生命之水吧。你所要寻找的水是一座被施了魔法的城堡中一口井里面涌出来的水，我给你一根铁杖和两小块面包，你可以很顺利地到达那儿。当你到达城堡时，用这根铁杖敲三下城门，门会自动打开。进门迎面躺着两头饥饿的狮子，张着大嘴随时等候着猎物送上门来，但如果把面包扔给它们，它们就会让你进去，你要尽快到井边去取生命之水，赶在时钟敲过十二点之前出城，要是你稍有耽搁，城门又会关上，你就永远也别想出来了。"

小王子对小矮人热情友好的帮助连声道谢，接过铁杖和面包，按照小矮人的指点出发了。他翻山越岭、漂洋过海，终于到达此行的目的地——被施了魔法的城堡。一切都和小矮人所说的完全相同，他用铁杖敲了三下城门，门向上打开了，扔掉面包让狮子安静下来后，他走进城堡，终于来到一座漂亮的大厅。

大厅周围有几个骑士坐在那儿昏睡着，他取下他们的戒指戴在自己的手指上。又顺着大厅走到另一间房中，看到一张桌子上有一把宝剑和一块面包，他一起收了起来。他又走到一个房间里，房子里的一张靠椅上坐着一个年轻美丽的少女，看见他进来，少女很高兴地欢迎他，说他为她解脱了魔咒，他就应该得到这个王国，要是他一年之后回到这儿，她就和他结婚。接着，她又告诉他那口井就在王宫的花园里，要他赶快在十二点钟之前去汲取他所要的生命之水。

告别少女后，他一路寻去，就在他走进那座美丽的花园时，一座令人爽快的凉棚吸引了他的注意。凉棚下有一张睡椅，看到这些，他想到自己太累了，应该休息一会儿。于是，他走上前去，在睡椅上躺了下来，很快就沉睡过去，一直睡到十一点四十五分才醒来。当意识到剩下的时间已经不多时，他立即惊慌地跳起来向井口跑去，拿起井边的一个杯子舀了一满杯水，十万火急地及时冲出了城门。他刚刚跨出铁门，时钟就敲过十二点，铁门从上面落了下来，速度极快，连他的鞋后跟也被切掉了一块。

他从惊慌中回过神来，发现自己并没有受伤，想到自己得到了生命之水，非常兴奋。于是，他快快活活地走上了回家的路。

在经过他遇到小矮人的地方时，小矮人仍在那儿。小矮人看见宝剑和面包后说："你已经得到了价值连城的东西。用这口宝剑，你只要一挥，整个敌军都会被杀死，这块面包则是一块永远吃不完的面包。"

王子心想："我不能一个人回去见我父亲，应该和两个哥哥一起回去。"所以，他说道："亲爱的小矮神，你能不能告诉我，我的两个哥哥在哪儿吗？他们在我之前出来寻找生命之水，一直没有回去。"

小矮人回答说："我已经用魔法把他们锁在两座山之间了，因为他们太傲慢无礼、不听人劝告。"

小王子听了之后，苦苦地为他的两个哥哥求情，乞求小矮人放了他们，尽管小矮人不愿意，但还是将他们放了，并告诫他说："你要小心提防他们，这两个家伙心术不正。"

他们兄弟见面之后非常高兴，小王子把他是如何发现生命之水，并取了一满杯，以及他是如何解救一个美丽的公主摆脱魔咒的，公主又如何约定一年以后等他去和她完婚，要把王位传给他等经历都告诉了他们，然后三人一起骑着马往回赶路。

在路上，他们经过一个国家时，看到那儿正遭受战争和饥饿的蹂躏，土地荒芜，民不聊生，人们都以为这个国家就要灭亡了。但小王子把那块面包借给那个国王，使他的臣民摆脱了饥饿，又用那把宝剑杀败了敌国的军队，使这个王国恢复了和平，过上了富裕的生活。

一路上，他又以同样的方式帮助了他们所经过的另外两个国家，把他们从危难之中解救出来，使那里的人民得以安居乐业。

最后，他们来到海边，一起上了一艘船。当船在海上航行的时候，两个哥哥私下说："弟弟找到了我们没能找到的生命之水，因此，父亲一定会看轻我们，并且会把属于我们的王位传给他。"

他们充满妒忌和报复心理，一起商定怎样才能毁了他。他们等他睡觉后，偷偷地把那杯生命之水倒出来自己藏着，在杯子里换上了海水。

当他们回到王宫时，小儿子把他的杯子端给病重的父亲，满以为他喝了就会恢复健康。

可是国王只尝了一点点海水，病情就更加严重了。这时，大王子和二王子进来斥责小弟弟，说他这样做是想毒害自己的父亲，他们才真正找到了生命之水，并带了回来。说完，他们把水端给国王喝。国王刚喝一点，就觉得病好了，而且身体变得和他自己年轻时一样强健。两个哥哥走到弟弟身边嘲笑他说："哎哟！弟弟，你不是找到了生命之水吗？你千辛万苦跋涉，却让我们得到了回报，你要是聪明一点的话，为什么不把眼睛放亮一点呢？明年，我们俩会有一个去娶你那美丽的公主。要是你不留点神，把这事说了出去，不仅父亲不会再相信你的话，我们也会要你的命。要是你安静一些不做声，我们倒是可以饶你性命。"

老国王的病好了之后，对小儿子仍然很生气，以为他是想害他的命。于是，他召集大臣问他们应该怎么处理这事，最后商定的结果是要将他的小儿子处死，而小王子对此事一点也不知道。

一天，国王的猎手去打猎，他们一起在树林中时，小王子看见猎人一付愁眉苦脸的样子，就问道："我的朋友，你有什么心事吗？"

猎人回答说："我不能够，也不敢告诉你。"

小王子听了这话，苦苦地请求他说："你只管说，——难道你认为我会生气吗？没关系，我原谅你就是了。"

猎人叹口气说道："哎——！国王要我射杀你。"

小王子听了大吃一惊,说道:"你就饶了我吧,我把衣服脱下来给你,你拿着这套王室衣服给我父亲看。再请你给我一件你的旧衣服。"

猎人说:"从内心来说,我能救你是很高兴的,因为我并不想射杀你。"

接着,他脱下自己的旧衣服给了王子,拿着王子的衣服,穿过树林走了。

过了一段时间,有三个王国的大使带着金子和宝石等丰盛的礼物来到了老国王的王宫大院,说这是他们三个国家的国王送给他小儿子的礼物。因为他的小儿子把宝剑和面包借给他们,使他们的国家打败了敌人,人民不再挨饿。

老国王了解到这些后,心想,自己的小儿子可能没有罪,就对朝臣们说:"哎呀!我竟派人把他杀死了,多么令人伤心啊!但愿我的儿子还活着就好了。"这时,那位猎人说道:"陛下,他真的还活着,因为当时我很同情他,在树林里没有射杀他,而是让他平平安安地走了,只带回了他的外衣。现在我很高兴我当时救了他。"

国王一听,立即欣喜若狂地传令全国,如果他的儿子回来了,他会原谅他。

也就在这个时候,那位公主正急切地盼望着她的救命恩人的归来。她铺了一条通向王宫的路,路全部是用闪闪发光的黄金筑成的。并告知她的臣民,只要是骑在马背上、直接沿着路面跑进门的人就是她真正的爱人,一定要放他进来。如果来人是骑着马从路旁边进来的话,他就不是真的,一定要立即把他赶走。

约定的一年期限很快就要到了。大王子想,他应该抢先去见公主,告诉她说是自己解救了她,他就可以娶她做妻子,并得到那个王国了。当大王子来到王宫前看到金子铺成的路时,他停了下来,心里暗想："骑着马在这么漂亮的路上跑多可惜呀!"于是,他拨转马头,从路的右边骑了过去。可当他走到宫门口时,卫兵对他说他不是真的,要他走开。

　　不久,二王子也抱着同样的心理出发了,当他来到金子路前时,那匹马的一只脚还只是刚踏上路面,他便立即把马勒住。望着这闪闪发光的道路,他心想,这路真漂亮,禁不住自言自语地说:"要是有什么东西踩在这上面就太煞风景了!"他说着,也拨转马头从路的左边骑了进去。但当他来到宫门时,卫兵说他不是真王子,也把他轰走了。

　　现在,一年的正式期限到了,小王子离开森林要去找他的未婚新娘。这之前,他因害怕自己的父亲不原谅他,所以一直躲在树林里。一路上,他老是想着她,快马加鞭不停地飞驰,甚至到了金子路也没有注意到,仍然骑着马直接从路上跑去。待他来到宫门时,门立即打开了,那位公主非常高兴地来欢迎他的到来,说他就是自己的救命恩人,现在,他是自己的丈夫,也是这个王国的君主了。婚礼在盛大的宴会中举行了,当一切办完之后,公主告诉他,说她听说了他的父亲已经原谅了他,希望他能再回家去。

　　小王子听了之后,回去见了父亲,将他的两个哥哥如何欺骗他、抢去生命之水的事情都告诉了父亲,并说明是出于对父亲的爱,他才忍受了所有的冤屈。老国王听了异常震怒,要惩罚他的两个逆子。但两个儿子听到风声后逃跑了,他们上了一条船扬帆出海去了。从此,再也没有听到过他们的消息。

（格林兄弟）

谁最幸福

"多漂亮的玫瑰啊！"阳光说道，"每朵花骨朵都绽开得同样美丽。它们都是我的孩子！是我用吻给予它们生命！"

"是我的孩子！"露水说道，"是我用我的泪水把它们抚养大的。"

"可是我认为我才是它们的母亲！"玫瑰篱笆说道，"你们不过是教父教母，不过是在取名的时候，尽你们的能力和好意送了点礼物罢了。"

"我的可爱的玫瑰花孩子！"三位一起说道，同时祝愿每朵花得到最大的幸福。但是只有一朵花是最幸福的，而有一朵必定只能得到最少的幸福。那么是谁呢？

"我会弄明白的！"和风说道，"我天南地北无处不去，就连最小的缝我都钻得进去，对什么事都知道得一清二楚。"每朵绽开了的玫瑰都听到了这些话，每朵含苞待放的花苞也都感觉到了这些话。

这时有一位满含哀伤和爱心、身穿黑衣的母亲穿过花园。她摘了一朵半开的玫瑰花。花新鲜丰满，她觉得这是玫瑰花中最美丽的一朵。她把花拿进那间安宁、寂静的小屋。几天以前，那个天真活泼的小女儿还在这里跑来跑去，可是现在已经像一尊熟睡的大理石像，躺在黑色的棺材里了。母亲吻了吻死者，又吻了吻那朵半开的玫瑰花，把它放在死去的女孩的胸口上，好像它的清新和母亲的吻可以使那颗心脏再跳动起来。

这朵玫瑰花似乎酝酿了一股力量，每一片花瓣儿因为美好的回忆和欢乐而颤抖："人们给了我一条什么样的爱的途径啊！我好像成了人类的一个孩子，得到了一位母亲的吻，得到了祝福，我将走进一个未知的王国，在死者的胸口上做梦！很明显，我成了诸位姊妹中最幸福的了！"

在花园里玫瑰树生长的地方，那位为花铲除野草的老妇人走了过来。她凝望着玫瑰花树的美景，她把眼光落到了盛开着的那朵最大的花上。再有一次露水，再有一天的温暖，花瓣便会脱落。妇人看到了这一点，发现它已经完成了美的使命，现在可以派点别的用场了。于是她把它摘下，把它包在一张报纸里，它要被带到家里和其他脱落的花瓣一起制成百花香；然后再把它们和那种叫做薰衣草的小男孩们掺在一起，加上盐制成香膏，制成只有玫瑰和国王才能涂到的香膏。

"我是最光荣的了！"当铲草的妇人拿上这朵玫瑰的时候，它这样说道，"我是最幸福的！我要变成香膏。"

有两个年轻人来到花园里，一位是画家，一位是诗人。他们每人摘了一朵很好看的玫瑰。

画家在画布上画了一朵怒放的玫瑰，那朵玫瑰以为那是它在镜中的影像。

"就这个样！"画家说道，"它便可以在一代代人中间活着，这期间其他亿万朵玫瑰花都要凋谢死掉！"

"我是最受宠爱的了！"玫瑰说道，"我得到了最大的幸福！"

诗人望着自己的玫瑰，写了一首赞美它的诗，极其神奇。这是他从一片又一片的玫瑰花瓣上读到的：《爱的画册》，那是一首不朽的诗。

"我随着它永垂不朽了，"玫瑰说道，"我是最幸福的！"

然而，在这一片繁茂的玫瑰花中，却有一朵花儿几乎被其他的花遮掩住。偶然地或许是很幸运地，它有一个缺陷，它歪长在茎上，这一边的花瓣和那一边的花瓣不相称；而在花的中心还长出一片绿瓣般的东西。玫瑰有时会发生这种情形。

"可怜的孩子！"风说道，在它的面颊上亲吻了一下。玫瑰以为这是一种问候、一种赞扬。它有一种与众不同的感觉，觉得自己的中心长出了一片绿瓣，它把它看成是一种荣誉。一只蝴蝶飞来落在上面，吻了吻它的花瓣，这是一种求婚的表示。它让她飞走了。又来了一只很粗野的蚂蚱，它四平八稳地坐在另一朵玫瑰上，满怀深情地搓了搓自己的长腿，这是蚂蚱表示爱情的方式，它坐着的那朵玫瑰不懂这点。但是这朵独特的、长着一片绿瓣的玫瑰却明白，因为蚂蚱用眼看着它，好像在说："我爱你爱得可以把你一口吞了！"爱情都深厚到这种程度了：一个进到另一个的肚子里！但是玫瑰不愿进到一个会蹦跳的东西的肚子里。

夜莺在满天星斗的夜里歌唱。

"这是专为我唱的！"这朵有缺陷或者说有某种独特之处的玫瑰说道，"为什么我在各方面都与其他姊妹不同，为什么我会有这种特点，成为最幸福、最奇特的花呢？"

两位抽雪茄的先生来到花园里。他们在谈论着玫瑰和烟草。玫瑰是经不起烟熏的，让它们改变颜色，变成绿色，这倒应该试一试。他们不忍心把最漂亮的玫瑰摘掉，他们摘下了那朵有缺陷的玫瑰。

"又是一种新的荣誉啊！"它说道。"我真是分外地幸福了！是最最幸福的！"

　　它被有意地用烟草熏成了绿色。

　　一朵含苞待放的玫瑰，也许是玫瑰树上最好看的，它在园艺工人手扎的花束上占了一个荣耀的地位。它被拿到这家那位神气十足的年轻主人的手里，随着他坐进了马车。它在其他的花和一片碧绿中显得最艳丽，它被带去参加一次欢宴和集会。在无数明亮的灯火中，男男女女盛装艳服地坐着，音乐声缭绕，在剧场里的灯海照耀下。接着在暴风雨般的欢呼声中，最受人推崇的年轻女舞蹈家轻盈地跳着上了舞台，一束又一束的鲜花像花雨似地抛落到她的脚下。像宝石一样被扎在花束上的那朵美丽的玫瑰也落下来了，玫瑰花感觉到不可名状的幸福、荣耀和光彩。它一落到地上，便舞了起来。它跳着，跳到了舞台的后边，落了下来，跌断了自己的花梗。它没被送到那位受到欢呼、崇拜的人的手里，而是滚到了幕后。一个布置舞台的工人把它拾了起来，看到它那么漂亮、那么芬芳，却已经没有花梗了。他把它放到衣袋里，晚上回到家里的时候，它被放进一个烧酒杯里，在水里泡了一整夜。第二天早晨它被带到了祖母的跟前，年迈的她无力地坐在一张摇椅上。她望着那朵折断了梗的美丽的玫瑰，很高兴，她很欣赏它的芳香。

　　"是啊，你没有走到那富丽美貌的小姐的桌子上，而是来到贫寒的老妇人跟前。然而，你在这里就像是一整棵玫瑰树一样，你是多么美丽啊！"

　　她怀着童稚的欢乐看着这朵花，显然是在想着自己那早已逝去了的青春年华。

　　"窗子上有一个洞，"和风说道，"我很容易便钻了进去，看了看那老妇人焕发青春的眼睛,看了看烧酒杯里那美丽的玫瑰。它是最幸福的! 我知道! 我看得出来!"

花园里的每一朵玫瑰花都有自己的一段故事。每一朵玫瑰都相信自己是最幸福的, 这种信心真的使它们很幸福。不过最后的那朵是最幸福的, 它这样认为。

"我比大家都活得长久! 我是最后的一朵, 母亲最喜爱的、唯一的孩子!"

"我是他们的母亲!"玫瑰篱笆说道。

"我是!"阳光说道。

"我是!"露水说道。

"各自都有一份!"和风说道, "各自应该有一份!"于是风便把叶子吹翻过篱笆, 到露水能滴上、阳光能照射的地方。

"我也有我的一份,"和风说道, "我知道每朵玫瑰的故事, 这些故事我要讲给整个世界听! 那么, 告诉我, 谁是它们当中最幸福的? 是啊, 该你说了, 我说够了!"

(安徒生)

幸福的家庭

　　这个国家里最大的绿叶子，无疑要算是牛蒡的叶子了。你拿一片放在你的肚皮上，那么它就像一条围裙。如果你把它放在头上，那么在雨天里它就可以当做一把伞用，因为它出奇地宽大。牛蒡从来不单独地生长；不，凡是长着一棵牛蒡的地方，你一定可以找到好几棵。这是它最可爱的一点，而这一点对蜗牛说来只不过是食料。

　　在古时候，许多大人物把这些白色的大蜗牛做成"碎肉"；当他们吃着的时候，就说："哼，味道真好！"因为他们认为蜗牛的味道很美。这些蜗牛都靠牛蒡叶子活着，因此，人们才种植牛蒡。

　　现在有一个古代的公馆，住在里面的人已经不再吃蜗牛了。所以蜗牛都死光了，不过牛蒡还活着，这植物在小径上和花畦上长得非常茂盛，人们怎么也没有办法制止它们。这地方简直成了一个牛蒡森林。要不是这儿那儿有几株苹果树和梅子树，谁也不会想到这是一个花园。处处都是牛蒡，在这里住着最后的两个蜗牛遗老。

　　老蜗牛不知道自己究竟有多大年纪。不过它们记得很清楚：它们的数目曾经是很多很多，而且都属于一个从外国迁来的家族，整个森林就是为它们和它们的家族而发展起来的。它们从来没有离开过家，不过却听说过：这个世界上还有一个什么叫做"公馆"的东西，它们在那里面被烹调着，然后变成黑色，最后被盛在一个银盘子里。最后结果怎样，它们一点也不知道。此外，它们也想象不出来，烹调完了以后盛在银盘子里，究竟是一种什么味道。那一定很美，特别排场！它们请教过小金虫、癞蛤蟆和蚯蚓，但是一点道理也问不出来，因为它们谁也没有被烹调过或被盛在银盘子里面过。

那对古老的白蜗牛要算世界上最有身份的人物了。它们自己知道森林就是为了它们而存在的，公馆也是为了使它们能被烹调和放在银盘子里而存在的。

它们过着安静和幸福的生活。因为它们自己没有孩子，所以就收养了一个普通的小蜗牛。它们把它作为自己的孩子抚育。不过这小东西长不大，因为它不过是一个普通的蜗牛而已。但是这对老蜗牛——尤其是妈妈——觉得她能看出它在长大。假如爸爸看不出的话，她要求他摸摸它的外壳。因此他就摸一下，他发现妈妈说的话有道理。

有一天雨下得很大。

"请听牛蒡叶子上的响声——咚咚咚！咚咚咚！"蜗牛爸爸说。

"这就是我所说的雨点，"蜗牛妈妈说，"它沿着梗子滴下来了！你可以看到，这儿马上就会变得潮湿了！我很高兴，我们有我们自己的房子；小家伙也有他自己的（注：在丹麦文里，蜗牛的外壳叫做"房子"）。我们的优点比任何别的生物都多。大家一眼就可以看出，我们是世界上最高贵的人！我们一生下来就有房子住，而且这一片牛蒡林完全是为我们而种植的——我倒很想知道它究竟有多大，在它的外边还有些什么别的东西！"

"它的外边什么别的东西也没有！"蜗牛爸爸说，"世界上再也没有比我们这儿更好的地方了。我什么别的想头也没有。"

"对，"妈妈说，"我倒很想到公馆里去被烹调一下，然后被放到银盘子里去。我们的祖先们都是这样；你要知道，这是一种光荣呢！"

"公馆也许已经塌了,"蜗牛爸爸说,"或者牛蒡已经在它上面长成了树林,弄得人们连走都走不出来。你不要急——你老是那么急,连那个小家伙也开始学起你来。你看他这三天来不老是往梗子上爬么?当我抬头看看他的时候,我的头都昏了。"

"请你无论如何不要骂他,"蜗牛妈妈说,"他爬得很有把握。他使我们得到许多快乐。我们这对老夫妇没有什么别的东西值得活下去了。不过,你想到过没有:我们在什么地方可以为他找个太太呢?在这林子的远处,可能住着我们的族人,你想到过没有?"

"我相信那儿住着些黑蜗牛,"老头儿说,"没有房子的黑蜗牛!不过他们都是一帮卑下的东西,而且还喜欢摆架子。不过我们可以托蚂蚁办办这件事情,他们跑来跑去,好像很忙似的。他们一定能为我们的小少爷找个太太。"

"我认识一位最美丽的姑娘!"蚂蚁说,"不过我恐怕她不成,因为她是一个王后!"

"这没有什么关系,"两位老蜗牛说,"她有一座房子吗?"

"她有一座宫殿!"蚂蚁说。"一座最美丽的蚂蚁宫殿,里面有700条走廊。"

"谢谢你!"蜗牛妈妈说,"我们的孩子可不会钻蚂蚁窟的。假如你找不到更好的对象的话,我们可以托白蚊子来办这件差事。他们晴天下雨都在外面飞。牛蒡林的里里外外,他们都知道。"

"我们为他找到了一个太太,"蚊子说。"离这儿100步路远的地方,有一个有房子的小蜗牛住在醋栗丛上。她是很寂寞的,她已经够结婚年龄。她住的地方离此地只不过100步远!"

"是的,让她来找他吧,"这对老夫妇说,"他拥有整个的牛蒡林,而她只不过有一个小醋栗丛!"

这样,它们就去请那位小蜗牛姑娘来。她足足走了八天才到来,但这是一种很珍贵的现象，因为这说明她是一个很正经的女子。

于是它们就举行了婚礼。六个萤火虫尽量发出光来照着。

除此以外，一切是非常安静的，因为这对老蜗牛夫妇不喜欢大喝大闹。不过蜗牛妈妈发表了一通动人的演说。蜗牛爸爸一句话也讲不出来，因为他太激动了。

于是它们把整座牛蒡林作为遗产，送给这对年轻夫妇，并且说了一大套它们常常说的话，那就是——这地方是世界上最好的一块地方，如果它们要正直、善良地生活和繁殖下去的话，它们和它们的孩子们将来就应该到那个公馆里去，以便被煮成黑色、被放到银盘子里面去。

当这番演说讲完了以后，这对老夫妇就钻进它们的屋子里去，再也不出来。它们睡着了。

年轻的蜗牛夫妇现在占有了这整座的森林，随后生了一大堆孩子。不过它们从来没有被烹调过，也没有到银盘子里去过。它们就下了一个结论，认为那个公馆已经塌了，全世界的人类都已经死去了。谁也没有反对它们这种看法，因此它们的看法一定是对的。雨打在牛蒡叶上，为它们发出咚咚的音乐来。太阳为它们发出亮光，使这牛蒡林增添了不少光彩。这样，它们过得非常幸福——这整个家庭是幸福的，说不出的幸福。

（安徒生）

十二个跳舞的公主

　　有个国王，没有儿子，只有十二个女儿，个个长得如花似玉。她们都在同一个房间里睡觉，十二张床并排放着，晚上上床睡觉后，房门就被关起来锁上了。

　　有一段时间，每天早上起来后，国王发现她们的鞋子都磨破了，她们就像跳了一整夜舞似的。到底发生了什么事，她们到哪儿去了，没有人知道。

　　于是，国王告示，如果谁能在三天之内解开这个谜，知道公主们整夜在哪儿跳舞，就可以娶一个他最喜欢的公主做妻子，还可以继承王位。但是，要是在三天以后没查清结果，他就得被处死。

　　不久，从邻国来了一位王子，受到了热情的接待。晚上他被带到了一个房间里，这房间在公主们卧室的隔壁。为了能听到、看到可能发生的一切，他一刻不停地注视着公主的房间。可不久这位王子就睡着了，第二天早上醒来后，可以看出，公主们还是跳了一整夜的舞，因为她们的鞋底都磨破了。接着两个晚上都发生了相同的情况，王子没能解开这个谜。国王下令将他的头砍了下来。继他之后，又有几个人来试过，但他们的命运和那位王子一样，都因为没有查清结果而丢了性命。

　　有一个老兵在作战中受了伤，他不能再参加战斗了。一天，老兵在穿越树林时，遇到了一个老婆婆，老婆婆问他要到哪里去，这位老兵回答说："我也不知道我该去哪儿、该干什么去。"接着又自我嘲弄地说："也许我该去探听那些公主是在哪儿跳舞才对，这样的话，将来还可以当国王呢。"

老太婆一听，说道："对，对！这不是什么难事，只要留心不喝公主给你的酒之类的东西，并且在她们要离去时，你假装睡熟了就成。"

临别，她送给他一件披风，说道："只要你把这件披风披在身上，她们就看不见你了。然后，你就可以跟着公主到她们去的任何地方。"老兵听了这些忠告后，决定去碰碰运气。

老兵来到国王面前，说他愿意接受这项有风险的任务。和其他自告奋勇想来查清结果的人一样，他也受到了热情的款待，国王还下令把漂亮的王室礼服给他穿上。到了晚上，他被带到了公主们隔壁的房间。进房后，他刚准备躺下，大公主就给他端来了一杯葡萄酒，但这位老兵悄悄地把酒全倒掉了，一滴也没有喝下去。然后躺在床上，不久就大声地打起鼾来，好像睡得很沉似的。

十二个公主听到他的鼾声，都开心地大笑起来，大公主说："这家伙本来还可以干一些别的事，不必到这儿来送死的。"说完，她们就起床打开各自的抽屉和箱子，拿出了漂亮的衣服，对着镜子打扮起来。

这时，最小的公主说道："我感到有些不对劲，觉得非常不安，我想会不会有不幸的事情将降临到我们头上。"

"你犯什么傻呀！"大公主说，"你老是担心这、担心那的，难道你忘了那么多人想窥探我们的秘密、结果都送了命吗？瞧这老兵，即使我不给他安眠药吃，他也会呼呼大睡的。"

公主们打扮完毕后，再去看了看老兵，只见他鼾声依旧，睡在床上一动也不动。这样一来，她们便自以为无人知晓、相当安全了。大公主走到自己的床前拍了拍手，床马上沉到地板里面，一扇地板门突然打开了。老兵看见大公主领头，她们一个接一个地钻进了地板门。

他马上跳起来，披上老太婆送给他的那件披风，紧随她们而去。在下楼梯时，一不小心，他踩到了小公主的礼服。她对她的姐妹们大声说道："怎么搞的，谁抓住了我的礼服了？"

大公主说道："你别疑神疑鬼了，肯定是被墙上的钉子挂着了。"她们下去后，走进了一片令人赏心悦目的小树林，树叶全是银子做的，闪烁着美丽的光芒。老兵想找一个来过这地方的证物，所以他折了一段树枝，树枝"咔嚓""哗啦"地发出了声响，小公主又说道："我觉得有些反常，你们听到声音了吗？这声音以前可没有听到过。"

大公主说："这声音一定是我们的王子发出的，只有他们才会对我们的到来欢呼雀跃。"

说着，她们又走进了另一片小树林，这片树林的叶子都是金子做的。再往前，到了第三片小树林，所有的叶子都是用光采夺目的钻石做的。老兵每到一片树林，都要折下一根树枝留作证物，每次也都发出了"咔嚓""哗啦"的声响，这响动总是使小公主担惊受怕，而大公主又总是说这是王子们在欢呼。

她们不停地往前走，最后来到了一个大湖边，湖上有十二条小船，每条船上都有一个英俊的王子，他们似乎一直在这儿等公主的到来。到了岸边，每个公主都各自上了一条船，老兵则跟着小公主上了船。

当他们在湖上划动小船时，与小公主和老兵在一条船上的那个王子说："怎么会是这样啊！好像这船今天特别重似的，我用力划，船却没有平时前进得那么快，我都快累坏了。"

小公主说："这只是天气有点暖和，我也觉得非常热。"

湖泊的对岸，矗立着一座美丽的宫殿，宫殿里灯火辉煌，从里面传来了愉快的音乐。他们上岸后，一起走进宫殿，十二个王子都开始与公主们跳起舞来。他们一直看不见那位老兵，老兵跟着他们一起跳舞，他们也不知道。每当有公主端起葡萄酒时，老兵总是暗暗上前将酒喝完。待公主把酒杯端到嘴边时，杯子已空了。见到这种情况，那小公主更感到害怕了，大公主却老是叫她不要作声。

跳舞一直跳到了凌晨三点钟，公主的鞋子都已磨破了，这时，她们才恋恋不舍地离开。

王子们又用船把她们送过湖来，这次，老兵上的是大公主的那条船。到了湖岸，公主和王子互相道别，她们答应第二天晚上再来。

当她们回到楼梯口时，老兵立即跑到她们的前面，自己先到床上去躺下了。当这十二姊妹拖着疲惫不堪的身子慢慢上来后，立即就听到了睡在床上的老兵所发出的鼾声。她们说道："现在可以安心了。"说完，各自宽衣解带，脱掉鞋子，扔在床下，都躺下睡觉了。

早晨起来，老兵对晚上的所见所闻只字不提，他还想多看几次这样的奇遇，所以接下来的第二个夜晚和第三个夜晚他又去了。每次所发生的一切都和前一次一样，公主们每次跳舞都要跳到她们的鞋子磨破才回来。不过，在第三个晚上，老兵又拿走了一只喝酒用的金杯作为他到过那里的物证。

第四天，解开这秘密的期限到了，老兵带着那三根树枝和那只金杯，来到国王面前。此时，十二个公主都站在门后偷听，想听听他究竟说些什么。国王问道："我的十二个女儿晚上是在哪儿跳舞？"

老兵回答道："她们是在地下的一座宫殿里与十二个王子跳舞。"接着，他告诉了国王自己所看见和发生的一切，拿出了他带来的三根树枝和金杯给国王看。

国王把公主都叫来，问她们老兵说的这些是不是都是真的。她们见一切都已经被发现，再否认所发生的事也没有用了，只好承认了。

秘密解开了，国王问老兵他想选择哪一个公主做他的妻子。他回答说："我年纪不小了，你就把大公主许配给我吧！"于是，他们当天就举行了婚礼，老兵还被选定为王位的继承人。

（格林兄弟）